AF209411

Was bedeutet es, 1929 in Thorn an der Weichsel in die beginnende Weltwirtschaftskrise hineingeboren und gleichzeitig von den Eltern verlassen zu werden? Wie erlebt ein unter diesen Umständen aufwachsender Junge Hitler, Krieg und die nationalsozialistischen Jugendorganisationen? Und wie übersteht er die Herausforderungen seiner Gefangenschaft?

Josef hat nur einen Wunsch: ein Leben in Freiheit. Diesem ordnet er alles unter, sogar Herzensangelegenheiten. Zusammen mit seinen Freunden Gregor und Sam begibt er sich auf den von zahlreichen Unwägbarkeiten begleiteten Weg in den Westen. Dabei treffen sie Menschen, die mit ihren eigenen Schicksalen zu kämpfen haben, auf deren Hilfsbereitschaft sie aber angewiesen sind. Doch wer meint es ernst mit ihnen, in der Zeit größter Not?

In einem fast ein Jahrhundert umspannenden Bogen erzählt der Roman Josefs anrührende Lebensgeschichte. Eine Geschichte über Familie, Liebe, Kunst und Freundschaft. Eine Geschichte über die Menschlichkeit.

Nach einer für das Ruhrgebiet typischen Kindheit im Dunst des heutigen UNESCO Welterbes »Zeche Zollverein« absolvierte Klaus Ulaszewski das Studium der Architektur, begann 2015 mit dem Roman »Selbstverständlich Pistolen« seine literarischen Texte zu veröffentlichen und lebt heute nach wie vor im mittlerweile restlos vom Dunst befreiten Essen.

© 2024 Hummelshain Verlag, Essen

ISBN: 978-3-910971-15-8

Umschlag: Christian Mai / Grafik, Klaus Ulaszewski / Konzeption

www.hummelshain.eu

Klaus Ulaszewski

DER BLICK
REICHT WEIT ZURÜCK
VON HIER

Roman

Für meinen Vater

Hummelshain Verlag

Ohne die Zeit gäbe es keinen Rhythmus,
bestünde Musik nur aus einem einzigen Ton,
und das Flirren der Luft am Horizont
wäre auf ewig erstarrt,
wie auf einem unscharfen Polaroid.

Prolog

In dem selben Jahr, in dem Marian Josef die Welt erblickte, blickte die Welt auf ein Ereignis, das nicht nur sein eigenes, sondern auch Millionen anderer Leben bestimmen würde. Der »Schwarze Freitag« markierte den Zusammenbruch der New Yorker Börse – Auslöser der Weltwirtschaftskrise, wegen der sich viele in ihrer Existenz bedrohter Menschen den Besserung versprechenden, rechtsextremen Nationalisten zugewandt hatten.

Ein kleiner Teil, ein sehr kleiner Teil der Welt, blickte auf die feierliche Eröffnung der »Großen Ruhrländischen Gartenbau-Ausstellung«, der »GRUGA«, in Essen, die Jahre später einmal eine ebenso große Bedeutung für Marian Josef erhalten würde, wie lange zuvor der »Schwarze Freitag«.

Elefantenrutsche

Unabhängig davon, welchen Sprungturm er in welchem Freibad erklommen hatte – diese Ebene war für Josef immer schon eine Herausforderung gewesen. Ob mit neun oder neunzehn Jahren beanspruchte es immer seinen kompletten Mut, den Schritt über die Kante zu wagen. Meistens wagte er ihn. Vor allem, wenn er Mädchen oder später jungen Damen imponieren wollte.

Inzwischen war er einundneunzig Jahre alt und bereits das Bewältigen der Stufen, die ihn auf die Zehnmeter-Plattform hinaufführten, war keine Selbstverständlichkeit mehr. Dazu kam der Ballast des Rucksacks, der ihn mit unsichtbarer Hand nach hinten und in die Tiefe zu ziehen drohte. Ohne die beidseitigen Handläufe, die seinen Griffen Stufe um Stufe neuen Halt gewährten, wäre er rücklings auf die Betonplatten unter ihm gekracht.

Außer Atem hatte er auch die letzte Stufe bewältigt, machte, oben angekommen, auch noch die paar Schritte bis zum Rand und blickte in die Tiefe. Zwischen seinen Füßen und dem unter ihm liegenden Becken lag eine schwindelerregende Höhe von vierzehn Metern Nichts. Es war der Tag vor Neujahr und das Becken ohne Wasser.

Er konnte sich nicht genau daran erinnern, wann er das letzte Mal dort gewesen war. Fünfundzwanzig Jahre mochten seitdem vergangen sein, vielleicht auch mehr. Möglicherweise war er einmal mit seinem Enkel, als dieser noch ein kleiner Junge gewesen war, zum Plantschen hergekommen. Ja, das war gut möglich. Inzwischen musste der Enkel sechsundzwanzig Jahre alt sein oder siebenundzwanzig. Da war er sich nicht sicher, was ihn ärgerte. Beim Versuch es nachzurechnen, fiel ihm des Enkels Geburtsjahr nicht ein. Doch wie viele Jahre seitdem tatsächlich vergangen waren, spielte für den Moment keine Rolle. Viel wichtiger war, dass er sich aufgerafft, sich auf den Weg zu einem seiner Lieblingsorte gemacht hatte – dem »Grugabad«, dem schönsten Freibad weit und breit. Es stimmte ihn froh, dort zu sein, auch wenn die Umstände einem Abschied geschuldet waren. Dass er sich den Zugang illegal, mit der Hilfe einer Leiter verschafft hatte, entlockte ihm sogar ein zufriedenes Lächeln, auch gerade, weil derart subversive Übergriffe normalerweise seine Art nicht waren. Und wenn er sich doch einmal zu solchen hatte hinreißen lassen, dann war er mit Situationen konfrontiert worden, die sein Handeln herausgefordert hatten.

Er kramte Stativ und Kamera aus dem Rucksack. Dafür war er gekommen. Für ein letztes Statement. Hier und heute würde er das letzte Polaroid seines Lebens anfertigen.

›Anfertigen‹ war der Ausdruck, den er für angemessen hielt, den er vorwiegend verwendete, wenn er über seine Tätigkeit des Fotografierens sprach. Der Begriff assoziierte etwas Solides, etwas Handwerkliches. Das gefiel ihm. Auch gefiel ihm ›machen‹, ein einfaches, harmloses Wort, das er gerne gebrauchte. ›Erstellen‹ war ebenfalls eine akzeptable Beschreibung, die er aber seltener benutzte, da sie ihm etwas zu technisch klang und immer eine bürokratische Attitüde mitschwang. Auf keinen Fall ›knipste‹ er Fotos und ›schießen‹ war ein vollkommen indiskutables Verb, welches das Fotografieren mit einer martialischen Tätigkeit verglich.

›Anfertigen‹. Dieser Begriff passte, insbesondere, wenn man den Vorgang des Fotografierens in Josefs besonderen Art und Weise kultiviert hatte: Woche für Woche ein einziges Foto. Kein einziges mehr und kein einziges weniger. Jedes einzelne Foto zählte, ohne jede Probeaufnahme. Keines war ihm mehr oder weniger wert als das andere. Jedes einzelne zeigte nicht nur ein sorgfältig ausgewähltes Motiv, jedes einzelne verkörperte auch die Zeit und Leidenschaft, die seinem Entstehungsprozess vorausgegangen war. Dabei spielte es keine Rolle, dass ihm, wegen seiner indiskutabel schlechten Augen, bisher noch nie ein Motiv perfekt einzufangen gelungen war. Daran würde sich auch heute nichts ändern, wie ihm bewusst, aber auch gleichgültig war.

Entscheidend war die Freude am Prozess, angefangen bei der Motivsuche, über die organisatorische Vorbereitung, bis hin zum Vorgang des Fotografierens an sich.

Er hielt sich den Sucher vor das rechte Auge, das um unwesentliche Nuancen besser sah als das durch sagenhafte minus 23 Dioptrien beeinträchtigte linke und kontrollierte, ob sein Standort geeignet war, die in den fließenden Formen eines abstrahierten Rüssels in das Kinderbecken hineinschlingernde Elefantenrutsche angemessen einzufangen. Dann erst schraubte er den Apparat auf das Stativ.

Die Rutsche stand schon längere Zeit auf der Liste seiner Motive, aber entweder hatte er die Kamera nicht dabei, wenn er das Bad besuchte, oder das Besondere der Rutsche war vor lauter Badegästen nicht zu erkennen gewesen. Überhaupt versuchte Josef Menschen, wenn möglich, aus seinen Fotos herauszuhalten.

Von anderen Fotografen waren im Laufe der Jahrzehnte bereits Massen von Fotos der Rutsche entstanden, darunter zweifellos auch solche, die mehr waren als ›nur‹ perfekte Abbilder. Doch war Josef kein Foto bekannt, dass die Rutsche im Winter zeigte, und erst recht nicht abgelichtet auf einem Polaroid.

Es war früher Nachmittag. Um dieses eine, seiner Vorstellung entsprechende Foto anzufertigen, fehlte noch Entscheidendes: das passende Licht. Josef schaute auf seine Armbanduhr. In etwa einer Stunde, kurz bevor sich die Sonne erst hinter den riesigen, das Freibad umgebenden Pappeln des Parks zu verstecken suchte, um dann jenseits der Häuserblöcke des angrenzenden Stadtteils Holsterhausen vollständig zu verschwinden, würde das Licht eine wärmere, weichere Note annehmen – kaum annähernd so weich wie im Spätsommer, aber immerhin. So blieb ihm noch etwas Zeit, bevor er sein letztes, mit Sicherheit wieder misslungenes Polaroid anfertigen würde. Er holte seine Thermoskanne hervor und füllte den Becher mit Roibuschtee. Und während er auf das gewünschte Licht wartete, kam ihm das allererste Foto in den Sinn, mit dem er in seinem Leben in Berührung gekommen war.

Nachttopf

Damals war er ungefähr neun Monate alt, lebte in Thorn an der Weichsel und man nannte ihn noch mit seinem vollen Vornamen: Marian Josef.

Er sitzt nackt auf einem Nachttopf und schaut ebenso neugierig wie entspannt in Richtung eines auf ihn gerichteten Fotoapparates, von dem er natürlich nicht weiß, dass es sich um einen solchen handelt. Im kleinen Mündchen steckt ein viel zu großer Schnuller, auf dem er herumzukauen scheint. Das pummelige linke Ärmchen liegt angewinkelt auf seinem linken Knie, das rechte Ärmchen schwebt etwas unterhalb neben dem rechten Knie in der Luft. Beide Fäuste umfassen ein dickes Stück Fleischwurst.

Wer war auf die abwegige Idee gekommen, ihn in einer solch kompromittierenden Situation abbilden zu lassen – er, nackt und mampfend auf einem Nachttopf sitzend? Josef konnte sich gut vorstellen, dass sein Anblick für allgemeine Erheiterung gesorgt hatte. Auch später, wenn er das Foto jemandem zeigte, animierte es regelmäßig zu amüsierten Schmunzelreaktionen. Trotzdem war er in herabwürdigender Weise vorgeführt worden, ohne sich dagegen wehren zu können. Aber so dachte er nicht wirklich. Derart liebevoll, wie er in Szene gesetzt wurde, konnte er kaum böse darüber sein. Im Gegenteil gefiel ihm die humorvolle Haltung der Inszenierung. Und wer auch immer darauf gekommen war, einem neun Monate alten, auf dem Töpfchen sitzenden Säugling ein dickes Stück Fleischwurst in die Hände zu drücken, bewies damit einen gewissen Hang zur Ironie. Allein schon die zutreffende Bezeichnung Säugling, beschreibt schließlich deutlich,

11

dass die Nahrungsaufnahme eines Babys üblicherweise in einer Art und Weise erfolgt, die mit dem Verzehr von Wurst, womöglich sogar mit Knoblauch gewürzter, eher wenig gemein hat.

Immerhin war diese frühkindliche und wahrscheinlich äußerst schmackhafte Fleischeslust eine Erklärung dafür, warum er vor vielen Jahrzehnten zwar zum Vegetarier geworden war, auf Fleischwurst, in allen erdenklichen Arten der Zubereitung, aber nicht verzichten mochte. Darin einen Widerspruch zu entdecken blieb verbohrten Dogmatikern vorbehalten.

Wer hinter der Kamera gestanden hatte, lag im Dunkeln. Ob Oma oder Opa, ob Tante oder Onkel – er vermochte es nicht mit Bestimmtheit zu sagen. Die Anwesenheit eines Fotografen war zu vermuten, die seiner Eltern unwahrscheinlich. Sie hatten sich kurz nach der Geburt Josefs nicht nur voneinander, sondern auch von ihrem Sohn getrennt.

Josefs polnische Mutter war ungeplant Mutter geworden. Sie lehnte Josef vom ersten Tag an ab. Dabei richtete sich ihre Ablehnung weniger gegen ihr Kind, als viel mehr gegen ihre Mutterschaft. Für das Baby machte das keinen Unterschied.

Auch die Anwesenheit Josefs Großeltern mütterlicherseits war auszuschließen. Sie hatten nichts gegen Kinder, aber etwas gegen Josef, der das Kind eines deutschen Vaters war. Sie wollten nichts zu tun haben mit dem Sohn ihrer Tochter, dem deutschen Bastard. Weder war es ihnen möglich, Josef als ihren Enkel zu akzeptieren, noch ihrer Tochter diesen ›Fehltritt‹ zu verzeihen. Sie ignorierten Josef von Geburt an. Er hatte sie nie kennengelernt.

Josefs Vater war zwar ein stolzer Vater, aber der Umgang mit diesem hilflosen, nur Mühe bereitenden Bündel Mensch überforderte ihn. Er war jung, gerade 24 Jahre alt, gutaussehend, polyglott und spielte mehrere Instrumente. Seine Prioritäten lagen auf anderen Gebieten. Er kümmerte sich um seine Karriere und die Frauen, die er mochte, die ihn mochten.

Die Eltern seines Vaters dagegen waren geradezu vernarrt in ihren Enkel und umgekehrt. Daher war es mehr als wahrscheinlich, dass Oma Maria und Opa Anton mit im Raum gestanden haben. Vielleicht auch Tante Martha, die jüngere Schwester seines Vaters, die sich nicht nur damals, sondern auch viele Jahre später noch um ihn gekümmert und einmal womöglich sein Leben gerettet hat.

Josef liebte Oma Maria und Opa Anton wie Eltern, was kaum verwunderte: Für ihn waren sie Eltern. Er war bei ihnen aufgewachsen. Sie hatten ihm das gegeben, was ihm seine leiblichen Eltern verweigerten: eine behütete Kindheit.

Als kleiner Junge hatte er seine Eltern kaum vermisst. Er war es von Geburt an gewohnt, bei den Großeltern aufzuwachsen. Erst mit vier, fünf Jahren, nachdem er die jungen Eltern befreundeter Kinder kennengelernt hatte, spürte er eine schwache, aber im Laufe der Zeit zunehmend stärkere Sehnsucht nach einem Leben mit seinen richtigen Eltern.

Die Mütter und Väter der anderen Kinder waren nicht nur jünger als Oma und Opa, sie waren auch lebendiger. Mit ihnen konnte man herumtollen, alles Mögliche spielen und aufregende Dinge unternehmen. Wie oft war er mit Freundeseltern zum Schwimmen, Bootfahren oder Eislaufen losgezogen, was mit seinen Großeltern nicht unmöglich, aber weniger beschwingt gewesen wäre. Josef hätte das Leben mit den Großeltern nicht missen wollen, gleichzeitig wünschte er sich die Eltern an seiner Seite. Am liebsten hätte er alle vier um sich herum gehabt.

Alle vier? Das entsprach nicht der vollen Wahrheit. Seinen Vater, ja, den hätte er gerne dabeigehabt − seine Mutter? Nein. Sie war kaum präsent, weder in seinem Leben noch in seinem Bewusstsein. Obwohl sie in derselben Stadt lebte, hatte sie Josef nur selten besucht. Er hatte sie nie richtig kennengelernt. Sie war eine Fremde, existierte nicht für ihn.

Josef war sich sicher, dass die fotografische Inszenierung auf das Werk eines ganz bestimmten Familienmitglieds zurückzuführen war: Opa Anton. Opa Anton, der sich bis ins Alter seine jungenhafte Schlitzohrigkeit bewahrt hatte, die er bei jeder sich bietenden Gelegenheit auch auszuleben pflegte. Er hatte es ›faustdick hinter den Ohren‹ wie man damals zu sagen pflegte, wenn es jemand faustdick hinter den Ohren hatte, also aufgeweckt und spitzbübisch war. Nicht nur in dieser Hinsicht war Opa Anton ein erstrebenswertes Vorbild.

Da Anton kein Mann der Technik gewesen war – Ausnahme bildete seine Violine, die er in meisterlicher Technik beherrschte – lag die Vermutung nahe, dass ein professioneller Fotograf Opas Anweisungen umgesetzt hatte.

Vermutlich erklärte das Foto selbst Josefs vermeintlich so ungewöhnlich weit zurückreichendes Erinnerungsvermögen. Schließlich betrafen darauffolgende Erinnerungen – Schwimmen *in* der Weichsel im Sommer und Eislaufen *auf* der Weichsel im Winter – Ereignisse, die er erst später, mit vier, fünf Jahren erlebte. Daher erschien ihm naheliegend, dass das in dieser Situation erstellte Foto, anstatt das darauf dokumentierte Ereignis, die Grundlage seiner Erinnerung bildete.

Das Foto gehörte zu den wenigen Dingen, die ihm von damals geblieben waren.

Josefs Erstgeborener würde ihm 50 Jahre später von seiner ersten Erinnerung erzählen, die deutlich weiter zurückreichte als Josefs, nämlich bis zum Anfang seines Seins. Dennoch, erklärte er, bezöge sie sich nicht auf seine Geburt, sondern noch weiter zurück, an Momente im Mutterleib.

Obwohl Josef über keine pränatale Erinnerung verfügte, zweifelte er keinen Augenblick an der Wahrhaftigkeit der Erinnerung seines Sohnes. Dass er selbst keine solche Erinnerungen besaß, hieß nicht, dass es sie nicht gab.

Darüber hinaus, erklärte sein Sohn, hatte sich im Mutterleib ein vages Bild nicht nur vom Beginn seiner eigenen, sondern *jeglicher* Existenz vor seinem geistigen Auge abgebildet, und diese wich erheblich von den wissenschaftlich begründeten Erklärungen der Astrophysiker des 20. und 21. Jahrhunderts ab. Die Theorie des Urknalls als Auslöser allen Seins widersprach des Sohnes pränatalem Erkenntnisschub in einem kleinen, jedoch entscheidenden Detail. Auch der Sohn hatte die Entstehung der Welt gesehen, doch entsprang diese nicht einem einzigen Punkt, sondern erschien ihm als das Ergebnis zweier miteinander kollidierender Punkte, deren Verschmelzung erst die Energie zu *der* kosmischen Expansion freisetze, die man weitläufig als Urknall bezeichnete.

Josef dachte darüber nach. Sicher hatte das Bild seines Sohnes etwas für sich. Schließlich entstand Neues fast immer durch das Aufeinandertreffen zweier Teile.

Doch Josef haderte seit jeher mit der Theorie vom Urknall, egal ob sie aus einem oder zwei Punkten heraus erklärt wurde. Sein Zweifel basierte auf einer einfachen Überlegung: Wenn das Entstehen von etwas unvorstellbar Großem wie dem Universum damit erklärt wurde, dass dieses aus etwas ebenso unvorstellbar Kleinem – eben der zu einem Punkt komprimierten Masse eines Universums – entstanden war, erklärte das nichts anderes, als dass das heute riesige Universum früher einmal winzig klein gewesen war. Mehr nicht. Diese Theorie setzte also voraus, dass bereits etwas existierte, bevor etwas existierte. Sie erklärte nicht, wie dieses etwas überhaupt zu seiner Existenz gelangt war.

Wahrscheinlich konnte der menschliche Verstand nicht erfassen, was war, bevor etwas war. Der Mensch kannte nur Anfang und Ende. Nichts und Unendlichkeit waren ihm unvorstellbare Kategorien. Außerdem glaubte er an die Zeit. Die sich gleichsam um sich selbst und die Sonne drehende Erde gab dafür ein einfach zu berechnendes Phänomen des Vergehens vor und es liegt in der Natur des Menschen, derartige Phänomene in ein für ihn logisches System zu überführen – die menschliche Zeit. Doch fragte sich Josef, ob die Zeit als Kategorie auch außerhalb des menschlichen Bewusstseins eine reale, eine universale Bedeutung haben würde. Existierte die Zeit auch in dunkler Materie, einem schwarzen Loch oder auf Beteigeuze?

Josef war sich sicher: Die Antwort auf die Frage wie alles entstanden war, durfte sich nicht auf etwas bereits Existierendes beziehen, auch wenn dieses Existierende sehr, sehr klein gewesen sein mochte. Nein, die Antwort musste eine Erklärung zum noch weiter zurückliegenden Urzustand liefern, der womöglich weder Raum, Materie noch Zeit kannte, der dem menschlichen Ermessen nach also nicht existierte und geistig unmöglich zu erfassen war. Und genau darin bestand das Problem: Für etwas, dass sich dem menschlichen Geiste entzog, konnte er unmöglich eine Erklärung finden.

Obwohl Josef christlich erzogen worden war, war er kein gläubiger Mensch geworden. Für seinen Geschmack hatte die Kirche im Laufe ihres Bestehens inakzeptable Schuld auf sich geladen, und davon deutlich zu viel, als dass er dem Glauben, den sie predigte, trauen konnte. Doch in der Frage nach der Herkunft aller Existenz, also auch der eigenen, hatte er Verständnis für jeden, der einer Kirche folgte und deren Predigten bedurfte.

Wie von selbst hatte sich die Kette seiner Assoziationen gebildet. Von einem analytisch agierenden Verstand über einen zum Zweifel neigenden Geist war es nicht weit bis zum Heiligen Geist. Warum auch nicht, bot dessen Geschichte eine mehr als unterhaltsame Erklärung.

Scheitel und Moustache

Oma und Opa stammten ursprünglich aus Bromberg, waren wegen der Arbeit in das Elsass umgesiedelt und in den Wirren des Ersten Weltkriegs, wieder wegen der Arbeit, nach Thorn in Westpreußen gezogen, das damals unter deutscher Regierungshoheit gestanden hatte. Opa war Violinist und erhielt eine Anstellung im Thorner Stadtorchester. Zu dieser Zeit wohnte die Familie in einer herrschaftlichen Altbauwohnung in der Badergasse. Erster Stock, hohe Räume, Stuck an den Decken, Fliesen im Bad, Kacheln in der Küche und ein zur Straße hin gelegener Balkon, der von einer geschmiedeten Balustrade gesichert wurde.

Nachdem im Zuge der Umsetzung des Versailler Vertrages Thorn polnisch wurde, verlor erst Anton seine Anstellung im Stadtorchester und dann die Familie ihre Stuckdeckenwohnung im ersten Obergeschoss. Die neue Behörde verfrachtete sie in eine kleine Souterrainwohnung im selben Haus. Ihre alte Wohnung, zwei Stockwerke über ihnen, wurde von einem kinderlosen Paar in Beschlag genommen, das beruflich irgendetwas mit der neuen Behörde zu tun hatte. Wenn man sich im Hausflur begegnete, grüßte man sachlich ›dobry dzień‹, ›do widzenia‹. Kein Wort mehr.

Die neue Wohnung, halb so groß wie die alte, halb unter der Erde liegend, mit Fenstern, die unter der Decke klebten und nur von Riesen ohne Hilfe zu öffnen waren, veränderte das Familienleben grundlegend. Wohnküche, Bad, Eltern- und ein Kinderzimmer boten den vier noch zuhause wohnenden Kindern keine zumutbaren Lebensbedingungen. Die Umstände trieben Josefs Vater Maximilian, Tante

17

Martha, Tante Hertha und Onkel Adalbert früher aus dem Haus und in die Selbständigkeit, als es für junge Leute sinnvoll gewesen wäre. Fast alle waren zum Zeitpunkt ihres Auszugs keine zwanzig Jahre alt und sorgten schon lange für ihren eigenen Unterhalt.

Neben seinem Vater, Martha, Hertha und Adalbert hatten Maria und Anton noch Sigmund und Theodor großgezogen, ihre beiden ältesten Söhne, die Josef aber kaum gekannt hatte. Die großelterliche Begeisterung, auch noch Josef, das Kind ihres Sohnes Maximilians aufziehen zu müssen, hielt sich in Grenzen. Doch lag der Grund für ihre Zurückhaltung nicht in der Bedürftigkeit ihres Enkels, sondern im Egoismus ihres Sohnes begründet, der sich seiner Verantwortung als Vater einfach entzog. Das künstlerische Potential Maximilians, seine mögliche Karriere, vor allem aber Josef, der ein hinreißender Fratz war, stimmten Maria und Anton trotzdem gnädig. Sie konnten gar nicht anders und kümmerten sich so hingebungsvoll um ihren Enkel, als wäre er ihr leiblicher Sohn. Sie wussten ja wie es geht, waren auch noch jung genug und schließlich hatten sie sogar Gefallen an dem Gedanken gefunden, dass sie Maximilian mit der Erziehung Josefs etwas Freiheit verschaffen und einen Beitrag zu dessen Karriere leisten würden.

Mit das Erste, woran sich Josef wirklich, ohne Umweg über ein Foto erinnerte, war ein Wort, das er kurz vor seinem vierten Geburtstag gelernt hatte und das sich von da an in seinem Kopf festgesetzt hatte wie Oma und Opa. Es war ein Wort, an dem niemand vorbeikam. Ein Wort, hinter dem sich mehr zu verbergen schien als nur der Name eines lauthalsen Politikers, der sich mit scharfem Scheitel und stumpfem Moustache gefiel: Hitler.

Wann, wo und von wem auch immer ausgesprochen, trieb es Opa Sorgenfalten ins Gesicht. Dieses Wort bewegte ihn, machte ihn wütend oder traurig oder beides zugleich. Anders waren seine, mal in die eine, mal in die andere Richtung ausschlagenden Reaktionen kaum zu erklären. In kämpferischen Momenten rief er »Unkraut, verrecke«, in resignierenden sagte er leise »Es sind so viele kulturlos geworden.« Insbesondere der durch ihren Präsidenten Max von Schilling erzwungene Austritt Heinrich Manns aus der Akademie der Künste, hatten in ihm böse Vorahnungen über die Ungeheuerlichkeiten ausgelöst, die in der kommenden Zeit nicht nur Künstlern widerfahren würden.

Kurz zuvor war Mann wegen der Unterzeichnung eines sozialistischen Appells bei den Nationalsozialisten in Ungnade gefallen.

Dass ausgerechnet von Schilling, einer wie Anton, ein Musiker und Komponist, ein künstlerisch Gleichgesinnter, zu einem solchen Verrat imstande war, zeigte ihm, wie stark der Verfall von Solidaritäts- und Freiheitswerten bereits fortgeschritten war – nach nur wenigen Wochen Regierungsbeteiligung von NSDAP und Hitler im Amt des Reichskanzlers.

Es zeichnete sich eine für die Akademie bedrohliche Entwicklung ab, weshalb sich fast sämtliche Mitglieder in einer außerordentlichen Sitzung zusammengefunden hatten, um über von Schillings vorgehen zu diskutieren. Einige zeigten sich solidarisch mit Mann und rügten ihren Präsidenten für dessen unkollegiale Haltung. Aber rechtsnationale Gedanken hatten selbst vor der Schwelle der Akademie keinen Halt gemacht, weshalb von Schillings Vorgehen auch das Verständnis einiger weniger, ihn unterstützender Kräfte gefunden hatte.

Fassungslos erhob Architekt Martin Wagner seine Stimme. Nach einer selbstbewusst vorgetragenen Kritik an der würdelosen, vom Präsidenten entfachten Intrige, schloss er seinen kämpferischen Einlass mit der Überlegung, ob er einer Akademie, die so etwas dulde, weiter angehören wolle.

Am Ende der Sitzung erklärte auch Wagner seinen Austritt. Niemand sonst folgte ihm.

Das alles wusste Anton von Wagner persönlich, den er während des Festaktes zur Übergabe der von Wagner geplanten »Weiße Stadt« in Berlin Reinickendorf kennengelernt hatte. Anton hatte mit einigen

Kollegen für den musikalischen Rahmen gesorgt. Wagner und Anton waren sich sympathisch und sie waren in Kontakt geblieben.

Anton achtete darauf, dass es niemand Fremdes zu hören bekam, wenn er sich echauffierte. Und wenn es aus ihm herausplatzte, während Josef in der Nähe war, senkte er schnell seine Stimme und sagte sanft: »Mein lieber Josef, du weißt ja, ...«

Ja, Josef wusste. Und er war stolz darauf, dass er es wissen durfte. Opa hatte ihm zugetraut, ein Geheimnis zu bewahren. Und er ahnte, dass sich mehr dahinter verbarg als nur ein harmloses Spiel. Nur war es ihm meist unverständlich, welchen Worten das Aufregende eines Geheimnisses innewohnte und welchen nicht. Und genauso verhielt es sich mit dem Warum. Aber es genügte vollkommen, wenn Opa auf die Bewahrung eines Geheimnisses hinwies. Dann war sich Josef bewusst, dass er auf keinen Fall einen Fehler begehen durfte, wenn er seinen Opa nicht enttäuschen wollte, weshalb er das Naheliegende beschloss: Über Äußerungen Opas würde er den Mantel des Schweigens werfen.

Fliegenschiss

Josef konnte sich nicht genau erinnern, aber er mochte schon achtzig Jahre alt gewesen sein, als ihn das Warten auf den richtigen Moment zunehmend ermüdete – nicht mental, aber körperlich bereitete ihm das ewige Herumstehen mehr und mehr Probleme. Organisch war er gesund, aber neben dem Fotografieren, das nur einen Teil seiner Zeit ausfüllte, war er auch Marathonläufer gewesen und sowohl die Wettkämpfe als auch die weiten Trainingsläufe, die er fast täglich unternahm, hatten ihre Spuren hinterlassen. Schmerzhafte Stiche in Hüft- und Kniegelenken erinnerten ihn immer öfter daran, dass es sie noch gab und er jahrzehntelang keine Rücksicht auf sie genommen hatte. Irgendwann sah er keinen Sinn mehr darin, sich weiterhin unnötigen Qualen auszusetzen, und kaufte sich einen leichten Campingklappstuhl – nicht zum Marathonlaufen versteht sich.

Er zog ihn aus dem Rucksack heraus, klappte ihn auf und setzte sich vor das Stativ mit der darauf befestigten Kamera. Dabei kam ihm eine frühe, sich in seinem Kopf festgesetzte Szene, kein Foto, in den Sinn, die ihn in einer ähnlichen Position zeigte.

Opa Anton hatte ihn auf einen Fußhocker gesetzt, einen von der Sorte, wie ihn Schuhputzer auf der Straße verwendeten, damit der Fuß des Kunden frei von allen Seiten zugänglich zu bearbeiten war. Der Hocker maß genau die Sitzhöhe, die notwendig war, um Josef eine optimale Haltung zu ermöglichen: Der Oberkörper gestreckt, die Beinchen einen rechten Winkel bildend.

Gespannt wartete Josef auf die Anweisungen seines Opas, der sich für erste Haltungskorrekturen hinter ihm positioniert hatte, nachdem er einen auf niedrigster Stufe eingestellten Notenständer vor ihm auf-

21

gebaut hatte. Josef sollte sein Köpfchen ohne unnötige Verrenkungen geradeaus auf die Notenblätter richten können.

Es war Josefs sechster Geburtstag. Die Großeltern hatten ihm eine Geige geschenkt und die erste Unterrichtsstunde am Nachmittag stand kurz bevor.

Josefs linke Faust presste den hölzernen Korpus gegen den schmalen Hals. Die rechte streckte entschlossen den Bogen in die Luft – ähnlich wie Marianne die verbotene Trikolore auf Eugène Delacroixs Gemälde »Die Freiheit führt das Volk«. Die dargestellte Geste hatte er kurz zuvor in einem Geschichtsbuch bewundert, das Opa Anton hatte herumliegen lassen. Es war eines von den Büchern, in die sich Opa immer wieder vertiefte, seit in Berlin die Kulturlosen das Sagen hatten.

Josefs theatralische Geste, so stellte er sich das vor, würde den Beginn eines furiosen Violinkonzertes ankündigen. Schon oft war er von Opa Anton zu klassischen Konzerten mitgenommen worden, hatte die ausladenden Bewegungen von Musikern und Dirigenten bewundert, die zweifellos umso bessere Musiker und Dirigenten waren, je auffallender ihre Gesten gerieten. Das hatte er verstanden: Man musste eine Menge Theater veranstalten, wenn man am Theater gesehen werden, wenn man zu den Bewunderten gehören wollte.

Doch war er schon mit der eingenommenen Haltung vollkommen überfordert. Einzelne Saiten greifen, schnell hintereinander gar, dazu noch den Bogen zum Instrument führen, damit er Töne, sogar bestimmte Töne aus dem Instrument herauskitzelte – nein, zu derart komplizierten Bewegungen war er nicht imstande. Sie hätten das zarte Gebilde aus der Balance geraten und wie ein Kartenhaus in sich zusammenstürzen lassen. Musiker zu sein, war nicht so einfach, wie es in den Konzerten ausgesehen hatte.

In dieser jämmerlichen Position verharrte Josef, bis ihn Opa Anton energisch zurechtwies: »Marian Josef!«

»Was ist denn, Opa?«

»Reiß dich zusammen.«

»Ja, schon gut.«

Mit ein wenig Übung hätte er sicher bald herausgefunden, wie ein Gleichgewicht zwischen den Teilen herzustellen war. Und Anton, nicht nur ein virtuoser Violinist, sondern auch begabter Pädagoge, wäre ihm gerne behilflich dabei gewesen. Aber so weit war es dann gar nicht erst gekommen.

Als Anton auf die ersten Noten von »Hänschen klein« zeigte und deren Bedeutung und Wert erklären wollte, sagte Josef: »Was meinst du Opa, den Fliegenschiss?«

Es war der Moment, in dem etwas offensichtlich wurde, was sich vorher nur angedeutet hatte: Josef sah nicht gut. Im Gegenteil sah er erschreckend schlecht, derart schlecht, dass er nicht einmal den Namen des in fetten Buchstaben überschriebenen Stückes zu erkennen in der Lage war, geschweige denn eine einzelne Note oder deren Wert.

Anton legte mitfühlend seine Hand auf Josefs Köpfchen und rief laut in die Wohnung, damit es auch Oma Maria in der Küche hörte: »Der Junge braucht eine Brille.«

»Was sagst du?«, schallte es aus der Küche zurück.

»Du brauchst ein Hörrohr.«

»Papperlapapp. Nimm du den Waschlappen aus dem Mund.«

Anton zwinkerte Josef zu und rief erneut: »De Nge brt ne Brl.«

»Sag das doch gleich«, rief Oma Maria und direkt hinterher: »Herrgottchen, armes Josefchen.«

›Josefchen‹. Niemand sonst hätte ihn so rufen dürfen. Bei Oma Maria ging das in Ordnung, war sie doch immer und gerne zu Scherzen aufgelegt. Sogar wenn ein ernster, erzieherischer Beitrag von ihr erwartet wurde, besann sie sich ihres Humors, den sie in fein abgestimmte Ironie verpackte. Selbst die größte Ermahnung wurde so erträglich. Er hätte ihr alles verziehen – ›Josefchen‹ sowieso. Außerdem gehörte das Verniedlichen genauso zu ihr wie die auf wundersame Weise immer makellose weiße Schürze, die sie ständig trug, vielleicht sogar im Bett, spekulierte Josef. Ebenso die grauen Haare, die ihr in weichen Wellen bis auf die Schultern fielen und sie jünger aussehen ließen als die gleichaltrigen Damen mit dem hochgesteckten, strengen Dutt. Dabei war Oma schon richtig alt. 51 Jahre, hatte sie ihm erklärt. Eine unergründlich große Zahl. Opa war auch schon alt, aber nicht so alt wie Oma. Er war 47.

Manchmal kabbelten Oma und Opa miteinander. Das funktionierte gut, weil sie beide aus demselben Holz geschnitzt waren. Josef schmiss sich dann auf den Bauch, stützte die Ellenbogen auf dem Boden ab, legte den Kopf in die Hände und betrachtete das Schauspiel wie eine exklusiv für ihn dargebotene, in einem Drama versteckte Komödie. Und niemand konnte sich sicher sein, ob nicht genau darin der Sinn des großelterlichen Spektakels gelegen hatte.

Die vielen Fähigkeiten und Talente, die Oma und Opa zu bieten hatten, sorgten nicht nur für eine Menge Spaß, sie waren womöglich auch der Grund, warum Josefs Vater keine Zeit für seinen Sohn aufzubringen vermochte.

Maximilian hatte eine Menge Talente vererbt bekommen, vielleicht eine zu große Menge und er war einer von denen, der seine Talente kannte und für sich nutzte. Sprachlich übernahm er nicht nur Marias und Antons Fähigkeit, sich in Deutsch, Französisch und Polnisch auszudrücken, sein Gespür für Sprachen ließ ihn auch Russisch und Englisch sprechen lernen. Das erledigte er wie beiläufig auf seinen Wegen zur Schule, zum Einkaufen oder zu Freunden. Mit einer Hand ein Buch vor den Augen haltend, war es ein Wunder, dass ihm nie ein Unglück geschehen war. Ein übersehener Bordstein, eine heranpreschende Pferdekutsche oder eines von diesen neuartigen Automobilen, die immer öfter die Straßen unsicher machten – Gefahrenquellen fanden sich genug. Schon mit Anfang zwanzig beeindruckte er durch seine Fähigkeit, gewandt von einer in die andere Sprache zu wechseln.

Und musikalisch betrachtet hätte er kaum *mehr* erben können. So war ihm nicht nur das absolute Gehör geschenkt worden, auch das Erlernen von Instrumenten schien ihm nur so zuzufliegen. Für das Beherrschen einer Trompete benötigte er, rücklings auf der Couch liegend, einen einzigen Tag. Bereits mit neunzehn Jahren spielte er Trompete, Klarinette, Geige und Klavier professionell in mehreren Kapellen. Mit fünfundzwanzig schrieb er für verschiedene Orchester Partituren, die in den Wirren des Ersten Weltkriegs beschädigt wurden oder verlorengegangen waren, komplett neu auf. Talente ausleben und Vatersein – das passte nicht zusammen. Da er auch ein attraktiver junger Mann war, der sich in Gesellschaft charmant zu bewegen verstand, konnte er sich der lukrativen Auftrittsangebote und schmeichelhaften Einladungen kaum erwehren. Spätestens nachdem er die Vorzüge seines Erfolges zu schätzen gelernt hatte, benötigte er Anerkennung und Applaus zum Leben wie Wasser und Brot.

Josefs Geburt war genau in jene Zeit gefallen, in der er keine für seinen Sohn zu erübrigen im Stande war.

Der Augenarzt stellte extreme Kurzsichtigkeit fest. Zwei Wochen später balancierte Josef von Stahlträgern gerahmte Glasbausteine auf dem Nasenrücken herum. Doch selbst mit diesem Monstrum war für ihn kein Notenlesen möglich – zumindest nicht mit dem für das Spielen des Instruments benötigten Abstand zum Notenblatt. Dafür war er von jetzt auf gleich zu einem ihn kennzeichnenden Accessoire gelangt, dass manch anderem Kind ein bestens geeignetes Hänselpotential lieferte. Manchmal hätte Josef die Brille am liebsten in die Ecke gepfeffert. Doch die zu befürchtenden Folgen – ungewollte Zusammenstöße mit irgendwem oder irgendetwas – erschienen ihm solche Ausbrüche nicht wert.

So kam es, dass Josef kein einziges Instrument lernen würde, zumindest nicht in der professionellen Art und Weise, wie es Tradition in der Familie war und wie es bis zu diesem Zeitpunkt von ihm erwartet wurde. Musikalisch betrachtet, erwartete fortan niemand mehr etwas von ihm. Das erleichterte ihn einerseits, aber bekümmerte ihn andererseits. Auch wenn er die Geige doch noch ein wenig zu spielen lernte – er hätte sie oder ein anderes Instrument lieber ›richtig‹ beherrschen mögen.

Zu diesem Zeitpunkt ahnte er nicht, dass er Jahre später – in eine beigefarbene Pfadfinderuniform gesteckt – recht passabel die Marschtrommel bearbeiten würde.

Die Namen

Josef war gerade sieben Jahre alt geworden, als sich ein Vorfall ereignete, dessen Folge ihn lebenslang begleiten würde. Oma und er machten sich auf den Weg zu dem nahegelegenen Spielplatz. Der Winter war vorbei, die Sonne schickte erste Frühlingsgrüße aus einem tiefblauen Himmel, doch lagen die Temperaturen noch im einstelligen Bereich, weshalb Oma Josef warme Sachen angezogen und Hagebuttentee in eine Warmhaltekanne gefüllt hatte.

Der Spielplatz war von hohen Bäumen umsäumt, deren kahle Äste wirre Muster auf den Boden warfen. Josef mochte das Spiel von Licht und Schatten, von hell und dunkel. Dagegen konnte er die Begeisterung der Erwachsenen, wenn im Frühjahr alles bunt wurde, kaum nachvollziehen, sie verwunderte ihn sogar. Da half ihm auch die Brille nicht weiter, die nur mit Mühe seine Kurzsichtigkeit ausglich, aber mit einer Rot-Grün-Schwäche überfordert war, so wie es auch jede andere Brille gewesen wäre. »Ein Gendefekt ist ein Gendefekt«, hatte ihm der Augenarzt mit erhobenem Zeigefinger erklärt, als wäre Josef begriffsstutzig und als führten wiederholte Worte zu einer doppelten Verständlichkeit. »Da kann man nichts machen«, schob er noch hinterher. Na, vielen Dank, dachte Josef.

Rot und Grün: Josef konnte sie nicht auseinanderhalten. Für ihn war das ein und dieselbe Farbe.

An einem sonnigen Sommertag hatte ihm die Oma einmal erklären wollen wie die Blätter und Blüten in der Wirklichkeit aussehen. Doch Josef hatte die Wirklichkeit der Farben nie erlebt. Er kannte nur die Farben, auf die seine Rezeptoren reagierten. Selbst wenn er die Augen schloss und seiner Fantasie freien Lauf ließ, war es seinem Gehirn unmöglich, sich andere Farben vorzustellen als die, die es kannte.

Auf dem Spielplatz ging es bereits hoch her. Einige Kinder tobten einfach wild in der Gegend herum. Manche krabbelten die Stufen der neuen Rutsche hoch, rutschten hinab, rannten zurück, krabbelten hoch, rutschten ... Ein endloser Kreislauf. Andere bauten Sandburgen mit Türmen und Zinnen, deren Konstruktion von wieder anderen durch gezielte Fußtritte auf ihre Standsicherheit überprüft wurde. Großes Gezeter dann. Josef war sich nicht sicher, welcher Gruppe er angehören wollte. Den Zerstörern schon mal gar nicht, das war klar. Vielleicht, dachte er, wäre es ratsam, das Ganze erst einmal als unbeteiligter Beobachter auf sich wirken zu lassen. Eine voreilig getroffene Entscheidung würde womöglich den erhofften Spaß verderben. Er setzte sich auf die hölzerne Sandkasteneinfassung, stützte die Ellenbogen auf den Oberschenkeln ab und legte das Kinn in die offenen Hände.

Wenige Augenblicke später stand ein Mädchen vor ihm, das er vom Sehen kannte, mit dem er aber noch nie gespielt hatte. Sie sah ihn neugierig an und trippelte unruhig von einem Bein auf das andere, als müsse sie Pipi, musste sie aber nicht. Schmutznase, freches Grinsen, und rote Zöpfe, die am Köpfchen herumhüpften wie trockene Äste beim Schütteln der Pflaumen.

»Wer bist du?«, fragte sie in forschem Ton.

»Ich bin Marian Josef und du?«

»Was hast du gesagt? Wie heißt du?«

»Marian Josef.«

Das Mädchen sah die Oma an. »Stimmt das?«

»Ja, gewiss mein Kind«, antwortete die Oma.

Das Mädchen drehte sich zu den anderen Kindern um und rief belustigt: »Hört mal her. Die Brillenschlange hier, heißt Maria und Josef.«

Schon kamen die anderen Kinder herbeigestürmt und belagerten den erschrockenen Josef. Einer, der in seiner Kniebundhose, dem abgenutzten Jackett und dem schwarzen Lockenkopf aussah wie Albert Einstein Junior, schoss etwas zu vorlaut seine blitzschnell erlangte

Erkenntnis heraus:»Der heißt wie ein Junge und Mädchen zusammen!«

»Ach, was du nicht sagst«, bemerkte das Zopfmädchen schnippisch. Einstein kreuzte beleidigt die Arme vor der Brust und verstummte.

»Nein, nein, nein«, rief Josef und schüttelte den Kopf.

Ein Dickerchen, etwas älter als Josef, mit Igelschnitt, Pfannkuchengesicht und seltsam schmalen Augen, baute sich dicht vor ihm auf und wiederholte ohne Unterlass die unglaublichen Worte in einem Singsang, als wären sie die ersten Worte, die er jemals gehört und zu sprechen gelernt hatte.»Mariiia und Jooosef, Mariiia und Jooosef, Mariiia und Jooosef.«

Das war ganz nach dem Geschmack der anderen Kinder, die nacheinander einstiegen und mit wachsender Begeisterung den Drei-Worte-Spott wiederholten.»Mariiia und Jooosef, Mariiia und Jooosef.«

»Nein, nein, nein«, rief Josef wieder. Er wollte das Missverständnis auflösen, wollte, dass sie aufhörten, ihn in Ruhe ließen. Aber niemand hörte ihm zu. Niemand *wollte* ihm zuhören. Dafür bot ›Maria und Josef‹ einfach zu viel Gemeinheits- und damit Belustigungspotential, als dass der Wahrheit eine Chance gegeben werden konnte.

Oma hatte abgewartet. Kinder sind manchmal so, wie sie aus eigener Erfahrung wusste, aber sie kriegen sich auch schnell wieder ein. Dann war sie mit ihrer Geduld doch am Ende, und gerade als sie im Begriff war, sich zu erheben, um ein aufklärerisches Machtwort zu sprechen, drängte ein verwahrlost wirkender Junge das Dickerchen zur Seite. Seine blonden Haare hingen strähnig bis zum Kinn herunter, die grauen Knickerbocker und der braune Pullover wurden von bunten Flicken zusammengehalten und die klobigen Lederschuhe waren lange schon abgelaufen. Ein Junge wie aus der Zeit gefallen, wie aus einem Charles-Dickens-Roman. Er hatte die Fäuste in die Hüften gestemmt und lächelte Josef zu.

Josef konnte sich nicht erinnern, den Jungen vorher einmal gesehen zu haben. Plötzlich war er da. Einfach so. Stand vor ihm und sagte ganz ruhig und mit fester Stimme an die anderen Kinder gerichtet:

29

»Ihr Dummköpfe. Das ist Marian. Josef. Mein Freund.« Zwischen Marian und Josef machte er eine kleine, aber spürbare Pause. In dem Auftritt des Jungen schwang so viel Selbstgewissheit mit, dass die Gruppe sofort verstummte. Niemand wagte ein Widerwort. Im Gegenteil, einige sahen beschämt zu Boden, andere klopften Josef entschuldigend auf die Schulter und das Zopfmädchen entschuldigte sich sogar in Worten. »Möchtest du mit uns spielen?« Nur das Dickerchen zischte noch einmal »Maria und Josef« heraus, zog sich nach einem strengen Blick des Jungen aber ebenso zurück wie die anderen Kinder. Und schon waren alle wieder mit ihren eigenen Unternehmungen beschäftigt.

Der Junge hatte Oma in Erstaunen versetzt. Ein Kind, das derart entschieden seinem Gerechtigkeitssinn folgte, hatte sie noch nicht erlebt und sie fragte sich, ob die Armseligen der Berliner Politik überhaupt möglich geworden wären, wenn mehr Erwachsene etwas von dem unerschütterlichen Charakter eines solchen Jungen in sich getragen hätten.

Der Junge wandte sich an Josef. »Ich bin Sam«, sagte er und hielt Josef die Hand hin.
Josef hatte den Namen Sam noch nie gehört. Sam wie im Englischen, mit ä, ja, aber nicht mit a. Er nickte und schlug ein. »Du heißt Sam? Ich meine Sam mit a?«
»Ja, eigentlich Samuel.«
»Samuel. Ein schöner Name.«
»Schon, aber Sam klingt lässiger.«
Josef lächelte. »Irgendwie schon, ja.«
Sie lösten ihre Hände.
»Warum hast du mir geholfen, Sam?«
Sam hob die Schultern: »Einfach nur so«, antwortete er lapidar.
»Und woher weißt du, wie ich wirklich heiße, Sam?« Der Name sei-

nes Retters gefiel Josef so sehr, dass er ihn öfter aussprach, als es nötig gewesen wäre.

»Ach, das war einfach. Du hast deinen Namen vorhin selbst gesagt. Das Mädchen hat ihn nur absichtlich falsch verstanden.«

Josef nickte. »Und warum hast du behauptet, dass wir Freunde sind?«

»Ganz einfach. Weil wir jetzt doch Freunde sind.«

Für Sam war offenbar alles einfach, dachte Josef und freute sich auf all das, was er mit ihm noch erleben würde. Noch immer hatte er auf der Sandkasteneinfassung gesessen. Das erschien ihm zunehmend unhöflich, weshalb er aufgestanden war und Sam lange in die Augen gesehen hatte. »Freunde«, sagte er lächelnd.

Sam nickte und legte eine Hand auf Josefs Schulter. »Aber Marian Josef, sag' selbst, dein Name klingt schon ein wenig sperrig, findest du nicht auch?«

»Da habe ich noch nie drüber nachgedacht. So heiße ich eben.«

»Sicher, aber man könnte ihn vereinfachen. Du wärst immer noch du.«

»Und du hast auch schon eine Idee, Sam?«

»Klar. Aus Marian lässt sich nicht viel machen. Maria, Ria, Ma: alles Käse für einen Jungen. Josef bietet mehr. Sef klingt aber auch blöd. Jo ist okay, aber von Marian Josef zu Jo – da geht vielleicht etwas zu viel verloren.«

»Was schlägst du vor?«

Sam grinste. »Ich, gar nichts.«

Josef hatte verstanden. »Dann heiße ich ab sofort Marian Josef ohne Marian.«

»Schön dich kennenzulernen, Josef.«

Der Aufpasser

Von da an war Josef immer öfter mit Sam unterwegs und immer seltener mit den Großeltern. Wenn er ohne sie loszog, sorgten sie sich um ihn, unabhängig davon, ob Sam bei ihm war oder nicht. Besonders die Weichsel verursachte ihnen ein mulmiges Gefühl, zumindest solange Josef noch klein war und im Auge behalten werden musste. So kam es, dass sie glaubten, dass es nicht schaden könne, wenn sie ihm seinen um ein Jahr älteren Cousin Gregor, den Sohn Tante Herthas, an die Seite stellen würden.

Josef war wenig begeistert über seinen ›Aufpasser‹. Er hatte zwar nichts gegen Gregor, aber auch wenn er bis dahin gut mit ihm ausgekommen war – besonders viel Spaß hatte er bisher nicht mit ihm erlebt.

Gregor war ein zurückhaltender, vernünftig wirkender Junge, der immer auf einen korrekten Haarschnitt und ordentliche Kleidung bedacht war. Womöglich waren es genau diese Attribute, die ihn in den Augen der Erwachsenen zu einem vertrauenswürdigen Begleiter qualifizierten. Doch bald schon erkannte Josef, dass sich die Erwachsenen verrechnet hatten. Gregors wirklicher Charakter entsprach keineswegs dem, den die Erwachsenen ihm zuerkannt hatten. In Wirklichkeit tobte er genauso gerne herum, hatte er genauso viel Spaß an Unsinn und stellte sich ebenso gerne neuen Herausforderungen wie Josef und Sam. Und auch wenn sich Gregor kaum von anderen Kindern seines Alters unterschied, zeichneten ihn zwei Besonderheiten aus. Zum einen trug er immer eine Schiebermütze. Josef kannte ihn nur so und vermutete, dass er mit ihr zur Welt gekommen war. Zum anderen sprach er wenig, und wenn, dann stotternd, weshalb er selten mehr als drei Worte herausbrachte. Drei schaffte er flüssig. Wenn er sich einmal – was durchaus vorkam – genötigt fühlte, mehr als drei Worte zu sprechen, bewältigte er auch Vier- Fünf- und sogar Vielwortsätze, was seinem Umfeld einiges an Geduld abverlangte.

Auch Sam hatte gefallen an Gregor gefunden. Zu Beginn war er von Gregors Wortkargheit noch irritiert, wie er Josef gegenüber einmal offenbarte. Er sei sich nicht sicher, ob sich darin Überheblichkeit oder Unsicherheit ausdrückte. Bald aber überwog seine Einschätzung, dass weder das eine noch das andere zutraf. Vielleicht erschien ihm Gregor nur deshalb so, weil er manchmal abwesend, nicht bei der Sache zu sein schien, was ihn wiederum ein wenig geheimnisvoll wirken ließ. Nachdem er Gregor besser kennengelernt hatte, gab er Josef gegenüber sogar einmal zu, dass er ihn ein wenig bewunderte. Er bewunderte ihn für seinen Mut, so zu sein, wie er war – ein stotternder Grübler.

Bald schon bildeten die drei ein unzertrennliches Trio, das in den Ruinen des ehemaligen Deutschritterordens Räuber und Gendarm oder Cowboy und Apache spielte. Zumeist aber waren sie edle Ritter, die schöne Burgfräulein vor allem möglichen Ungemach retteten. Ritterspiele fühlten sich in den alten Gemäuern an wie echt.

Ihr Lieblingsort aber war ein verbotener Ort. Ein Ort, von dem sie sich sommers wie winters magisch angezogen fühlten. Josef hatte seinen Großeltern hoch und heilig versprechen müssen auch nicht nur einen Gedanken auf den Fluss zu verschwenden, denn die Weichsel empfing ihre Besucher meist freundlich, ließ sie manchmal aber nicht mehr gehen. Fortan verschwendete Josef all seine Gedanken auf den Fluss. Und natürlich waren er und seine Freunde, dem heiligen Versprechen zum Trotz, so oft an der Weichsel wie nur irgendwie möglich.

Josef zahlte dafür einen Preis: Sein schlechtes Gewissen meldete sich häufiger als ihm lieb war. Doch war dieser Preis nichts im Vergleich zum Ertrag, den er erzielte – die pure Lebensfreude. Nicht einmal im Traum kam ihm in den Sinn, Preis und Ertrag gegeneinander abzuwägen.

Und natürlich spielten er und seine Freunde nicht nur auf den flussnahen Wiesen oder im seichten Uferwasser. So kam es, dass Josef mit acht Jahren ein ausgezeichneter Schwimmer war, der sich unbekümmert in die tückischen Fluten warf. Die Großeltern hatten nie etwas davon bemerkt, das zumindest glaubte Josef, da er nie erfuhr, ob sie etwas bemerkt hatten.

Doch hatte er oft genug nasse Klamotten im Rucksack verstaut und nicht immer war es ihm gelungen, sie heimlich in seinem Zimmer trocknen zu lassen. Nasse Schuhe, Strümpfe, Badehose – es wäre einem Wunder gleichgekommen, wenn sie Oma und Opa nicht aufgefallen wären. Er war ihnen dankbar für ihren Mut, für ihren Großmut.

Kirschen an der Weichsel

Nur einmal gerieten er und seine Freunde in eine brenzlige Situation. Das war an einem heißen Spätfrühlingstag 1940.

Am 1. September 1939 hatten deutsche Truppen Polen überfallen. Thorn lag außerhalb des Gebietes der Kampfhandlungen, weshalb Menschen und Stadt unversehrt geblieben waren. Schon vier Tage später wurde Thorn in das Deutsche Reich eingegliedert und dem für Polen schmerzhaften Prozess der Eindeutschung unterzogen. An Schulen wurden polnische Lehrer durch deutsche ersetzt. Die deutsche Sprache wurde wieder eingeführt und der unter polnischer Regierung festgelegten lateinischen Schreibweise folgte das im Reich übliche Sütterlin. Im Unterricht standen anstatt polnische wieder deutsche Themen im Vordergrund.

Josef tat sich schwer mit dem Polnischen, weshalb er froh über die Wiedereinführung der deutschen Sprache war. Dass er eine neue Schrift lernen musste, gefiel ihm weniger.

Ein Jahr später zwang ihn eine Reform wieder zurück zur früheren lateinischen Schrift.

Josef, Sam und Gregor erfrischten sich im flachen Wasser des Uferbereichs. Unvermittelt stand ein Junge am Ufer, der schon etwas älter war als die Freunde, nicht viel älter, ein Jahr vielleicht, höchstens zwei. So genau war das nicht zu schätzen, übergewichtig und rundgesichtig wie der Junge war. Josef kannte den Jungen nicht, wie er zunächst annahm, der Junge aber kannte Josef.

»Du da«, rief der Junge in die Richtung der Freunde, die bis zum Bauch im Wasser standen und sich Unsinn erzählten.

Die drei schauten herüber.

»Guck nicht so blöd.« Er deutete auf Josef.

Josef hob die Schultern und zeigte mit dem Finger auf sich.

»Ja, genau, dich meine ich.«

»Was willst du?«, rief Josef.

»Maria und Josef. Mutter polnische Hure, Vater Taugenichts. Bastard, elender.«

Das schöne Wetter hatte andere Kinder, aber auch Erwachsene, die ihre Freizeit hier verbrachten, an die Weichsel gelockt. Sie hatten es sich in weiten Abständen gemütlich gemacht. Der Junge hatte seine Stimme erhoben und in alle Richtungen gesprochen. Alle sollten hören, was er zu verkünden hatte.

Die Freunde sahen sich an.

»Kennst du den?«, wollte Gregor wissen.

Josef fragte sich, warum der Junge seinen Namen wusste. ›Maria und Josef.‹ Im Zusammenhang mit ihm selbst hatte er die Worte nicht mehr gehört, seit … Ja, seit er Sam das erste Mal begegnet war.

»Eigentlich nicht«, antwortete er. »Da war mal was im Sandkasten. Lange her. Der war damals schon so ...«

»Bastard, ich rede mit dir!«, tönte es vom Ufer.

›Bastard.‹ Josef war unehelich auf die Welt gekommen, ja. Aber dass dieser Umstand für gemeine Beleidigungen missbraucht wurde, das hatte er bisher noch nicht erlebt. Es kränkte ihn. Josef hatte bereits gelernt familiäre Informationen besser für sich zu behalten, zumindest denjenigen gegenüber, die ihm fremd waren, denen er weder vertrauen noch glauben durfte. Manchen Leuten bereitete es Vergnügen, die Lebensdaten anderer zu unwahren, kompromittierenden Geschichten umzudichten. Josef fragte sich, woher ausgerechnet der Kerl sein Wissen hatte. Er würde es herausfinden. Doch zunächst hielt er keine Reaktion für die beste Reaktion.

»Eingebildeter Fatzke. Ich rede mit dir. Hältst dich für was Besseres, was?«

Gregor mischte sich ein. »Was wi… willst du von mei… meinem Freund, Blö… Blödmann.«

»Ganz ruhig Zitterlippe«, rief der Dicke sichtlich belustigt. »Wer ist denn hier der Blödmann?«

»Auch ich bi… bin Josef«, entgegnete Gregor und legte einen Arm um Josefs Schultern.

»Halt die Klappe.«

»Halt du die Kl… Klappe.«

»Wie du meinst.« Der Junge bückte sich, ergriff einen Kieselstein und richtete sich wieder auf. Dann stellte er ein Bein vor, hob etwas ungelenk den rechten Arm hinter den Kopf und warf nach ihnen, verfehlte sie aber weit. Wieder bückte er sich, ergriff er einen Stein, warf und verfehlte. Das Ganze wiederholte er ohne Unterlass. Ergreifen, werfen, verfehlen.

Gregor trug seine Mütze auch beim Baden in der Weichsel. Jetzt nahm er sie vom Kopf und funktionierte sie zu einem Fanghandschuh wie beim Baseball um. Den einen oder anderen Kiesel wehrte er zwar ab, konnte weitere Würfe aber nicht verhindern. Wütend tauchte er die Mütze ins Wasser und schleuderte sie dem Kerl entgegen.

Der stoppte den Angriff mit ausgestrecktem Bauch und quittierte Gregors Gegenwehr mit einem müden Lächeln.

So konnte das nicht weitergehen. Auch wenn der Kerl über eine nur rudimentäre Wurftechnik verfügte – irgendwann würde ihm der Zufall in den Arm greifen und er doch noch treffen.

Die Freunde warfen sich ins Wasser und schwammen vom Uferbereich weg Richtung Flussmitte. Je öfter ein Stein flog, und je weiter sie schwammen, desto näher gerieten sie den gefährlichen Strömungen, die schon so manchen Unvorsichtigen mit sich und auf ewig fortgerissen hatten. Schon spürten sie den Sog, schafften es aber, gerade noch dagegen anzukämpfen. Auf der einen Seite die Steine, auf der anderen die Strömung – sie waren in eine ernste Situation geraten.

Plötzlich erschraken sie. Wo war Sam? Ihr Freund war nicht mehr bei ihnen. War er bereits von der Strömung erfasst worden und fort- oder gar in die Tiefe gezogen worden. Sie drehten sich um ihre eigene Achse. Kein Sam. Sie drehten eine weitere Runde und wieder eine. Dann sahen sie ihn. Offensichtlich war er ein gutes Stück unter Was- ser geschwommen und tauchte in diesem Moment auf – nur wenige Meter vom Ufer entfernt.

Neben Josef und Gregor schlugen weiterhin die Steine ein. Überall um sie herum breiteten sich kreisförmige Wellen aus. Und es wurden stetig mehr. Im Wasser wirkte das wie ein von allen Seiten geführter Angriff, dem nicht zu entkommen war, außer man schwamm weiter in den Fluss hinein. Mindestens einmal wäre Josef am Kopf getroffen worden, hätte er nicht geistesgegenwärtig seinen Arm gehoben. Jetzt schmerzte sein Handgelenk. Besser so als andersherum, dachte er.

Dann sahen sie Sam aus dem Wasser krabbeln. Die Stelle lag etwas abseits von dem Kerl, der ihren Freund offenbar aus den Augen ver- loren hatte. Damit sich daran nichts änderte, vermieden die beiden allzu offensichtliche Blicke in Sams Richtung.

Sam krabbelte noch ein paar Meter weiter, bis er sich langsam auf- richtete und in einem großen Bogen in den Rücken des Dicken schlich.

Jetzt konnten ihre Blicke Sam nicht mehr verraten, weshalb sie ge- spannt die neue Konstellation am Ufer beobachteten. Sam würde einen Plan haben, da waren sie sich sicher. Sam hatte immer einen Plan. Einfach so.

Und dann trauten sie ihren Augen nicht. Ihr Freund stand direkt hinter dem Kerl, der immer noch Steine auf sie warf. Aber anstatt ihm in den Arm zu greifen, wie sie es vermutet und gehofft hatten, zog Sam seine Badehose aus. Vollkommen nackt stand er jetzt da und die beiden fragten sich, was das werden sollte. Die Antwort erhielten sie prompt.

Der Kerl hatte gerade wieder einen Stein geworfen und wie nach jedem seiner Würfe verharrte er vor dem nächsten Wurf, bis der Stein auf dem Wasser aufgeschlagen war. Es war der Moment, in dem ihm Sam die nasse Badehose über den Kopf stülpte und die Haltebändchen zuzog.

»Ihh, uah, bäh«, schrie der Dicke angewidert und versuchte, sich das Ding vom Kopf zu reißen. Dabei verlor er das Gleichgewicht, ruderte mit den Armen, und noch bevor er sich wieder fangen konnte, nahm Sam kurz Anlauf und schmiss sich mit seinem ganzen Gewicht gegen den taumelnden Koloss. Der verlor endgültig das Gleichgewicht, krachte auf die Knie und schrie vor Schmerz auf.

Sam zog ihm die Badehose vom Kopf, schlüpfte wieder in sie hinein und stellte sich lächelnd vor den am Boden Kauernden, der wimmernd sein rechtes Knie befühlte.

»Ich an deiner Stelle wäre lieber ein Bastard«, erklärte Sam laut, damit die Freunde im Wasser es auch hörten. »Andernfalls müsste ich mich mein Leben lang vor mir selbst schämen.«

»Hä …, auer …, hä, versteh' ich nicht.«

»Schade für dich.«

Inzwischen waren Josef und Gregor ans Ufer geschwommen. Sie hatten sich die Klamotten geschnappt, das Wasser vom tropfnassen Körper gewischt und zu Sam gesellt, der sich über ein anerkennendes Schulterklopfen freuen durfte. Sie grinsten einander an und jeder wusste, dass keiner den anderen wegen des Triumphes angrinste.

Josef hockte sich vor den zu einem Kloß mutierten Koloss und schaute ihm in die Augen. Ja, dachte Josef, das war der Junge mit den schmalen Augen. Sie erinnerten ihn an Darstellungen von Menschen, die hoch im Norden im ewigen Eis lebten. Dann betrachtete er das offensichtlich verletzte und schmerzende Knie, das ihm das Häufchen Elend vorwurfsvoll entgegenhielt. Es blutete und sah wirklich nicht besonders ansehnlich aus.

»Kannst du aufstehen?«

»Lass mich in Ruhe«, zischte der Junge.

»Versuche es wenigstens.«

»Du kannst mich mal …«

»Wie du meinst«, sagte Josef und an Sam und Gregor gerichtet: »Lasst uns wieder anziehen und verschwinden.«

»Warte«, sagte der Junge. Er schimpfte noch etwas Unverständliches, versuchte, sich aufzurichten, scheiterte aber im Ansatz. Nach weiteren vergeblichen Anläufen nahm er endlich die angebotene Unterstützung von Gregor an. Josefs und Sams Hände wehrte er rigoros ab. Abermals begutachtete Josef die Wunde, die seiner Ansicht nach versorgt werden musste. Er sah zu Gregor, der nickte, in die Shorts sprang, das Hemd überwarf und losrannte. »Bin gleich zurück«, rief er noch über die Schulter hinweg.

Alle drei Freunde wohnten nicht weit entfernt in der Altstadt. Zehn Minuten später stand Gregor wieder bei ihnen. Er hatte Salben und Verbandszeug mitgebracht. Weitere fünf Minuten später war das Knie versorgt.

Warum auch immer, hatte Josef die Erlaubnis des Jungen erhalten und etwas unbeholfen den Verband angelegt. Entgegen Josefs eigenem Anspruch wirkte das Ergebnis eher kurios, statt effektiv. Das halbe Bein war kreuz und quer umwickelt, überall waren Knoten und ein Haufen loser Enden baumelte vor Schienbein und Wade herum. Aber die Blutung war gestillt.

»Kommst du allein klar«, fragte Josef, »oder sollen wir dich nach Hause bringen?«

Hilfe annehmen, körperliche Unterstützung womöglich – das schien dem Jungen offenbar fern jeder Vorstellung. Das mochte aus seiner Sicht sogar verständlich sein, hatte man ihn doch nicht nur besiegt, man hatte ihn auch gedemütigt. Und jetzt boten ihm seine Peiniger ihre Hilfe an. Weder passte das zusammen noch schien er zu wollen, dass das zusammenpasste. »Auf keinen Fall.«

»Wie du meinst«, sagte Josef.

»Ich komm' klar.«

»Will ich sehen«, sagte Gregor.

Der Junge nickte, machte einen entschlossenen Schritt nach vorn, verlor abermals die Kontrolle und sackte ich sich zusammen.

»Klappt ja vorzüglich«, sagte Gregor.

»Pah«, entgegnete der Junge. Doch entgegen seinen Worten lag ein vages Flehen in seinem Blick, das die Freunde bemerkten. Abermals halfen sie ihm auf die Beine.

Der Junge schaute an sich herunter und schüttelte den Kopf. Er schien seine abwehrende Haltung zu überdenken. Plötzlich hatte er keine Einwände mehr gegen die fremde Hilfe. »Ich wohne da hinten, nicht weit vom Bootsanleger entfernt.« Er zeigte in die Richtung einiger Häuser, die schon seit Generationen von Schiffern und Kapitänen bewohnt wurden. »Mein Vater ist Weichselschiffer«, sagte er stolz. »Immer unterwegs«, ergänzte er, dieses Mal mehr bekümmert als stolz. Dann ließ er sich stützen, auch von seinen Widersachern Josef und Sam.

Bis zu den Häusern am Anleger waren es einige hundert Meter. Die Freunde halfen abwechselnd und immer zu zweit. Allein wäre keiner von ihnen in der Lage gewesen, eine solch schwerfällige Masse zu bewältigen. Außerdem hielt sich die Mitarbeit des Jungen in Grenzen. Ein Sack Mehl hätte kaum weniger Mithilfe geleistet. Quälend langsam näherten sie sich ihrem Ziel. Niemand sagte etwas, jeder schien die Situation so schnell wie möglich hinter sich bringen zu wollen. Bis Gregor das befremdliche Schweigen durchbrach.

»Wie heißt du?« Dreiwortsätze waren seine Spezialität.

Der Junge schien erst noch zu überlegen, ob er seinen Namen verraten sollte, doch schließlich antwortete er: »Ady, mit y.«

»Ady?«, wiederholte Josef. »Ein seltener Name, oder? Ich kenne niemanden, der so heißt.«

»Ich auch nicht«, antwortete der Junge. »Eigentlich heiße ich Adolf, aber Adolf mag ich nicht.«

Das war schon einigermaßen kurios, dachte Josef. Der Junge hänselte andere wegen ihres Namens, haderte aber mit seinem eigenen.

»Und woran hörst du, ob jemand i oder y sagt?«

»Ich höre es nicht, ich sehe es.«

»Du siehst es?«

»Wenn es jemand ernst mit mir meint, sehe ich es in seinen Augen.«

Adys Erklärung schien Josef etwas eigentümlich, weshalb er sie gerne hinterfragt hätte. Da er Ady nicht zu nahetreten wollte, nickte er stattdessen, wollte zeigen, dass er verstanden hatte, was aber nicht ganz stimmte. Er deutete nacheinander auf die Freunde: »Gregor, Sam und ich heiße Josef. Nur Josef«.

Ady sagte nichts, nickte aber ebenso wie Josef zuvor.

Bis zu diesem Augenblick hatte Josef den Jungen noch zur Rede stellen wollen. Weniger, weil es ihn interessierte, warum er so gemein war. Manche Jungs, aber auch Mädchen waren halt so. Vielmehr wollte er herausfinden, wie der Junge zu seinem Wissen über Josefs Familienverhältnisse gekommen war, ohne das ihm die Grundlage für seine Beleidigungen gefehlt hätte. Doch die Dringlichkeit dieses Vorhabens erlosch mit dem gerade erworbenen Wissen über Adys Namen.

Mit einem Mal sah er den Jungen in einem anderen Licht. Er war immer noch ein Blödmann, ja. Aber einer, der mit seinem eigenen Namen haderte, sich unbeholfen bewegte, der wegen seiner Unförmigkeit sicher selbst gehänselt wurde, der womöglich keine Freunde hatte und jetzt auch noch gedemütigt wurde. Nein, es war nicht wichtig, zu wissen, was, wann und von wem Ady etwas über ihn erfahren hatte.

Eine gefühlte Stunde später hatten sie die Strecke bewältigt und standen vor einer Reihe gleich aussehender mehrgeschossiger Klinkergebäude. Ady deutete auf ein mittleres, mit steilem Giebeldach, vielen kleinen Fenstern und maritimen Symbolen, die die Fassade schmückten – Anker, Kompass, Steuerrad. Über der Eingangstür war das metallene Stadtwappen Thorns befestigt. Links daneben hing eine Hanseflagge, rechts eine Hakenkreuzfahne.

Ady druckste herum. Sie spürten, dass er etwas loswerden wollte und sich schwer damit tat. Aber dann siegte Adys Neugierde. »Warum … ich meine, nach all dem, warum helft ihr mir?«

Die Frage überraschte Josef. Wie Ady die Frage formulierte, hatte er keine Hilfe erwartet. Josef dagegen hielt es für eine Selbstverständlichkeit Bedürftigen Hilfe zu leisten. In der Rückbesinnung auf sein eigenes Verhalten musste Ady ihre Hilfe unverständlich vorkommen und eine gehörige Portion Zweifel bezüglich ihrer Absichten in ihm ausgelöst haben. In der Welt, wie er sie zu sehen schien, hatte er jetzt mit einer Falle, mit Revanche zu rechnen. Aber womöglich hoffte er in diesem Moment, dass er sich täuschte, dass die Welt nicht immer so funktionierte wie er befürchtete. Darüber benötigte er Gewissheit und hatte nichts weniger gestellt als die Vertrauensfrage.

Josef überlegte, was er antworten sollte. Den Begriff Freundschaft brauchte er gar nicht erst bemühen. Ady hätte sich zurecht verspottet gefühlt. Und dass Ady auf drei gute Samariter gestoßen war, stimmte ebenso wenig.

Noch bevor Josef eine brauchbare Antwort gefunden hatte, zog Sam seinen Klassiker aus dem Ärmel.

»Einfach so.«

Das war zwar alles andere als wohlüberlegt, dachte Josef, aber trotzdem genial. Jede andere Erklärung hätte womöglich zu großmütig oder konstruiert geklungen.

Ady lächelte. Zum ersten Mal.

Die Haustür war nur angelehnt. Gregor schob sie auf. »Wo wohnst du?«, fragte er flüssig.

»Ganz oben«, sagte Ady.

Unterstützt durch Josef und Sam humpelte Ady erst über die Schwelle hinein ins Treppenhaus und dann, von Pausen in den Geschossen und auf den Zwischenpodesten unterbrochen, hoch in die vierte Etage.

Die zum Hinterhof ausgerichteten Fenster tauchten das Treppenhaus in ein fahles, von Staub gesättigtes Licht. An den Fenstern suchten Fliegen die Freiheit.

An der Tür gab es keine Klingel, nur ein Namensschild: Schiffer. Ady verriet das familiäre Klopfzeichen, das Gregor zaghaft übertrug: tock, tocktock, tock, tocktock.

Nichts.

»Fester«, bestimmte Ady.

Gregor klopfte entschiedener.

Dann hörten sie Schritte. Die Tür wurde aufgezogen. Vor ihnen stand eine attraktive Frau: schlank, blond, barfuß, der Rock verknittert, die weiße Bluse aufgeknöpft, strenger Blick aus grünen Augen. Sie hatte ein schmales Gesicht, das ohne die maskenhafte Schminke hübscher gewesen wäre. Beim Auftragen des Lippenstifts war sie offensichtlich etwas fahrig gewesen – ihr Mund war weit über die Lippen hinaus dunkelrot verschmiert.

Sie schaute auf die Jungen, blickte zurück in die Wohnung, dann wieder auf die Jungen. »Was hast du jetzt wieder angestellt? Habe ich nicht gesagt, dass du erst zum Abendessen zurück sein sollst? Hat man denn gar keine Ruhe vor dir? Und was wollen *die* hier?« Sie zeigte mit dem Kinn auf die Jungs.

»Meine Freunde. Sie haben mir gehol...«

»Seit wann hast du Freunde?« Sie schaute sich die Jungen genauer an. Dann deutete sie auf Sam. »Freunde? Gesindel ist das.«

Sam sah tatsächlich zerzaust aus. Er hatte sich das kurzärmelige Hemd nur übergeworfen aber nicht zugeknöpft und seine ungewöhnlich langen Haare fielen ihm wild ins Gesicht.

Die Gemeinten sahen sich an. Dass Ady sie Freunde nannte, war unter diesen Umständen in Ordnung. Aber dass man sie als Gesindel bezeichnete, war inakzeptabel.

»Wir haben wenigstens Familien, die sich auf uns freuen, wenn wir nach Hause kommen, nicht so einen Drachen«, sagte Sam.

Die Frau verdrehte die Augen und rang spürbar um Worte: »Auch noch ..., auch noch frech werden. Unverschämtheit. Dreckiges Pack

44

seid ihr. Ich werde euch helfen.« Sie drohte mit erhobener Hand. »Verschwindet aus meinem Blick. Aber zackig.«

Sie ließen sich kein zweites Mal bitten.

»Ady«, sagte Gregor, »kommst du mit?«

»Ich kann nicht.« Er deutete auf sein Knie.

»Wir helfen dir«, sagte Gregor.

Ady schüttelte den Kopf und sah verängstigt zu seiner Mutter auf. Die machte eine wegscheuchende Handbewegung. »Geh' ruhig und komme bloß nicht wieder.«

»Sie meint das nicht so«, sagte Josef.

»Oh doch«, betonte die Mutter grimmig.

»Überleg's dir Ady. Bis zum Abend ist es lang«, gab Sam zu bedenken.

»Nein. Ist besser so.«

»Wie du meinst«, sagte Josef und traf die Entscheidung. »Gut Jungs, wir sind hier unerwünscht. Lasst uns verschwinden.«

Gregor und Sam nickten.

»Mach's gut, Ady«, sagte Josef.

»Mit dem Knie – das tut mir leid«, sagte Sam.

»Wird schon wieder«, sagte Gregor.

Dann schenkten sie Ady ein aufmunterndes Schulterklopfen und liefen die Treppen hinunter.

Eine halbe Etage tiefer rief Josef noch: »Und halt die Ohren steif!«

»Danke«, rief Ady den Dreien hinterher. »Auch für das Ypsilon.«

Einen Augenblick später hörten sie die Wohnungstür knallen.

Wieder am Hauseingang angekommen, hielt sich Josef einen Zeigefinger vor den Mund. »Pssst«. Irgendetwas war. Die Freunde verhielten sich still und horchten. Von oben drang ein leises Wimmern zu ihnen herunter.

»Armer Ady«, sagte Gregor.

Die anderen nickten.

Vor der Haustür standen sie wieder in der Sonne. Der Nachmittag lag noch vor ihnen und sie beschlossen sich auf den Weg zu einem ihrer Lieblingsorte, einem knöchernen, auf den Weichselwiesen wachsenden Kirschbaum zu machen.

Der Baum mochte schon viele Jahrhunderte dort stehen, vermuteten die Freunde, hatte Kälte, Hitze, Überschwemmungen erlebt. Doch wie zum Trotz trug er jedes Jahr aufs Neue eine überbordende Fülle süßer Früchte. Und er trug schwer an ihnen. Manche Äste bogen sich so weit herunter, dass sie den Boden berührten. Es wirkte, als würden sie nach Halt suchen.

Kaum angekommen pflückten sie so viele Kirschen, wie sie in zwei Händen tragen konnten. Dann setzten sie sich in den Schatten der Krone, aßen stumm die Kirschen und spuckten die Kerne so weit heraus wie sie konnten.

Sam brach als Erster das Schweigen. »Wir sitzen hier im Schatten und essen Kirschen. Ady sitzt im dunklen Treppenhaus und hat nichts.« Er spuckte einen Kern aus und machte eine Kunstpause. Das wusste er damals schon, wie man durch Pausen Aufmerksamkeit erzielte.

Josef und Gregor war sowieso klar, dass es Sam um mehr ging als um eine bloße Feststellung, selbst wenn diese bedrückend war. Geduldig warteten sie ab, worauf es ihm ankam.

»Schlage vor: Wir pflücken für Ady.«

Das war eine Idee, mit der auch die Freunde einverstanden waren.

Josef und Gregor pflückten und pflückten, bis die zu einer Mulde zusammengelegten Hände von Sam zum Überlaufen gefüllt waren, einzelne Kirschen keinen Halt mehr fanden und auf den Boden fielen. Mehr ging nicht. Sam machte sich auf den Weg.

Eine halbe Stunde später saß er wieder mit seinen Freunden zusammen, die wissen wollten, wie es gelaufen war.

Sam hob die Schultern. »Ady war nicht mehr da. Vielleicht durfte er doch noch rein. Ich habe die Kirschen vor die Tür gelegt.«

Ady, er ging ihnen nicht mehr aus dem Kopf. Sie überlegten, wie sie ihm helfen konnten. Welche Möglichkeiten hatten sie, außer ihm ihre Freundschaft anzubieten? Und selbst das war nicht so einfach, nach Adys etwas unbeholfenem Versuch, sie kennenzulernen. Die Sache mit Ady war eine andere als die zwischen Josef und Sam. Außerdem war Freundschaft nicht zu verordnen und manchmal brauchte sie Zeit, um sich zu entwickeln.

Am liebsten hätten sie die grässliche Mutter zum Mond geschossen. Eine wunderbare Vorstellung. In einer anderen würden sie Ady seiner Mutter entziehen, ihn entführen und irgendwo vor ihr verstecken. Das klang machbar, war aber letztlich ein ebenso unrealistisches Hirngespinst wie Mütterchens Mondfahrt.

Doch bald nach den Ereignissen um Ady entwickelte sich alles sehr schnell ganz anders und Ady geriet aus ihrem Blick.

Pimpfe

Plötzlich sahen sich die Freunde mit der außer Kontrolle geratenen Großmachtfantasie des Berliner Kulturlosen konfrontiert, die sich immer stärker auf das Leben jedes einzelnen Bürgers auswirkte. Des Führers Misstrauen gegenüber dem eigenen Volk, das er durch Repressalien zu kontrollieren suchte, vor allem die Auswirkungen seiner monströsen Eroberungs- und Vernichtungspläne, machten auch vor Kindern und Jugendlichen keinen Halt. Sie alle waren verpflichtet, sich einer der neu geschaffenen Jugendorganisationen anzuschließen. Für die Hitlerjugend waren die Freunde noch zu jung. Auf die 10- bis 14-Jährigen wartete das Deutsche Jungvolk, eine Teilorganisation der Hitlerjugend, deren inoffizielle Aufgabe in der vormilitärischen Ausbildung und nationalsozialistischen Indoktrinierung bestanden hatte. Die offizielle Lesart klang freundlicher, nach Abwechslung, Kameradschaft und Abenteuer.

Die Freunde waren es gewohnt, in ihrer Freizeit zu tun und zu lassen was sie wollten. Sie brauchten kein Jungvolk, das ihnen vorschrieb, wie sie ihre Zeit zu verbringen hatten. Schon gar nicht brauchten sie eine Organisation, die ihnen bei der Verwirklichung ihrer eigenen Ideen im Wege stand.

Sam entwickelte sogar eine regelrechte Abscheu gegen jede Art von Hierarchie, Gehorsam und Uniformität. Trotz allgemeiner ›Jugenddienstpflicht‹ wehrte er sich mit allen Mitteln gegen die obrigkeitsverordnete Vereinnahmung durch ein künstlich erschaffenes System, das er von Grund auf ablehnte. Schließlich erkannten seine Eltern, dass sie einen kleinen Freigeist erzogen hatten, einen, der für seine Überzeugungen kämpfte, was ihm sicher eine Menge Schwierigkeiten einbringen würde im auf Hierarchie und Gehorsam ausgerichteten Jungvolk, weshalb sie von einer Anmeldung absahen. Sie waren überzeugt: Es gab Dinge, dazu gehörten auch Kinder, die sollte man belassen, wie sie waren. Einen einzigartigen Rohdiamanten schliff man nicht zu einem beliebigen Schmuckstein herunter. Im Moment ihrer Entscheidung wollten sie das Beste für ihren Jungen. Ob es tatsächlich das Beste war, entschieden nicht sie oder Sam, sondern die Ereignisse der nächsten Jahre.

Josef kannte keinen anderen Jungen, der dem Jungvolk den Rücken zukehrte. Er bewunderte Sam für dessen Mut, denn jeder, der sich den staatlichen Geboten verweigerte, hatte mit Konsequenzen zu rechnen. Woraus diese bestanden wusste niemand so genau. Aber alle ahnten, dass es sie geben würde, denn so funktionierte der auf unbedingten Gehorsam aufgebaute Staatsapparat.

Aus diesem Grund hatte Opa Anton Josef geraten, seinen Widerstand aufzugeben. Während Sam unnachgiebig gekämpft hatte, fügte sich Josef dem Druck der auf ihm lastenden Erwartungen. Zwar hatte ihm der Opa die Wahl gelassen – andere Kinder mussten ohne Widerrede gehorchen – doch geschickt die Vorzüge einer Mitgliedschaft im Jungvolk in den Vordergrund gestellt: insbesondere das Pfadfindertum und das Musizieren. Letzteres war Josef ein gewichtiges Argument. Seine Sehschwäche vergällte ihm zwar das Erlernen von klassischen Instrumenten, aber keineswegs sein Interesse an der Musik an sich. Singen, einen Takt schlagen – das ging, das mochte er.

Opa Anton hätte sich zurückhaltender, weniger fordernd verhalten, wenn seine zuerst rigoros ausgeprägte Ablehnung gegenüber der Berliner Politik nicht mildere Züge angenommen hätte, seit Thorn wieder zu einer deutschen Stadt geworden war. Auch wenn er es selbst kaum glauben konnte und auch wenn es ihn manchmal zerriss: Dafür war er dankbar, wie er sogar offen zugab.

Nachdem im Zuge der Umsetzung des Versailler Vertrages, Thorn dem polnischen Staat zugeordnet wurde, hatte man ihm seine Anstellung als Orchestermusiker des Stadttheaters gekündigt. Seitdem sah er sich gezwungen seine Familie durch Auftritte auf Volksfesten und Hochzeiten versorgen zu müssen. Obwohl diese auf künstlerischer Ebene keine Herausforderung darstellten, mochte er diese Auftritte. Doch die kargen Gagen sorgten für eine andauernd dürftige Haushaltskasse und lösten fortwährend existentielle Nöte aus. Anton vermisste seine Arbeit im Stadtorchester nicht nur aus künstlerischer Sicht.

Mit der Eingliederung Thorns in das Deutsche Reich wurden polnische gegen deutsche Beamte ausgetauscht und Anton erhielt eine Anstellung in der Stadtverwaltung, über die er dankbar war. Er hatte sich gefragt, warum er in der neuen Verwaltung eingesetzt wurde, anstatt im Orchester, dem er sich zugehörig fühlte, wo er seinen eigentlichen, seinen Fähigkeiten angemessenen Arbeitsplatz sah. Doch hatte er die Frage niemandem gegenüber ausgesprochen, da die Antwort auf der Hand lag. Er war niemals Mitglied der Partei gewesen.

Fortan verdiente er sein Geld nicht mehr als Musiker, was er bedauerte, sondern als Beschaffer sämtlicher in der Verwaltung benötigten Mittel. Nach Jahren des Darbens überwog dennoch die Freude über die gesicherte Existenz. Und natürlich legte er die Geige nicht zur Seite, sondern spielte sie, wann immer sich eine Gelegenheit dafür bot.

All die sich für Anton zum Guten entwickelten Veränderungen entsprangen ursächlich dem wirren Kriegswahn des Kulturlosen in Berlin. Lieber hätte er auf sie verzichtet und dafür bescheiden, aber in Frieden gelebt. Doch die Zeit war nicht zurückzudrehen und wie auch immer diese Tatsache zustande gekommen war: Thorn war wieder eine deutsche Stadt und Anton froh darüber. Und unendlich bekümmert.

Mit den neuen Umständen erschien ihm auch Josefs Mitgliedschaft im Jungvolk weniger problematisch, als er sich das ein paar Jahre zuvor noch hätte vorstellen können.

Entgegen Josefs Erwartung entpuppte sich gleich die erste Herausforderung nach seinem Geschmack: Die Aufnahmeprüfung, allgemein als ›Pimpfenprobe‹ bekannt. Josefs Bewegungsdrang hatte ihn robust und ausdauernd werden lassen, weshalb er der Prüfung gelassen und mit Freude entgegensah.

Der sportliche Teil bestand aus einem 70 Meter-Lauf, der in weniger als 15 Sekunden bewältigt werden musste; beim Schleuderballweitwurf durfte der Ball erst jenseits der 25 Meter-Marke zu Boden stürzen und im Weitsprung waren 3,50 Meter zu überwinden. Abschließend war für mindestens eine Minute lang die Luft anzuhalten. Das waren keine Anforderungen, die Josef schlaflose Nächte bereiteten. Im Gegenteil. In 15 Sekunden schaffte er nicht nur 70, sondern fast 100 Meter und für eine Minute Luftanhalten hatte er nur ein müdes Lächeln übrig. Dafür war er zu oft mit seinen Freunden um die Wette getaucht.

Ein- bis zweimal die Woche traf sich Josefs Schar zum Üben auf einem Sportplatz.

Die Vorbereitung auf den geistigen Teil der Probe erfolgte in einem polnischen Kulturzentrum, dessen Betrieb von den deutschen Besatzern untersagt wurde. Stattdessen hatte man das Zentrum den Organisationen der Hitlerjugend zugeordnet. In den Räumlichkeiten dieses fortan HJ-Heim genannten Gebäudes wurde Josef das Gedankengut vermittelt, wofür die Organisationen der Hitlerjugend gegründet worden waren.

Zunächst waren es die ›Schwertworte‹, also die Losung des Jungvolks, die jeder können musste wie seinen eigenen Namen: ›Jungvolkjungen sind hart, schweigsam und treu. Jungvolkjungen sind Kameraden. Des Jungvolkjungen Höchstes ist die Ehre‹.

Ebenso mussten sie in wenigen Sätzen die Lebensgeschichte Adolf Hitlers auswendig lernen und auf Verlangen aufsagen können.

Außerdem lernten sie all die Lieder, welche Heimat, Kampf und Kameradschaft in den Vordergrund stellten: ›Deutschland, Deutschland, über alles, über alles in der Welt‹, inklusive dem Horst-Wessel-Lied ›Die Fahne hoch, die Reihen fest geschlossen, SA marschiert mit ruhig festem Schritt‹. Das Lied ›Es zittern die morschen Knochen der Welt vor dem großen Sieg‹ wurde kaum merklich umgedichtet. In der letzten Liedzeile ›Wir werden weitermarschieren, wenn alles in Scherben fällt, denn heute hört uns Deutschland und morgen die ganze Welt‹, sangen sie, anstatt ›hört‹: ›gehört‹.

Weder die körperlichen noch die geistigen Anforderungen stellten Josef vor nennenswerte Herausforderungen. Dennoch gab er alles, besonders in sportlicher Hinsicht. Nicht nur, weil der Wettkampfcharakter seinen Ehrgeiz anstachelte, sondern auch, weil jeder, der die Anforderungen erfüllte, den Anspruch auf ein echtes Fahrtenmesser erwarb, das anschließend für vier Reichsmark käuflich erworben werden durfte. Dabei handelte es sich um das bei allen Jungen begehrte HJ-Fahrtenmesser mit Solinger Stahlklinge, Kunststoffgriff und vorgezogenem Handschutz, der das Abrutschen auf die Klinge verhindern sollte. Das Messer wurde mit einer dazugehörigen Lederscheide, zum Befestigen am Koppel ausgehändigt. Auf der sichtbar nach außen zu tragenden Seite war dem Griff das Emblem der HJ–Raute mit eingeschriebenem Hakenkreuz eingearbeitet. Das Messer hatte eine für Kinder beeindruckende Klingenlänge von 14 Zentimetern und wirkte in Verbindung mit der Scheide und dem HJ-Emblem auf jeden Jungen unwiderstehlich. Wenn es von Staats wegen nicht erwünscht gewesen wäre, hätten die Großeltern niemals ein solch verwegenes Werkzeug für Josef gekauft. Umso stolzer war er auf das Messer, dessen Besitzberechtigung er sich durch seine Leistungen erworben hatte.

Das Ganze hatte nur einen Haken. Für das Tragen des Messers bedurfte es der ausdrücklichen Erlaubnis des Jungenschaftsführers, der selbst nur ein wenige Jahre älterer Junge war. Josefs Jungenschaftsführer, der gelegentlich zu grundlosen Wutanfällen und ungerechten Entscheidungen neigte, zeichnete sich in solchen Angelegenheiten als vorausschauend und umsichtig aus. So kam es, dass kein einziger Pimpf aus Josefs Schar das Messer direkt am Körper tragen durfte. Wenn es gerade nicht für pfadfinderische Aktionen wie Schneiden, Spitzen, Schälen benötigt wurde, hatte es im Rucksack verstaut zu sein. So trug weder Josef noch sonst ein Junge seiner Jungenschaft das Messer sichtbar am Körper. Stattdessen blickten sie neidisch auf die Jungen anderer Jungenschaften, die ihre Messer mit heldenhaftem Stolz präsentierten.

Nach dem Ende der Prüfungen hatte sich die Gruppe für ein Erinnerungsfoto aufstellen müssen. Der geheimnisvolle dunkle Kasten auf dem dreibeinigen Stativ, das schwarze Tuch, das sich der Fotograf – ein missmutiger großer Mann in dunkelgrauem Anzug und einem entstellenden Vollbart, der ihm bis auf die Brust reichte – über den Kopf warf, all die klar formulierten Anweisungen, diese an ein Ritual erinnernde Zeremonie, die offenbar nötig war, bis das Foto endlich eingefangen und im wahrsten Sinne des Wortes im Kasten war: All das imponierte Josef sehr, so sehr, dass er sich wünschte, auch er könnte das, was der bärtige Mann konnte.

Camera Obscura

Zuhause durchstöberte Josef Opas Bücher nach Informationen über das Fotografieren. In einem Buch über die Geschichte der Technik der Menschheit wurde er in einem der letzten Kapitel fündig. Ein Abschnitt befasste sich mit dem Aufbau einer Lochkamera. Eine solche, hieß es, war in ihren Möglichkeiten stark eingeschränkt und lieferte nur sehr schlichte Ergebnisse, dafür besaß sie den Vorteil, dass sie ohne Aufwand und besondere Kenntnisse nachgebaut werden könne, eine Vorstellung, die Josef elektrisierte.

Er besorgte sich eine Laubsäge, dünnes Sperrholz und Leim und baute innerhalb einer Stunde das Gehäuse der Kamera, einer Art Schuhkarton zusammen. In die Vorderseite stach er mit der Spitze seines Schulzirkels ein winziges Loch, das er durch ein Pflaster abdeckte. Auf der Rückseite sägte er ein rechteckiges Loch in der Größe eines üblichen Fotopapiers aus. Anschließend klebte er auf den oberen und unteren Rahmenrand der Rückseite zwei Pappstreifen und darauf zwei etwas größere Holzleisten. Die Pappstreifen zwischen Leisten und Rahmenwand waren gerade so stark, dass er in den dadurch entstandenen Schlitz ein Fotopapier über die offene Rückseite des Kastens schieben konnte. Wenn er das bei abgedecktem Loch und vollkommener Dunkelheit mit einem unbelichteten Fotopapier bewerkstelligte, hatte er den Kasten für das Anfertigen eines einzigen Fotos vorbereitet. Würde er die so präparierte Apparatur einem Motiv gegenüberstellen und das vor dem Loch klebende Pflaster entfernen – was dem Öffnen der Blende eines handelsüblichen Fotoapparates entspräche –, würde das Fotopapier auf der Rückseite der Apparatur belichtet werden.

Die Kamera war vorbereitet und Josef überlegte, welches sein allererstes Motiv sein würde. Sollte es ruhig und sachlich sein, oder bewegt und emotional. Er entschied sich für bewegt und emotional. Und welches Motiv hätte die beiden Aspekte eindringlicher abgebildet als das Treiben auf einem belebten Platz. Er bat Tante Martha um Unterstützung.

Eigentlich lebte Tante Martha zusammen mit ihrem Mann Adam, einem polnischen Major, in einer herrschaftlichen Wohnung am Theaterplatz, schräg gegenüber vom Stadttheater. Doch schon zu Beginn des Krieges geriet Onkel Adam in deutsche Kriegsgefangenschaft. Seit nunmehr weit über einem Jahr sehnte Tante Martha die Rückkehr ihres Mannes herbei.

Den Blick aus dem Wohnzimmerfenster heraus hatte Josef schon oft genossen. Er hätte sich kein besseres Motiv für sein erstes Foto vorstellen können.

Tante Martha entsprach nicht nur seinem Wunsch – von seiner Euphorie angesteckt gewährte sie ihm jede Hilfe, die zum Gelingen des Fotos nötig war. Dazu gehörte auch die Erlaubnis zur kurzzeitigen Umwandlung des Badezimmers in eine Dunkelkammer.

Josef öffnete das Fenster und positionierte seine Apparatur auf der Fensterbank. Er hatte keine Erfahrung, wie lange das Fotopapier belichtet werden musste. Da es sich bei der Belichtungsöffnung, also der Blende, um ein sehr kleines Loch von gerade einem Millimeter Durchmesser handelte, würde er wohl eine lange Belichtungszeit wählen müssen, damit das Fotopapier reagierte. Er entfernte das Pflaster. Die Blende war geöffnet und Josef sah zu Tante Marthas von bronzenen Tannenzapfen angetriebene Pendeluhr. Die Zeiger standen auf 18:45. Es war Spätsommer und das Licht nicht mehr so grell, wie noch einige Wochen zuvor. 15 Minuten müssten ausreichen, schätzte er, damit sich das Licht auf dem Fotopapier abzeichnen und das wuselige Treiben auf dem Theaterplatz wiedergeben würde. Doch war es sein erster Versuch und die Wahl der Belichtungszeit war geraten, folgte lediglich seinem Gefühl. Während er wartete, erklärte er Tante Martha die Funktionsweise seiner kleinen Apparatur. Tante Martha hatte Tee und Gebäck auf dem Wohnzimmertisch serviert und folgte interessiert Josefs Ausführungen.

»Was du nicht alles weißt, liebes Joseflein.«

»Josef, liebe Tante, Josef. Ich bin kein kleiner Junge mehr.«

Dann ertönte der erste von sieben Glockenschlägen. Josef sprang zur Kamera, klebte das Pflaster vor das Loch und trug die komplette Apparatur in das kleine innenliegende Badezimmer.

Dort hatte er bereits drei Suppenteller vorbereitet. Der erste war fingerdick mit Entwickler gefüllt, der zweite mit Wasser und einem Schuss Essigkonzentrat und der dritte mit Fixierer. Er schaltete das Licht aus und hantierte jetzt blind. Doch hatte er zu Hause geübt, weshalb ihm die erforderlichen Handgriffe wie im Schlaf gelangen.

Sachte zog er das Fotopapier aus der Führung, legte es für geschätzte zwei Minuten in den Entwickler, nahm dann eine Wäscheklammer zur Hand, packte das Blatt an einer Ecke, tauchte es für 30 Sekunden in das Wasser-Essig-Gemisch und legte es danach in das Fixierbad. Anschließend wässerte er das Papier fünf Minuten lang im Waschbecken. Zum Abschluss befestigte er es mit der Klammer an einer durch das Bad gespannten Wäscheleine zum Trocknen. Jetzt hätte er das Ergebnis betrachten können, wenn es nicht stockdunkel im Bad gewesen wäre. Er hob sich die Überraschung für den Moment auf, wenn das Papier abgetrocknet sein würde. Er ging zurück ins Wohnzimmer.

Einen Tee, einen Haufen Plätzchen und ungezählter, mit der Tante gewechselter Worte später öffnete er gespannt die Badezimmertür. Er hatte noch keine Erfahrung mit den Belichtungszeiten, weshalb ihn das Ergebnis seines ersten Fotoabenteuers überraschte. Nichts von dem regen Treiben, das er einzufangen erhoffte, war auf dem Foto abgelichtet worden. Der Platz, das Theater, ja, alles war zu sehen, aber die vielen Menschen, die Pferdekutschen, die Automobile, sie waren unsichtbar. Lediglich ein auf Kundschaft wartender Schuhputzer und ein sich am Platzrand küssendes Pärchen waren sichtbar, dafür aber unscharf. Da nur alles Unbewegliche deutlich zu erkennen war, schloss Josef, dass Bewegliches, wegen der langen Belichtungszeit, wieder verschwinden, oder, wenn die Belichtung nicht allzu lange anhielte, zumindest unscharf und blass werden würde. Am Bildrand sah er eine Person aus dem Bild heraushuschen. Es sah zugleich lustig und unheimlich aus, denn sie war nicht nur unscharf, sie zog auch einen Schweif hinter sich her. Und die Blätter der das Theater flankierenden Bäume wirkten ebenso verhuscht. Josef blickte auf und schaute aus dem Fenster. Ja, es ging ein leichter Wind.

Dass das Motiv seitenverkehrt dargestellt war, überraschte ihn nicht, das hatte er erwartet. Um das zu ändern, bedurfte es nur eines Abklatsches auf ein Blatt unbelichtetes Fotopapier.

Das Ergebnis seiner Beobachtung führte ihn zu der Erkenntnis, dass er mit unterschiedlich gewählten Belichtungszeiten spielen könne, um bestimmte Effekte zu erzielen.

Zelte

Bevor sich das Jungvolk in ihr Leben eingemischt hatte, trafen sich die Freunde fast täglich. In dem Maße, wie sie ihre Zeit dem Jungvolk opferten, reduzierte sich auch ihre gemeinsame Zeit, zumal Hausaufgaben und familiäre Pflichten weiterhin erledigt werden mussten. Und da sie die Menge an Aufgaben und Verpflichtungen oft zu unterschiedlichen Zeiten zu bewältigen hatten, fanden sie spontan kaum noch zusammen. Jedes gemeinsame Treffen bedurfte einer aufeinander abgestimmten Absprache. Sie waren schon froh, wenn sie überhaupt ein paar gemeinsame Stunden fanden, ein gemeinsamer Tag war gar illusorisch geworden. Die neuen Umstände stellten ihre Freundschaft nachhaltig auf die Probe.

Wenn sie sich trafen, dann berichteten Gregor und Josef von ihren Erlebnissen beim Jungvolk – vom Musizieren, der ›Pimpfenprobe‹, dem Fahrtenmesser. Sam hörte geduldig zu, reagierte aber verhalten und war weit davon entfernt die Begeisterung seiner Freunde zu teilen.

Als sie sich einmal in den Ruinen des Deutschritterordens trafen und überlegten, was sie spielen sollten, schlug Josef »Räuber und Gendarm« vor. Gregor und Sam waren einverstanden, doch wollte Gregor dem Spiel einen anderen Namen geben.

»Deutschland gegen den Re… Rest der Welt«, erklärte er, solle das Spiel jetzt heißen.

Josef fand es ein wenig übertrieben, einem so harmlosen Spiel überhaupt einen anderen Namen zu geben, einen solch wuchtigen schon gar nicht. Aber es war nur ein Spiel und letztendlich egal, wie sie es nannten, solange es wie gewohnt gespielt würde.

Aber noch bevor er sein Einverständnis gegeben hatte, sagte Sam in seiner gewohnt ruhigen Art:»Man hat euch ganz schön die Köpfe gewaschen.«

Gregor guckte irritiert.»Was meinst du?«

»Ganz einfach, Gregor. Wärst du auch ohne Jungvolk auf diese Idee gekommen?«

»Ist das wichtig?«

»Es fällt nur auf.«

»Was fällt auf?«

»Dass ihr redet wie die Erwachsenen, die wieder reden wie die Politiker.«

»Ach, und wie re… reden die?«

»Immer von Nation, von Größe, von Stärke.«

»Ja, na und?« In Gregors Worten lag eine ungewohnte Schärfe.

»Und von Krieg«, ergänzte Sam.

Gregor schaute Sam in die Augen und sagte nichts.

Josef ahnte, was Sam meinte, betrachtete das Ganze aber gelassener als er und spürte den Drang Gregor beizustehen, womit er den aufkeimenden Streit jedoch nur unnötig befeuert hätte. Er suchte nach einer schlichtenden Bemerkung.

Doch noch bevor ihm etwas eingefallen war, hatte Gregor selbst eingelenkt.

»Was auch immer Kr... Krieg bedeutet – sp... spielen wollen wir ihn nicht.«

Josef war erleichtert. Der Streit war vorüber, bevor er richtig angefangen hatte. Doch er ahnte, dass dieser verhalten geführte Disput der erste, nicht aber der letzte sein würde. Dafür boten die unterschiedlichen Positionen zwischen Sam einerseits sowie Josef und Gregor andererseits zu viel Konfliktpotential.

Vier Jungenschaften von jeweils 15 Pimpfen hatten sich zu einem Jungenzug zusammengeschlossen. Die Jungenschaftsführer hatten ein mehrtägiges Zeltlager vorbereitet, das einige Kilometer außerhalb der

Stadt aufgeschlagen werden sollte. Der Lagerplatz lag in einem Nadelwald, in der Nähe eines kleinen Sees. Morgens um acht Uhr traf man sich vor der Tür des HJ-Heims. Jeder trug den gleichen braunen Rucksack mit der Marschausrüstung auf dem Rücken. Zelte, Kochgeschirr und Verpflegung hatten sie am Vortag auf Bollerwagen verstaut und mit Planen und Schnüren gesichert. Jeweils zwei Jungen zogen die aus Brettern zusammengezimmerten und auf Gummireifen rollenden Wagen an deren Deichseln. Auf ihrem Weg sangen sie die im Heim einstudierten Lieder. Neben dem Erwerb des Fahrtenmessers hatte auch das Musizieren Josefs Begeisterung entfacht. Und da er nicht nur über eine brauchbare, durchdringende Stimme verfügte, sondern auch wegen seines überdurchschnittlich ausgeprägten Rhythmusgefühls auffiel, war er schnell zum ersten Trommler aufgestiegen. So wurde sein musikalisches Talent, das bis dahin verborgen geblieben war, doch noch sichtbar. Er war dankbar, dass es sich so entwickelte. Dankbar dem Jungvolk, das sein Potential erkannte, es förderte und ihm eine ehrenvolle und von Anerkennung getragene Funktion überantwortete. Erster Trommler. Das war etwas.

An ihrem Ziel angekommen entluden sie die Bollerwagen und errichteten das Lager. Hier sollte ihnen neben pfadfinderischen Fähigkeiten auch Disziplin, Gehorsam und bedingungslose Loyalität vermittelt werden. Eine Woche lang dauerte der Drill. Für viele war es das erste Mal, dass sie über so viele Tage fern von zuhause waren. Die meisten betrachteten es als großartiges, von Kameradschaft und Lagerfeuerromantik geprägtes Abenteuer. Nur einige wenige sahen das anders – so wie Josef.

Das lag vor allem daran, dass sich manche Jungenschaftsführer als kleine Möchtegernhitler entpuppten, die glaubten, ihre lächerliche Macht durch fiese Schikanen Unschuldiger ausleben zu müssen. So wurde manchem Jungen, dessen Nase ihnen nicht passte, erst lächelnd Sand ins Essen gestreut und anschließend genüsslich beim Vertilgen der verdreckten Mahlzeit zugesehen. Wer etwas übrig ließ oder sich mutig dagegen wehrte, wurde wegen Befehlsverweigerung, ohne vorherige Verhandlung und nach Lust und Laune des Führers zu empfindlichen Strafen verurteilt.

Ein beliebtes Strafmaß bestand darin, dass der Verurteilte vierundzwanzig Stunden im sogenannten Strafzelt verbringen musste, ohne Nahrung, ohne Wasser und ohne das Zelt verlassen zu dürfen, auch nicht für die Notdurft. Wer es trotzdem wagte, sich für eine dringende Erleichterung im nahen Wald hinauszuschleichen und dabei erwischt wurde, erhielt dieselbe Strafe noch einmal. Zum Glück ergaben sich meist unbeobachtete Momente, die ein schnelles Verschwinden im Wald ermöglichten.

Den meisten blieben derartige Erniedrigungen erspart, auch Josef. Trotzdem war er entsetzt. Nichts rechtfertigte schikanöses Verhalten, selbst wenn der Schikanierte kein Engel gewesen wäre. Derartige Vorkommnisse rüttelten an seinem Gerechtigkeitssinn und immer, wenn ein Führer wieder einmal seine Macht missbrauchte, ballte er die Fäuste zusammen, traute sich aber nicht dazwischenzugehen oder seine Meinung zu äußern.

Das änderte sich an jenem Tag, an dem er seine Meinung doch noch und mehr als deutlich zum Ausdruck brachte. Fast die gesamte Mannschaft war mit einer maritimen Übung am See beschäftigt. Josef war für den Küchendienst eingeteilt worden und mit wenigen anderen im Lager zurückgeblieben. Man hatte ihn für das Vorbereiten von Gemüse abgestellt – putzen, waschen, schälen. Vom Küchenplatz aus blickte er geradewegs auf das Strafzelt. Und während er die Möhren bearbeitete, war ihm plötzlich bewusst, dass er den Jungen, der schon seit dreizehn Stunden darin verharrte, mit dem Nötigsten versorgen würde. Wie selbstverständlich und ohne auf die anderen zu achten, nahm er eine Möhre, holte aus dem Lebensmittelvorrat Wasser und etwas Brot hervor, schlenderte zum Strafzelt herüber und öffnete einen Spaltbreit den Verschluss. Er erstarrte vor Ekel – der Junge hatte nicht nur pinkeln müssen. Am liebsten hätte er den armen Kerl da rausgeholt, aber das hätte seine Strafe nur verlängert. Er öffnete den Verschluss vollständig und erklärte, dass er etwas zum Reinigen besorgen würde und gleich wieder zurück sei. Möhre, Wasser und Brot deponierte er vor dem Zelt. Nachdem der Zeltboden gereinigt war und der Junge sich gestärkt hatte, schritt Josef zur Tat. Sein Ziel waren die Zelte der Jungenschaftsführer, die am Rande des Lagers aufgebaut standen. Am ersten angekommen, ruckelte er einen Hering nach dem anderen aus dem festen Waldboden heraus, bis das Zelt zu einer seiner Funktion beraubten schlaffen Plane in sich zusammenfiel. Das wiederholte er, bis alle vier Führerzelte dem Erdboden gleichgemacht waren. Damit war sein Statement aber noch nicht abgeschlossen. Danach schlenderte er seelenruhig durch das Lager, zog sämtliche im Boden steckenden Stöcke mit den daran befestigten Hakenkreuzfahnen heraus, und steckte sie umgedreht, mit der Fahne nach unten, zurück in den Dreck. Er wusste, dass seine Aktion nicht ungesühnt bleiben würde, dass er eine empfindliche Strafe zu erwarten hatte. Aber, tröstete er sich, man würde ihn schon nicht exekutieren, wie einen Erwachsenen. Er fühlte sich großartig.

Seine Kameraden am Küchenplatz hatten ihre Aufgaben längst unterbrochen und beobachteten Josefs Treiben mit vor der Brust verschränkten Armen. Niemand sagte etwas, aber als er wieder bei ihnen war, klopfte ihm einer nach dem anderen auf die Schultern. Ob sie ihm damit ihre Anerkennung, oder ihr Mitleid für die zu erwartende Strafe zum Ausdruck bringen wollten, blieb ihr Geheimnis. Vermutlich beides.

Kurioserweise verschonte ihn die Schwere seines Vergehens vor dem gefürchteten Strafzelt, denn noch am selben Tag wurde er zurück nach Thorn in das HJ-Heim transportiert und wegen Missachtung und Verunglimpfung nationalsozialistischer Repräsentanten und Symbole von einem Militärrichter verurteilt. Wobei sein Vergehen an den Hakenkreuzfahnen schwerer wog als das an den Zelten. Zuerst wurde ihm seine Auszeichnung als erster Trommler wieder entzogen, dann steckte man ihn für vierundzwanzig Stunden in eine eigens für solche

Zwecke im Heim eingerichtete Dunkelzelle. Außerdem wurden Oma und Opa informiert, die offiziell Josefs Handeln verurteilten, untereinander aber seinen Mut lobten. Zusätzlich fand Josefs Vergehen auch noch Eintrag in seine Papiere. Ein paar Jahre älter wäre er damit vorbestraft gewesen.

Zu diesem Zeitpunkt konnte er nicht ahnen, dass er mit seiner Aktion eine Art Lebensversicherung abgeschlossen hatte, die ein Jahr nach dem Krieg sein wertvollster Besitz sein würde.

Am Tag nach Josefs Dunkelhaft trafen sich die Freunde am Deutschritterorden. Sie saßen auf einer Mauer, ließen die Beine baumeln und Josef erzählte von seinen Erlebnissen.

Gregor hörte schweigend zu. Am Ende der Geschichte sprang er auf die Beine und legte Josef eine Hand auf die Schulter.

»Das war richtig mu... mutig«, sagte er und tippe mit dem Zeigefinger der anderen Hand gegen den Schirm seiner Mütze.

Von Gregor hatte Josef keine Anerkennung erwartet. Er wusste um dessen Begeisterung für das Jungvolk, weshalb er eher mit einer kritischen, bestenfalls diplomatisch neutralen Reaktion rechnete. Offenbar war Gregor weniger verbohrt, als es mitunter den Anschein hatte. Josef nahm das erleichtert zur Kenntnis.

Aber was war mit Sam? Genauso unerwartet er Lob von Gregor erhielt, genauso unerwartet verhielt sich Sam. Kein aufmunterndes Wort, keine anerkennende Geste. Er saß mit hängendem Kopf auf der Mauer, wirkte abwesend, auf eine nicht gekannte Weise bedrückt. Das war nicht der Sam, den Josef kannte und es schien, dass nicht er selbst, sondern Sam ein aufmunterndes Wort gebraucht hätte.

Josef schwang sich von der Mauer und suchte Blickkontakt zu seinem Freund.

»Sam?«

Sam hob den Kopf, stierte aber an Josef vorbei in die Ferne.

»Was ist los?«

»Nichts ist los.«

»Ist es meine Geschichte?«

Sam schüttelte den Kopf. »Mein Vater. Sie haben ihn mitgenommen.«

Josef und Gregor sahen sich an.

»Wer hat deinen Va… Vater mitgenommen?«

»Wer schon?«, blaffte Sam.

»Sollten wir das etwa wissen?«, fragte Josef.

Jetzt sah Sam Josef in die Augen. »Mein Gott Josef, wie naiv bist du?«

Josef hatte keine Ahnung, was Sam meinte. Trotzdem fühlte er sich peinlich berührt.

Sam schüttelte den Kopf. »Eure Leute natürlich. Ob SS oder wer auch immer, ist doch scheißegal.«

Normalerweise benutzte Sam keine Kraftausdrücke, aber allmählich schwante Josef was los war. Bisher hatte er nur von hinter der Hand erzählten Gerüchten gehört, die er aber für erfundenen Unsinn hielt. Vielleicht trugen sie mehr Wahrheit in sich, als er geglaubt hatte. Ihm wurde flau im Magen. »Warum dein Vater?«

Sam verdrehte die Augen. »Sag' meinen Namen.«

»Was?«

»Sag' meinen Namen.«

»Sam.«

Sam schüttelte den Kopf.

»Okay, Samu...« Josef stockte. »Bist du …?«

»Sprich es ruhig aus.«

»Bist du … Bist du Jude?«

»Mein Vater ist Jude.«

Es gab immer wieder einmal kurze Momente – Josef konnte sich nicht erinnern, wie sie ausgelöst wurden –, die ihn darüber nachdenken ließen, dass Sam Jude sein könnte. Letztlich war es ihm vollkommen egal, was Sam war, spielte es überhaupt keine Rolle, woran seine Freunde glaubten.

64

»Wohin ist dein Vater mitgenommen worden?«

»Niemand weiß das. Aber ich weiß, dass von all denen, die schon mitgenommen wurden, niemand zurückgekehrt ist.«

»Ich verstehe es noch immer nicht«, sagte Josef.

Gregor schob die Fäuste in die Hosentasche und antwortete für Sam. »Wird was au… ausgefressen haben.«

»Quatsch nicht«, sagte Josef.

»Muss doch«, sagte Gregor.

»Unsinn«, sagte Sam.

»Niemand wird einfach so mitgenommen«, sagte Gregor.

»Doch«, sagte Sam. »Juden schon.«

Josef und Gregor sahen sich an.

»Viele werden mitgenommen, sehr viele.«

»Glaub' ich nicht«, sagte Gregor.

Sam versuchte ein Lächeln, aber es blieb ihm im Ansatz stecken. »Wo lebt ihr?«

Josef war verwirrt. Sam log nie, sagte immer die Wahrheit und wenn er etwas nicht ganz genau wusste, sagte er lieber nichts, bevor er etwas Falsches sagte. Gerne hätte er ihm zugestimmt. Aber hier ging es um Dinge, die er nicht begriff, weshalb er schwieg.

Gregor zog die Fäuste aus der Tasche und stemmte sie gegen die Hüfte. »Wi… willst du etwa behaupten, da… dass im Reich seltsame Di… Dinge geschehen?«

Sam schüttelte den Kopf. »Nein, nicht seltsame, Gregor«, sagte er leise. »Schlimme, zum Himmel schreiende schlimme.«

»Da… das müsste man doch me… merken«, sagte Gregor.

»Die, die es betrifft, merken es«, sagte Sam.

»Also wi… wirklich, Sam«, sagte Gregor, »das ka… kann ich nicht glauben.«

»Du musst mir nicht glauben, Gregor, kannst den Tatsachen aber nicht entkommen.«

»Du spinnst doch.«

»Ihr könnt gar nicht anders, als mir zu misstrauen. Dafür ist euch viel zu lange schon der Kopf gewaschen worden.«

»Komm, sei eh... ehrlich, dein Vater hat Mi... Mist gebaut, hat irgendetwas au... ausgefressen sitzt jetzt hinter Gi... Gittern.«

»Schön wär's. Dann wüsste ich, wo er ist. Er saß, ja, vier Jahre lang zu Hause, weil man sein Uhrmachergeschäft geschlossen und ihm Berufsverbot erteilt hatte.«

»Verdammt«, sagte Josef. Ihm war schon seit einiger Zeit aufgefallen, dass Sam bedenklich abgenutzte und zu klein gewordene Kleidung trug. Nur selten sah man ihn in irgendetwas Neuem. »Und wie kommt ihr jetzt über die Runden?«

»Wir leben von dem kleinen Gehalt, das meine Mutter als Krankenschwester verdient.«

»Ihr seid doch se... selbst schuld.«

Dass Gregor einen solchen Gedanken in sich trug, entsetzte Josef. Was war bloß in ihn gefahren, dachte er und sah zu Sam, der schluckte und sichtlich bemüht war, die Fassung zu bewahren.

»Was meinst du, Gregor? Wer soll an was Schuld haben?« Sam klang ernst, sehr ernst.

Gregor schwieg, was Josef zu der Hoffnung veranlasste, dass er seine Bemerkung bereits bereute.

Sam hakte nach. »Wir sind doch Freunde und ich würde gerne wissen, was du denkst.«

»Du weißt ge... genau, was ich denke.«

»Eben nicht. Erklär's mir.«

Gregor verschränkte die Arme vor der Brust und grummelte genervt vor sich hin. Offensichtlich hatte er nicht die Absicht, etwas zu erklären. Aber warum auch immer, vielleicht weil ihn die erwartungsvollen Blicke der Freunde herausforderten, gab er seine abwehrende Haltung auf und antwortete doch. »Die Juden. Bilden sich sch... schön was auf sich ein. Müssen immer mi... mitreden, sich überall ei... einmischen, alles in Fr... Frage stellen.«

»Was meinst du genau«?

66

»Kultur, Wirtschaft, Fi… Finanzen – wollen immer be… bestimmen.«

Josef war sich bewusst, dass Sam eine solche oder ähnliche Antwort erwartet hatte, dass er aber Gregors Worte brauchte, um angemessen reagieren, argumentieren zu können. Und natürlich hatte Sam sein gutes Recht auf eine Reaktion. Aber je nachdem, wie diese ausfallen würde, konnte sie die Situation eskalieren lassen und zerstörerische Sprengkraft entfalten. Freunde wurden schon für weniger zu Feinden. Ihm wurde übel.

Sam ließ sich lange Zeit, bis er reagierte. Seine Stimme klang unerwartet sanft und zugewandt. »Auf den zweiten Teil deiner Antwort gehe ich nicht ein, Gregor. Das ist nachgeplapperter Verschwörungsquatsch. Hast du keine eigene Meinung? Was den ersten Teil betrifft: Was hat das mit Juden zu tun? ›Mitreden, einmischen, in Frage stellen‹: Das sollte jeder Bürger. Das ist doch nichts Schlimmes. Im Gegenteil sollten das selbstverständliche Bürgerrechte sein. Rechte, die jedem zustehen. Leider gelten die nicht mehr, weil ihr einem mäßig begabten Kunstmaler hinterherlaufen müsst, einem, der nur eine Farbe kennt. Und nur einen Schuldigen.« Sam tippte mit dem Zeigefinger auf Gregors Stirn. »Und das hier, eure Köpfe, das sind die Leinwände, auf denen er herumschmiert. Das Wichtigste hat er bereits unkenntlich gemacht, und ihr merkt es nicht einmal.«

Vielleicht, dachte Josef, würden Sams Worte Wirkung zeigen und Gregor seine Haltung überdenken. Möglich aber auch, dass er sich nichts von ihnen annehmen, sich trotz Sams sanfter Art sogar provoziert fühlen würde. Es war nur schwer zu erkennen, was Gregor dachte.

»Ist schon gut, Sam«, sagte Gregor.

Josef war erleichtert. Sams Freundschaft war Gregor offenbar zu wichtig, als dass er sie in einer kaum zu kalkulierenden Auseinandersetzung hätte gefährden wollen.

Auf Sam musste es wie der wenig überzeugende Versuch gewirkt haben, noch rechtzeitig die Wogen zu glätten, bevor es zu spät dafür war. Er hakte nach, behielt aber den vertraut zugewandten Ton von eben.

»Erzähl mal, Gregor: Welche schlimmen Erfahrungen hast du mit Juden gemacht?«

Gregor brauchte nicht lange überlegen. »Keine«, gab er zu. »Ich ke… kenne auch nur einen, und de… der ist okay.«

»Nur okay?«

Gregor lächelte. »Nein, sehr okay.«

Zum ersten Mal lächelte auch Sam. Er sprang von der Mauer und umarmte Gregor.

»Und ich hoffe, da… dass dein Vater ba… bald wieder zuhause ist.«

Ohne Sams Großmut vermutete Josef, hätte ihre Freundschaft irreparable Schäden davontragen oder sogar ein abruptes Ende finden können. Offenbar nahm Sam Gregors Haltung nicht persönlich, stattdessen entschuldigte er ihn für seine Gutgläubigkeit den staatlichen Organen gegenüber. So zumindest erklärte er sich Sams Verhalten.

Er selbst hatte sich kaum geäußert, weshalb seine Einstellung vage blieb, nur zu erahnen war. Er hoffte, Sam müsse glauben, dass er, anders als Gregor, zwar mitmachte beim Jungvolk, aber im Rahmen einer kritischen Grundhaltung. Und Gregor müsse glauben, dass er, Josef, dessen Einstellung teilte. Aber insgeheim wusste Josef, dass er für seine feige Taktiererei nicht auch noch belohnt werden durfte, denn in Wahrheit traute er sich nicht sich zu positionieren. Auch wenn ihm Gregors wirre Gedanken fremd waren – dessen Gefallen an den Aktivitäten des Jungvolks teilte er mit ihm. Schließlich war die Zeltlageraktion kein Zeichen des Aufbegehrens, schon gar nicht im politischen, ideologischen Sinne. Sie entsprang lediglich seinem Bestreben Ungerechtigkeiten, die in diesem Fall nicht vom System, sondern von wenigen Blödmännern ausgegangen waren, entgegenzutreten. Er konnte gar nicht anders, er *musste* seiner Empörung Ausdruck verleihen. Er glaubte, dass Sam seine wahre Haltung kannte, aber die Konfrontation mit ihm vermied. Vermutlich weil er ihre Freundschaft nicht gefährden wollte. Ein solch gravierender Streit war Josef zwar kaum vorstellbar, Sams Vorsicht dennoch verständlich. Hätten sie sich in dieser Sache auseinanderbringen lassen, wäre es einer Niederlage gleichgekommen, da sie blauäugig in die von der Berliner Politik gestellte Falle getappt wären. Gegenseitiger Argwohn war Teil politischer Kontrolle geworden. Und spätestens seit den Geschehnissen um seinen Vater hätte Sam alles getan, um den Österreicher als Sieger zu verhindern.

Sam knibbelte ein Steinchen aus der verwitterten Mauerkrone heraus.

»Wi… willst du mich jetzt st… steinigen?«, rief Gregor halb im Ernst, halb im Scherz.

Sam warf das Steinchen in die Luft und fing es wieder auf. Das wiederholte er ein paar Mal. Dann antwortete er. »Woran glaubst du?«

Gregor schaute auf den Boden und nickte nachdenklich. Nach einer Weile antwortete er. »Ich weiß nicht ge… genau. Vielleicht an Freundschaft.«

Sam nickte und setzte das Spiel mit dem Steinchen fort.

Josef und Gregor schauten sich an.

»Wenn es so weitergeht mit dem Krieg«, sagte Sam, »wird er uns auseinanderreißen. Vielleicht wird er den einen oder anderen sogar erwischen.«

Sam führte nicht aus, was genau er unter ›erwischen‹ verstand, aber Josef ahnte, was er meinte.

»Sollte es nicht so kommen, sollten wir Glück haben, dann treffen wir uns nach dem Krieg wieder, genau hier. Jeden Mittwoch, immer bei Sonnenuntergang. Wir kommen so lange, bis wir uns der anderen gewiss sind.«

Sam betrachtete den Stein in seiner Hand, dann deutete er auf eine kleine Mauernische in ungefähr zwei Metern Höhe. »Damit wir wissen werden, ob wir uns Hoffnung auf ein Wiedersehen machen können, hinterlassen wir einen Stein als Lebenszeichen.«

Gregor schien der Zukunft weniger skeptisch gegenüberzustehen. »Zu... zugegeben, das kl... klingt nach einem sch... schönen Plan, Sam, aber wir wer... werden ihn nicht brauchen.«

»Hoffentlich hast du Recht. Ich wäre der Letzte, der sich etwas anderes wünscht.«

Auch Josef hielt Sams Schwarzmalerei für übertrieben, seinen Plan aber für eine prächtige Idee. Da sie für seinen Geschmack aber schon viel zu lange viel zu ernst gewesen waren, sehnte er sich nach Leichtigkeit und Spaß. Und Steine boten schon immer genügend Spaßpotential. »Mal was anderes. Wer schafft die meisten Hüpfer?«

Die Freunde verstanden sofort.

Fünf Minuten später suchten sie das Weichselufer nach den flachsten, jemals von Gletschern und Wasser geschliffenen Kieselsteinen ab. Nach einer Weile des Suchens hatte Josef das Gefühl, dass etwas anders war, als es sein sollte. Nicht er suchte einen Stein, ein Stein suchte ihn, sah ihn sogar an. Es war ein Stein mit einem Loch in der Mitte. Er hob ihn auf, hielt ihn sich vors Auge und betrachtete durch ihn hindurch seine Freunde. In diesem Moment hatte er eine Idee.

»Freundschaftsamulette. Wir könnten Lederbänder hindurchziehen, ich meine, wenn jeder so einen hätte – auch für die Mauernische.«

Gregor grinste: »Super Idee, aber ab... absolut peinlich.«

Sam: »Nee, wirklich Josef, wir sind doch keine kleinen Mädchen.«

Josef kannte seine Freunde und wusste, wie er sie herumkriegte. »Wie peinliche kleine Mädchen? Wir? Nein. Wie abgeklärte Wikinger.«

»Also wi... wirklich Josef – ma... manchmal bist du, ich weiß auch nicht.«

Sam ergänzte: »Genial.«

Es dauerte eine Weile, bis auch die Freunde einen Augenstein gefunden und Schnürsenkel aus ihren Schuhen eingefädelt hatten. Fortan symbolisierten die Wikingeramulette die Überwindung all der möglichen, sich ihnen in den Weg stellenden Herausforderungen.

Sie trafen sich noch oft und lange, bevor Sams Befürchtungen wahr wurden und der Krieg die Freunde mit sich und auseinander riss.

Teil 2

Ein von jungen Birken bewachsener Hügel

Die Aufseher hatten erst einen Stuhl in der Mitte des Hofes aufgestellt, dann einem jungen Kerl die Kleidung vom Leib gerissen, ihn an Armen und Beinen gefesselt und auf dem Stuhl fixiert. Sämtliche Gefangenen waren aus ihren Unterkünften herausgeholt worden. Es sollte ein Exempel statuiert werden. Jeder sollte wissen, was ihm drohte, wenn er zu flüchten versuchte.

Zwei Aufseher hatten sich links und rechts neben dem Stuhl in Position gestellt. In ihren Fäusten hielten sie dicke Bündel von Kabeln.

Die Augen des Jungen sahen aufgerissen in den blauen Himmel. Sein Gesichtsausdruck hatte sich versteift, die Kieferknochen mahlten, der Körper zitterte.

Die Aufseher holten aus, droschen mit brachialer Wucht auf den nackten Oberkörper ein, der jedes Mal erbebte.

Der Junge gab keinen einzigen Laut von sich, aber seine Augen hätten lauter nicht schreien können.

Es war Josefs erster Tag im Lager.

Schon nach wenigen Schlägen sickerte Blut aus dem Körper – an Armen, Brust, Bauch, wo immer die Kabel Fleisch aufrissen. Doch seine Peiniger schlugen unvermittelt weiter auf ihn ein. Erst als Adern durchtrennt waren, Blut in Strömen aus den Wunden quoll, an den Beinen herunter auf den Boden rann und die Füße in einer Lache warmen Blutes verschwanden, ließen sie von ihm ab. Der Junge war nicht mehr bei Bewusstsein, der Körper hatte jede Spannung verloren, der Kopf rollte unkontrolliert umher, aber seine Augen waren noch immer geöffnet. Leere Augen.

Josef würde sie zeitlebens nicht vergessen.

Zwei umherstehenden Mitgefangenen wurde befohlen, den blutenden Körper im Duschraum abzulegen. Und an alle erging eine Mahnung: Jeder, der auch nur einen Gedanken daran verschwende, dem Bestraften zu helfen, wisse, was ihm bevorstehen würde. Am nächsten Morgen war der Junge tot. Am Fuße eines von jungen Birken bewachsenen Hügels in der Nähe des Lagers hoben Mitgefangene ein Grab aus. Nackt, ohne ein Wort des Segens und ohne Hinweis auf die Identität des Verstorbenen wurde der Leichnam in das Loch geworfen und verscharrt.

Josef war im Herbst 1946 in einem polnischen Kriegsgefangenenlager, einem ehemals deutschen Gutshof, interniert worden, wo er hauptsächlich zur Landarbeit herangezogen wurde. Die Arbeit war hart, aber er war jung und hielt sie aus, im Gegensatz zu älteren Mitgefangenen, die sich vor Erschöpfung kaum auf den Beinen halten konnten.

Manchmal bekam er Sonderaufgaben zugeteilt, unterschiedlichste Aufträge, die er meist gerne erledigte, weil sie ein wenig Abwechslung in die anstrengenden und von Schikanen geprägten Tage auf dem Feld brachten. So konnte er sich dem rauen, menschenverachtenden Regiment, das im Lager wie auf dem Feld geführt wurde, für ein paar Stunden entziehen. Einmal hatte ihm einer dieser speziellen Aufträge sogar einen kompletten Tag geschenkt.

Ein Bauer in der Nähe benötigte für die Bodenbearbeitung eine Egge und hatte bei der Lagerverwaltung angefragt, ob man ihm die zum Gutshof gehörende Egge für einige Zeit ausleihen könne, und die Lagerverwaltung hatte zugestimmt.

Josefs Auftrag bestand darin, die Egge hinter zwei Pferde zu spannen und dem Bauern zu überbringen. Für eine Strecke würde er ungefähr zwei Stunden benötigen, weshalb er mittags wieder zur Feldarbeit zur Verfügung stehen müsse, erklärte man ihm.

Morgens um acht holte er die Pferde aus dem Stall und machte sich auf den Weg. Es war ein warmer, sonniger Herbsttag und Josef genoss es, einfach nur zu gehen, einfach nur zu sein. Kein Gebücke, kein Geacker, kein Befehl. Gegen zehn stand er gut gelaunt dem Bauern gegenüber, dem es beim Anblick Josefs die Laune mächtig verschlug, was daran gelegen hatte, dass Josef, anstatt die dringend benötigte Egge, genau nichts mitgebracht hatte.

»Wo ist die Egge?«

»Welche Egge?«

»Die, die du mitbringen solltest.«

»Davon weiß ich nichts.« Er zeigte auf die Pferde. »Die mitzubringen, war mein Auftrag.«

»Was soll ich mit den Pferden? Die hab' ich selbst.«

Die Pferde kackten synchron.

»Verschwinde und bring' mir die Egge.«

Josef drehte sich um und ging.

»Hey, wo willst du hin?«

»Die Egge holen«, antwortete Josef, ohne sich umzudrehen.

»Dann nimm die wieder mit.«

»Wen?«

»Bist du blöde? Die Pferde.«

Zurück im Lager hörte er die selben Worte noch einmal. Es war ihm egal. Er spannte die Pferde vor die Egge und brachte sie dem Bauern, der ihm jetzt freundlicher gesinnt war und sogar selbstgemachten Apfelsaft spendierte.

Wieder zurück im Lager, musste er nur noch die Pferde versorgen. Für Arbeiten auf den Feldern war es bereits zu spät, was er offiziell bereute und wofür er sich mit dem Verweis auf das ›Missverständnis‹ vielmals entschuldigte. Inoffiziell bereute er nichts, im Gegenteil. Er hatte sich an einem schönen Tag einen langen, wohltuenden Spaziergang ergaunert.

Die Geschichte mit den Pferden war ohne Konsequenzen geblieben. Man hatte ihm die Lüge vom Missverständnis abgenommen. Andernfalls hätte er seinen Erholungstag bitter bereut. Dagegen hatte ein gänzlich anders gelagerter Auftrag gravierende Auswirkungen zur Folge.

»Du da, schaff' die Frau weg.« Der Aufseher stieß mit dem Kolben seines Gewehrs gegen die Hüfte einer auf dem Lehmboden liegenden Frau. Sie lag auf dem Rücken, war nackt, bis auf die Knochen abgemagert und um die Oberschenkel herum mit Exkrementen verschmiert. Ihre leeren Augen starrten bewegungslos gegen die Dachverschalung der Holzbaracke. Ein paar Stunden schon lag sie dort.

Sie hatte die blauen Augen einer alten Frau, die sie aber nicht war, wie Josef an ihren blonden Haaren zu erkennen glaubte, die nur vereinzelt von grauen durchzogen waren.

»Was ist? Bist du taub?«

»Sie ist tot.«

»Was du nicht sagst.«

Josef schloss der Frau die Augen. Sanft und vorsichtig machte er das. Er wusste nicht genau, warum er das tat, vielleicht weil er das Gefühl hatte, dass ihn die Augen ansahen. Aber er spürte noch einen anderen, tiefer gehenden Grund, bei dem seine eigene Befindlichkeit keine Rolle spielte. Im Leben hatte die Frau sicher genug Schreckliches gesehen. Im Tod wollte er sie davon verschonen, sollte sie ihren Frieden finden.

»Wohin soll ich sie bringen?«

»Frag nicht so blöd. Auf die Krankenstation.«

Im Lager existierte keine Krankenstation. Das wusste jeder, auch Josef. Er gab sich ahnungslos.

»Wo finde ich die?«

Seine Nachfrage hätte der Aufseher als Provokation verstehen können. Aber Josef konnte nicht anders. Der vorherrschende Ton im Lager war zynisch, herzlos, gehässig und forderte ihn heraus. Überhaupt gab es nur einen einzigen Arzt und der kümmerte sich um alle, nur nicht um die Gefangenen. Der Raum, den man Krankenstation nannte, diente lediglich der kurzzeitigen Aufbewahrung der Leichen, bis man sie in den Gruben verscharrte, die zuvor von Mitgefangenen am Birkenhügel ausgehoben worden waren.

»Wird's bald?«

Josef nickte. Aber von der Situation überfordert, zögerte er. Mit Widerwillen betrachtete er das, was nur noch ein toter, ausgemergelter Körper war. Gleichzeitig tat ihm die Frau, die den Körper einmal mit Leben und Seele gefüllt hatte, leid.

Der Aufseher hielt den Lauf seines Gewehrs vor Josefs Genitalien und machte eine ruckartige Bewegung. »Noch nie eine nackte Frau gesehen?«

Josef reagierte nicht.

»Wie alt bist du?«

»Sechzehn.«

»Dann wird es Zeit.« Der Aufseher lachte höhnisch.

Josef schüttelte den Kopf.

»Was denn? Auch noch wählerisch, der deutsche Herr?«

Josef war nicht in der Lage zu reagieren, zu agieren erst recht nicht.

»Mach schon!«

Josef versteinerte.

Nachdrücklich drohte der Aufseher mit dem Kolben des Gewehrs.

Josef überwand sich und ging nah vor der Toten auf die Knie. Er roch ihre Exkremente, außerdem etwas Süßsäuerliches. Es zog ihm den Hals zu. Er war sich nicht sicher, was der Aufseher von ihm erwartete. Schon der Gedanke, die Frau in den Totenraum zu tragen, verursachte ihm Übelkeit. Aber des Aufsehers darüber hinaus getätigte Andeutung überstieg alles, was sich Josef auch nur im Entferntesten vorzustellen vermochte. Er musste keine Sekunde nachdenken. Niemals zuvor fiel ihm eine Entscheidung leichter: Er würde es nicht so weit kommen lassen. Er würde sich weigern, selbst mit dem Sturmgewehr im Nacken. Sollte ihn der Kolben doch treffen.

Konrad war der Einzige, der ihm hätte helfen können. Konrad, sein neuer Freund, sein Beschützer. Die Aufseher respektierten ihn, seit er einem von ihnen das Leben gerettet hatte, nachdem dieser infolge eines Insektenstichs einen anaphylaktischen Schock erlitten hatte und zu ersticken drohte. Konrad, ein erfahrener Arzt von fünfundfünfzig Jahren, hatte geistesgegenwärtig einen Luftröhrenschnitt angesetzt. Die Rettung wäre beinahe noch schiefgegangen, weil ein durch die Aufregung alarmierter Kollege herbeigelaufen kam und Konrad zurückriss, weil er einen tätlichen Angriff vermutete.

Josef sah sich um, aber außer zwei kranken, auf dem Boden zusammengekauerten Männern, hatten alle schon die Baracke für ihre Schuftereien auf den Feldern verlassen. Josef bedauerte die beiden Männer. Viel zu viele hatten ihren Kampf gegen Keime, Bakterien und andere Krankheitserreger bereits verloren. Unterlassene Hilfeleistung in jedem einzelnen Fall. Es würde nicht mehr lange dauern, bis der Tod auch diese beiden Seelen von ihren Qualen befreite.

Krankheiten und Gewalt: Die meisten Todesfälle unter den männlichen Gefangenen wären zu vermeiden gewesen. Frauen mussten sich vor allem sexuellen Übergriffen erwehren. Doch blieben gewalttätige Übergriffe die Ausnahme, trotz des kompromisslos geführten Regiments oder gerade deshalb.

Anfangs noch schockiert über die Zustände im Lager, änderte sich Josefs Sicht auf sie schon bald. Nicht dass er in der Lage gewesen wäre der Situation etwas Gutes abzuringen, aber ihm war bewusst, dass es ihn und alle, die hier gefangen gehalten wurden, viel schlimmer hätte treffen können.

Konrad hatte ihm von deutschen Konzentrationslagern erzählt. Josef hatte zwar davon gehört und auch die Geschichte um Sams Vater hatte auf solche Zustände hingewiesen, aber erst nachdem ihm Konrads Beschreibungen die Augen öffneten, hielt er sie für wahr. Bis dahin tat er solche Berichte als unglaubwürdige Gerüchte ab. Konrad war ein seriöser, ernstzunehmender Mann, der es nicht nötig hatte, sich durch fragwürdige Erzählungen zu profilieren. Josef vertraute ihm, obwohl er nicht einzuschätzen vermochte, ob Konrad aus eigener Ansicht berichtete. Zwar glaubte er nicht, dass Konrad irgendetwas mit diesen Dingen zu tun gehabt hatte, traute sich aber auch nicht ihn danach zu fragen.

Auch dass im Lager die vielen Menschen, Männer wie Frauen, Alt wie Jung, eng aneinander liegend auf dem nackten Boden der Baracken schlafen mussten, störte ihn zu Beginn. Für jeden eine eigene Pritsche wäre das Mindeste gewesen, das man ihnen hätte zugestehen müssen, glaube er. Aber er hatte schnell eingesehen, dass ihm derartige Forderungen nur Nachteile verschafften. Nachdem er einmal auf den Missstand hingewiesen hatte, musste er eine ganze Nacht im Stehen verbringen. Schließlich akzeptierte er sein Bodenlager, so wie alle anderen auch. Zumal ihn Konrads Erzählungen haben demütig werden lassen. Wie unerträglich Zustände sein mussten, wenn in einem Raum wie diesem dreistöckige Schlafpritschen dreimal so viele Menschen aufnehmen würden, mochte er sich nicht vorstellen. Und schon gar nicht wollte er sich vorstellen, welche unerträgliche Seelenqual diese Menschen zu ertragen hatten, sofern sie von dem düsteren Ende wussten, das man ihnen auferlegte.

In diesem Zusammenhang dachte er wieder und wieder an Sams Vater, der womöglich in eine solche Lage geraten war und wünschte ihm inständig, dass er überlebt hatte. Das wünschte er ihm auch für Sam. Doch hegte er bedrückende Zweifel daran. Hatte ihm Konrad doch erklärt, dass Überleben im Konzentrationslager nur durch das Ineinandergreifen nicht vorauszusehender Zufälle möglich war (von Glück wollte er in diesem Zusammenhang nicht sprechen), diese Konstellationen aber nur sehr selten und für nur sehr wenige in Erfüllung gegangen waren.

Schließlich war Josef sogar dankbar für sein schlichtes Bodenlager.

An diesem Morgen war er selbst nur deshalb nicht auf den Feldern, weil man ihn dem Koch, im wahren Leben ein Infanterist, zur Vorbereitung einer seiner ungenießbaren und mit Sicherheit zu Diarrhöe führenden Suppen zugeordnet hatte. Josef war von derartigen Körperreaktionen bisher verschont geblieben. Konrad hatte ihm eindringlich empfohlen, nur trockenes Brot, Zwiebeln und Möhren zu essen. Trinken sollte er nur Tee, auch wenn dieser, wenn überhaupt, nach getrocknetem Gras schmeckte. Konrad war nicht in der Nähe. Josef musste ohne ihn auskommen.

Ein stechender Schmerz entriss ihn seiner Gedanken. Irgendetwas hatte ihn im Nacken getroffen.

»Wird's bald.«

Es war keine Frage.

Wie behandelt man den leblosen Körper eines zerbrechlichen, vielleicht noch einen halben Zentner schweren Menschen, fragte sich Josef. Wie gelang es ihm, die Frau in das hundert Meter entfernte Totenhaus zu schaffen, ohne dabei auf einfachste Grundsätze der Pietät zu verzichten? Darauf achtend, ihn nicht zu berühren, breitete er seine Arme über dem Körper aus und verharrte so für einen Augenblick.

»Ein Tuch.«

Der Mann runzelte die Stirn.

»Ein Tuch, der Pietät wegen.«

»Wegen was?«

»Wegen des Respekts.«

»Ach so, und vielleicht noch Messwein?«, spottete der Kerl.

Josef drehte den Kopf über die Schulter nach oben und sah dem Mann ins Gesicht, nicht in die Augen, das wurde schnell als selbstbewusstes Aufbegehren verstanden und mit Schlägen geahndet. Trotzdem war es eine kleine, aber wirkungslose Geste des Protests.

Abermals drohte die Macht mit dem Gewehr. »Mach endlich.«

Josef gehorchte, schob den linken Arm unter die Kniekehlen, glitt mit dem rechten erst unter ihren Kopf, dann, mit einem Ruck, unter ihre Schultern, bis er eine gleichgewichtige Trageposition erlangt hatte. Zaghaft hob er den Körper an, begab sich in die Hocke und stellte sich allmählich auf. Körperlich war das kein Problem. Die Arbeit auf dem Feld hatte ihn muskulös und robust werden lassen. Aber jetzt war er der Frau so nah, dass er kaum noch zu atmen wagte, derart penetrant stiegen ihm die Gerüche in die Nase. Er ekelte sich und schämte sich dafür. Die arme Frau war sicher durch die Hölle gegangen, bis sie den Zustand allumfassender Erschöpfung erreicht hatte und endlich erlöst wurde. Er hielt es ihr gegenüber für ungerecht, sich vor ihr zu ekeln. Wenn sie schon zu Lebzeiten so sehr gelitten hatte, wollte er ihr wenigstens im Tod seine Ehre erweisen. Es fiel ihm schwer, die Gerüche auszublenden, aber die Vorstellung einen bis vor wenigen Stunden noch lebendigen Menschen auf den Armen zu tragen, überwältigte ihn so sehr, dass ihm sein Widerwillen nur noch falsch, ohne jeglichen Belang erschien.

Auch wenn es ihm mental schwerfiel, körperlich schaffte er die Überführung ins Totenhaus mit Leichtigkeit. Und entgegen seiner Befürchtung beharrte der Aufseher nicht auf den zu Beginn angedeuteten Frevel. Dafür wartete eine andere Herausforderung auf ihn: das Waschen der toten Frau.

Natürlich befolgte er die an ihn gerichtete Aufforderung. Schließlich formulierte der Aufseher keine Bitte, sondern einen Befehl. Allerdings erhielt er damit einen überraschend erstaunlichen Befehl, denn seines Wissens waren Tote bisher nie gewaschen worden, bevor sie in die Gruben geworfen und verscharrt worden waren. Außerdem fragte sich Josef, wie er die Aufgabe bewerkstelligen sollte, gab es in dem Raum weder Wasser noch sonst irgendetwas, das ihm nützlich sein konnte.

Er deutete in den Raum. »Und wie soll ich das anstellen, ohne Wasser, ohne Schwamm, ohne Handtuch?«

Der Aufseher sah sich um und verstand Josefs Problem, das aber weder seines war noch seines werden sollte. »Lass dir was einfallen«, herrschte er Josef an. »In spätestens einer Stunde will ich dich Kartoffeln schälen sehen«, drohte er noch und verließ grummelnd den Schuppen.

Der Gedanke an das Kartoffelschälen lenke Josef einen Moment ab. Kartoffeln bereicherten selten eine Suppe, und wenn dieser seltene Fall doch einmal eintraf, waren sie weder geschält noch von Augen, Fäulnis oder Keimen befreit worden. Zumindest was das Essen der Lagerinsassen betraf. Dem Essen der Lagerverwaltung wurde mehr Aufmerksamkeit gewidmet, wie man hörte. Wen auch immer sie bevor- oder benachteiligte – in diesem Moment war in der Küche die Lösung für Josefs Beschaffungsproblem zu finden.

Als er eintrat, zwinkerte ihm die etwas rundliche Küchenhilfe zu, die er bisher nur vom Ansehen kannte. Manchmal, bei der Essensausgabe, hatte sie ihn angelächelt. Dann bekam er eine Gänsehaut, sein Kopf schwirrte und er träumte Tag und Nacht von ihr.

»Lisa«, flüsterte sie ihm ins Ohr.

Sie mochte unwesentlich älter als Josef gewesen sein und verhielt sich zugewandt und hilfsbereit. Eimer, Wasser, Schwämme, Handtücher – sie stellte ihm alles zusammen. Nur der Koch machte Probleme, wollte Josef, der ihm als Hilfe versprochen war, nicht mehr gehen lassen. Erst nachdem Josef ihm bildhaft erklärte, wofür er die Utensilien benötigte, und einen Tausch der Aufgaben anregte, gab der Koch klein bei und scheuchte Josef geradezu heraus aus der Küche. An der Tür verabschiedete ihn Lisa mit einem Kuss auf die Wange, und Josef wusste nicht, wie ihm geschah.

Von einem Moment zum anderen spürte er eine neue Zuversicht, wie er sie viel zu lange schon vermisst hatte, die er zum letzten Mal, zusammen mit seinen Freunden Kirschkerne in die Weichsel spuckend, erlebt hatte. Jetzt stand er vor der Tür, hinter der er Lisa wusste, drehte sich noch einmal um, ergriff die Klinke, widerstand aber dem Drang sie zu öffnen. Er würde Lisa später wiedersehen. Der Disput mit dem Koch hatte ihn kurz abgelenkt. Aber Lisa, die ihn an eine blonde Bauernmagd aus einem seiner Kinderbücher erinnerte, mit ihrem blauen Kopftuch und der Stupsnase im runden Gesicht, hatte ihn an die Schönheit erinnert, die trotz Krieg und Lager existierte, sich aber selten zeigte. Manchmal, wenn er ausgerechnet von ihr das Essen überreicht bekam, war er danach wie verzaubert und selbst die anstrengendste Feldarbeit machte ihm nichts mehr aus. Und jetzt hatte sie ihm nicht nur ihren Namen verraten, sie hatte ihn sogar geküsst.

Als berührten Lisas feuchte Lippen noch immer seine Wange, hüpfte Josef in die Luft und stieß ein seliges Jauchzen heraus. Für den Ausdruck von Freude gab es normalerweise keinen Grund im Lager, gern gesehen war sie schon gar nicht, konnte sogar bestraft werden. Doch niemand hatte ihn beobachtet, glaubte er.

»Du da!«

Josef schaute sich um.

Ein Aufseher stand direkt neben ihm, rauchend, an der Wand des Küchentrakts angelehnt. »Was gibt's denn da zu feiern?«

»Nichts, ich meine doch. Ich darf heute in der Küche helfen. Kartoffeln schälen und so ...«

»Ach ja?« Der Aufseher deutete auf Josefs Utensilien. »Und was machst du mit dem Kram?«

»Die tote Frau waschen.«

»Seit wann werden die Toten ge… Ah, die Kommission.« Er machte eine wegwischende Handbewegung. »Mach, das du weiterkommst.«

Das ließ sich Josef nicht zweimal sagen und schaffte den restlichen Weg, fast ohne den Boden zu berühren. Doch an der Tür zum Totenhaus war alle Leichtigkeit verflogen und er schämte sich für sein pietätloses Verhalten von eben.

In weniger als einer Stunde würden ihn Wärter und Koch in der Küche erwarten. Er hatte keine Zeit zu verlieren. Er begann mit dem Gesicht, arbeitete sich über die Schultern bis zu den Brüsten vor, die schlaff waren und leer, dann weiter zu den Hüften. Danach drehte er den Körper auf den Bauch und säuberte die Frau vom Kopf bis ebenfalls zu den Hüften. Kopf und Oberkörper hatte er geschafft. Jetzt waren die Füße und Beine an der Reihe und schließlich überwand er sich und säuberte ihr Gesäß. Zum Abschluss drehte er den Körper wieder auf den Rücken und wusch Füße und Beine ein zweites Mal. Als er an ihrer Scham angelangt war, fühlte er sich weniger gehemmt, als er befürchtet hatte. Seine Strategie der langsamen Gewöhnung hatte sich bewährt. Eine Weile noch betrachtete er das Gesicht der Frau. Es hatte sich verändert, wirkte nicht mehr so gequält, fast schon friedlich, schlafend.

Zum Schluss bedeckte er den Körper mit den Küchentüchern, die Lisa ihm mitgegeben hatte.

Trotz seiner anfänglichen Abscheu bescherte ihm die Prozedur das unerwartet befriedigende Gefühl, einem Menschen die letzte Ehre erwiesen zu haben. Diejenigen, die sich nach ihm des Leichnams annahmen, würden ihn nur teilnahmslos entsorgen.

Dann war es doch knapp geworden, mit der Zeit. Er schaffte es soeben noch in die Küche, wo ihn Lisa mit einem weiteren Kuss auf die Wange und der Koch mit der Anweisung zum Schälen von Kartoffeln und Kohlraben empfingen.

Vom Aufseher war nichts zu sehen.

Während Josef mit den Gemüsen beschäftigt war, suchte er Blickkontakt zu Lisa, die, mit dem Rücken zu ihm stehend, Kräuter von Unkräutern trennte. Manchmal drehte sie sich um und lächelte ihm zu, bevor sie ihm wieder den Rücken zukehrte. Dann durchfuhr Josef ein wohliger Schauer und er musste aufpassen, dass ihm das Messer nicht entglitt und er sich verletzte.

Nachdem alle Putz-, Schnibbel- und Wascharbeiten abgeschlossen waren, übernahm der Koch die Zutaten und begann das Essen vorzubereiten, das erst am Abend, wenn die Gefangenen von der Feldarbeit zurückgekehrt waren, ausgegeben wurde. Bis dahin waren Josef und Lisa mit dem Säubern von Messern, Schüsseln und Oberflächen beschäftigt, sowie der Vorbereitung der Essensausgabe.

Am frühen Nachmittag bemerkte Josef eine ungewohnte Geschäftigkeit unter den Aufsehern. Normalerweise herrschte eine klösterliche Stille im Lager, sobald die Gefangenen auf den Feldern waren. Aber an diesem Tag liefen alle durcheinander und riefen sich kreuz und quer etwas zu. Josef verstand nur Bruchstücke. Der Koch erklärte es ihm. Eine Kommission hatte sich für eine Inspektion angemeldet.

Offenbar existierten Leute, denen humanitäre Lagerzustände wichtig waren, weshalb sie sie durch eine Kommission kontrollieren ließen. Dieser Gedanke hatte in Josef einen Moment der Hoffnung auf bessere Bedingungen ausgelöst. Doch dass es mit der Ernsthaftigkeit dieses Anspruchs, oder zumindest mit dessen Durchsetzung, nicht weit her sein konnte, bedurfte keiner besonderen Erkenntnis. Dafür musste man nicht einmal genau hinsehen. Die von ihm gewaschene Frau war nur ein Teil eines von der Realität ablenkenden Schmierentheaters.

Ihm fielen die beiden Kranken ein, die am Morgen zusammengekauert auf dem Boden der Baracke gelegen hatten. Er beschloss nach ihnen zu sehen. Dem Koch ein dringendes Bedürfnis vortäuschend, durfte er gehen. An den menschenunwürdigen sanitären Anlagen bog er ab, umkurvte die Maschinenhalle und stand gleich darauf in der Tür zu ›seiner‹ Baracke. Die Männer waren fort. Er schlich zurück zur Maschinenhalle, dann weiter zum Schweinestall, von wo aus er den Grabhügel sehen konnte, in dessen Umfeld man die Toten verscharrte. Tatsächlich waren mehrere Männer mit Aushubarbeiten beschäftigt. Zwei Aufseher, die Gewehre geschultert, standen in der Nähe und rauchten.

Rausch

Josef hatte es für kaum möglich gehalten, dass derart menschenunwürdige Zustände in einem Gefangenenlager geduldet werden würden. Im russischen Lager, aus dem er erst vor wenigen Wochen entlassen wurde, waren ihm solche katastrophalen Zustände nicht aufgefallen. Das bedeutete nicht, dass es dort nichts zu kritisieren gegeben hätte, aber seit er im polnischen Lager gefangen gehalten wurde, sehnte er sich in das russische zurück.

Zum Ende des Krieges gehörte Josef zu den Jüngsten, die noch als Flakhelfer eingesetzt worden waren. Als er seinen ersten Dienst antrat, war er noch keine sechzehn Jahre alt. Zuvor hatte man ihn ausgebildet, hastig und oberflächlich. Trotzdem sehnte er seinen Einsatz herbei. Wenn er erst einmal einem Geschütz zugeteilt war, würde er seinen Beitrag leisten.

Später erkannte er, dass das die verklärte Einschätzung eines 15-jährigen Jungen war, der die Gefahr selbst in feindlichen Beschuss zu geraten, sobald eine abgefeuerte Salve die eigene Stellung verriet, entweder nicht sah oder nicht sehen wollte.

Letztlich hatte Josef keinen einzigen Schuss abgefeuert. Zum einen, weil er für einen Schützen einfach zu jung war und nur zum *Helfer* taugte. Zum anderen, weil sich bis zur Kapitulation kein einziges feindliches Flugzeug am Himmel über Thorn hatte blicken lassen.

Einmal hatte ihm ein Vorgesetzter von einem Vorfall berichtet. Ein übereifriger Heißsporn habe eine aus dem Osten kommende Messerschmitt vom Himmel geholt. Eine deutsche Maschine. Das Unglück sei nur ein paar Orte von Thorn entfernt geschehen.

Josef wusste, dass sich Piloten manchmal mit einem Fallschirm retten konnten, und wollte wissen, ob der Pilot überlebt hatte.

Der Vorgesetzte schüttelte erst den Kopf, bevor er Josef erklärte, dass so etwas passiere in einem Krieg und solche Unglücke ›Eigenbeschuss‹ oder im englischen ›Friendly Fire‹ genannt werden würden, und mit ›Freundliches Feuer‹ die wörtliche Übersetzung gleich mitlieferte.

›Eigenbeschuss‹ - den Begriff hatte Josef zwar zuvor noch nie gehört, hielt ihn aber, im Gegensatz zu ›Friendly Fire‹, der die damit verbundene Tragik unangemessen schönredete, zumindest für sachlich zutreffend.

Keine Flugzeuge. Als Flakhelfer, der im Ernstfall Munition zum Geschütz hätte schaffen müssen, langweilte sich Josef genauso wie die mit dem Kopf im Nacken, den Himmel absuchenden Schützen und Späher.

Kurz vor Kriegsende ereignete sich etwas, vor dem sich nicht nur Josef fürchtete. An einem Morgen saßen er und seine Kameraden Karten spielend in ihrer Stellung, als sie ein hartes Händeklatschen aufschrecken und unvermittelt in die Mündungen eines halben Dutzend russischer Maschinenpistolen starren ließ.

Ein Russe schoss einen lauten Lacher heraus, der Josef und seinen Kameraden fast mehr Angst einjagte, als die auf sie gerichteten Waffen. Nachdem er sich wieder gefangen hatte, schüttelte der Mann den Kopf und rief verächtlich:»Kindergarten«.

Ohne auch nur einen Mucks von sich zu geben, und wie auf ein gemeinsames Zeichen hin, hob die gesamte Stellung ihre Arme über die Köpfe. Wenige Sekunden später hatte man sie entwaffnet. Mit vorgehaltenen Pistolen scheuchte man sie zu bereits wartenden Lastwagen, die sie und andere Gefangene zu einem ehemaligen deutschen Gutshof in der Nähe transportierten. Gutshöfe eigneten sich offenbar bestens als temporäre Gefangenenlager.

In der ersten Woche war der Hof noch nicht ausreichend genug gesichert gewesen, weshalb einzelne Gefangene zu flüchten versuchten. Josef fragte sich, wie viele es wohl geschafft hatten, aber der zahlreich abgegebenen Schusssalven wegen, verbot er sich eine Antwort. Stattdessen bemitleidete er die, die es nicht geschafft hatten.

Dank der Gefangenen Tatkraft wurde das Gut schneller zu einem ausbruchsicheren Lager umfunktioniert, als so mancher Fluchtgedanke zu Ende gedacht war.

Im Gegensatz zu allen anderen Gefangenen, die in Gemeinschaftsbaracken untergebracht waren und sich auf den Feldern oder Werkstätten abmühen mussten, hatte Josef eine Aufgabe erhalten, die ihn von all dem befreite. Das erleichterte ihn einerseits, bereitete ihm andererseits ein schlechtes Gewissen, weil er sich den anderen Gefangenen gegenüber wie ein Verräter fühlte.

Zu diesem Umstand war es in der zweiten Woche seiner Gefangenschaft gekommen. An einem sonnigen Nachmittag schritt ein älterer Mitgefangener durch das Lager. Von einem russischen Aufseher begleitet, hielt er Ausschau nach jungen Männern. Hatte er jemanden gefunden, der seinen, wie auch immer gearteten Vorstellungen entsprach, sprach er ihn an.

Es gab niemanden im Lager, der das nicht für befremdlich hielt, und schon nach kurzer Zeit war ein jeder über den Inhalt der Gespräche informiert. Der Mann hatte offenbar die immer selben vier Fragen gestellt. Und immer brach er die Befragung ab, sobald ihm eine Antwort missfiel. Die Fragen lauteten:

1. ›Wahre Kunst entspringt einem freien Geist?‹
2. ›Ernst Ludwig Kirchner war ein Mitglied der ...?‹
3. ›Der Stil der Brücke wird bezeichnet als ...?‹
4. ›Der Expressionismus ist eine entartete und zurecht verbotene Form des künstlerischen Ausdrucks?‹

Irgendwann hatte der Mann auch Josef entdeckt. Er kam auf ihn zu, musterte ihn ausgiebig und stellte seine Fragen.

Josef war sich nicht sicher, ob er das Spiel mitspielen sollte, solange er nicht wusste, was bei der richtigen Beantwortung aller Fragen zu gewinnen gewesen wäre. Niemand wusste es. Doch der Mann – klein, rundlich, schütteres Haar, freundliche Augen – erschien ihm vertrauenswürdig. Und wer weiß, dachte Josef, achtete der Aufseher womöglich darauf, dass ordnungsgemäß geantwortet wurde.

Die vier Fragen ließen Josef an seine Familie denken, die er für die nächste Zeit nicht wiedersehen würde. Sie erinnerten ihn daran, dass ihm die Familie etwas in die Wiege gelegt hatte, etwas, das ihm jetzt helfen würde. Vater, Opa, Tante Hertha und Onkel Adalbert – die Hälfte der Familie bestand aus professionellen Musikern. Wie glücklich und frei sie wirkten, wenn sie musizierten, war ihm schon als kleiner Junge aufgefallen. Außerdem konnte er sich noch gut an die vielen Kunstbücher erinnern, in denen sich Opa Anton vertiefte, aus Trotz und zum Trost, Hitlers Machtergreifung wegen, und dass er sich selbst in sie vertiefte, sobald er eines von ihnen in die Hände bekam. Nicht, dass er alles verstanden hätte was er dort sah, aber es öffnete seinen Geist für jenes, das in diesem Moment den Hintergrund von vier Fragen bildete.

Josef beantwortete alle Fragen im Sinne des Fragestellers, so kompliziert waren sie nicht. Über die letzte musste er sogar schmunzeln, war dem eigenartigen Mann die suggestive Attitüde doch etwas zu plump geraten.

Offensichtlich hatte er die Erwartungen des Mannes erfüllt. Zum ersten Mal führte das Gespräch über das Stellen und Beantworten der vier Fragen hinaus.

»Besitzt du etwas, ein Bündel, eine Tasche, die du holen möchtest?«

Josef schüttelte den Kopf und strich mit den Handrücken an sich herab. »Nein, das ist alles, was ich habe.«

»Gut, dann folge mir.«

Josef gehorchte.

Nachdem sie das Gutshaus erreicht hatten, deutete der Mann dem Aufseher sie alleinzulassen, und Josef fragte sich, warum ein Aufseher einem Gefangenen gehorchte und sie ohne ihn weitergehen durften. Das Gutshaus war offenbar noch nicht ihr Ziel. Als sie es passierten, bemerkte der Mann, dass dort die russische Lagerverwaltung untergebracht sei. Kurz danach bogen sie ab und erreichten bald einen kleinen See, an dessen Ufer die hängenden Äste einer mächtigen Trauerweide eine einfache Holzhütte beschirmten. Von der Eingangstür aus führte ein Steg durch mannshohes Schilfgras zum Wasser. An der Hütte angekommen folgte Josefs Blick dem Steg, an dessen Ende ein kleines blaues Ruderboot dümpelte.

Der Mann öffnete die Tür.

»Komm rein.«

Josef zögerte.

Der Mann bemerkte das. »Du darfst dich erst ein wenig umschauen. Ich lass' die Tür aufstehen. Komm nach, wenn dir danach ist.«

Josef verstand den Vorschlag als vertrauensbildende Geste, weshalb er, anstatt das Angebot anzunehmen, dem Mann folgte, bis er im Türrahmen stehend, den Raum erfassen konnte. Es roch nach Terpentin, Ölfarbe, Holz und insgesamt etwas muffig. Ihm gegenüber, mittig vor einer als Regal ausgebauten Wandnische stand ein Küchenofen. Jeweils links und rechts davon führte eine Tür zu hinteren Zimmern. Der eigentliche Raum, in den er jetzt einen Schritt hineinwagte, bestand aus drei ineinander übergehenden Bereichen.

Im linken ein abgewetztes Sofa, ein Sessel, ein kleines Tischchen. In der Mitte, vorm Küchenofen, ein Esstisch mit zwei Stühlen – alles eng beieinander. Eine Spirituslampe, die von der Decke herunterhing. Den rechten Teil dominierte ein zum See gelegenes Sprossenfenster, das den gesamten Raum erhellte. Vor dem Fenster eine nackte Staffelei, davor ein Hocker, ringsum verteilt auf Ablagetischchen: Farbtuben, Pinsel, Lappen und Reinigungsmittel.

Das Atelier eines Malers.

Jetzt überwand sich Josef, trat ein, noch immer ein wenig scheu, aber sehr, sehr neugierig.

Der Mann war mit irgendetwas im Regal der Wandnische beschäftigt, aber Josef spürte, dass dessen Aufmerksamkeit ihm galt.

»Möchtest du etwas trinken?«, fragte der Mann und blickte sich zu Josef um. »Wasser, Milch, Tee.«

Josef nickte. »Milch.«

Der Mann ergriff eine im Regal stehende Blechkanne, stellte eine Tasse auf den Tisch und schenkte ein.

»Eine Abmachung mit den Russen: jeden Morgen einen halben Liter.«

Josef lächelte höflich und nahm einen Schluck.

»Du kannst mich Richard nennen.«

»Josef, ich heiße Josef.«

»Also Josef, ich bin Maler. Kunstmaler. Du weißt, was ich von dir erwarte?«

Josef hatte keine Ahnung und schüttelte zaghaft den Kopf. Er musste verunsichert gewirkt haben, denn der Mann versuchte Josef zu beschwichtigen.

»Du musst dich nicht sorgen, Josef. Ich brauche nur einen Burschen.«

Aber Josef machte sich Sorgen und er überlegte, ob er davonlaufen sollte. Doch was hätte das gebracht? Wohin auch hätte er sollen? Er beschloss abzuwarten, bis der Mann, der vorgab ein Maler zu sein, genau erklärt hatte, was er von ihm erwartete.

»Ich meine, ich brauche jemanden, der mich bei meiner Arbeit unterstützt. Sauber machen. Essen besorgen und zubereiten, nichts Kompliziertes. Wie sollte es auch. Viel mehr als Brot und Gemüse gibt es hier nicht. Na ja, ein wenig schon, dafür habe ich gesorgt. Auch Fisch, mit ein wenig Anglerglück.« Der Mann lächelte. »Eigentlich essen wir zusammen mit den anderen im Lager. Doch meistens steht mir nicht der Sinn nach Suppe, auch wenn sie gar nicht so übel ist.« Er seufzte tief. »Und natürlich Farben, Pinsel, Lappen anreichen, Keilrahmen bauen und ...«

»Keilrahmen bauen kann ich nicht«, unterbrach Josef.

Der Maler schnippte mit den Fingern. »Noch nicht. Immerhin weißt du, was ein Keilrahmen ist.« Des Malers Stimme klang erfreut.

Die Bemerkung gefiel Josef. Sie barg nicht nur Lob, sondern auch die Aussicht auf einen normalen Alltag in sich, sofern ein solcher möglich war, unter diesen Umständen.

»Und manchmal kannst du mir ein Glas Wein reichen. Da staunst du. Nicht nur Milch, auch Wein habe ich denen abgerungen. Eine Flasche die Woche.« Der Maler deutete auf eine Flasche Rotwein im Nischenregal.

»Ich habe noch nie Wein getrunken«, bemerkte Josef.

Der Maler lachte laut auf. »Dann wird es Zeit. Außerdem schenkt uns Wein die beste Grundlage für einen anregenden Abend.«

Josef hatte gespürt, dass der Maler – ihn Richard zu nennen, auch nur gedanklich, so weit war er noch nicht – ihn beruhigen wollte, was ihm überwiegend auch gelang. Dennoch fragte er sich, was der Maler unter einem ›anregenden Abend‹ verstand.

Der Maler deutete auf die beiden Türen. »Ich zeige dir noch die Zimmer, dann hast du alles gesehen.«

Er öffnete die rechte Tür in der hinteren Wand. Ein winziges Fenster tauchte das Zimmer in diffuses Licht. Ein Stuhl, ein Kleiderschrank, ein Bett – das war alles.

»Den Umständen entsprechend kann man hier ziemlich gut schlafen.«

Er schloss die Tür, schob sich zwischen Herd und Esstisch vorbei und öffnete die linke. Ein gleich großes Zimmer, ein gleich kleines Fenster, ein Stuhl und anstatt eines Bettes nur eine Pritsche. Kein Schrank. Dafür füllte den Platz eine offensichtlich komplett eingerichtete Dunkelkammer aus.

»Hier kannst du schlafen.«

Josef nickte nur, was der Maler leicht als enttäuschte Erwartung hätte verstehen können. In Wahrheit war Josef konsterniert vor Begeisterung. Eine Dunkelkammer an diesem Ort. Damit hatte er nicht gerechnet. Er würde alles tun, wenn er dafür beim Entwickeln dabei sein durfte. Maler Richard – das Denken des Namens fiel ihm jetzt leichter – würde ihm die Gelegenheit nicht verwehren, da war er sich sicher.

Maler Richard verließ das Zimmer. »Komm mit Josef, da ist noch etwas, das ich dir zeigen möchte.«

Josef folgte.

Sie verließen die Hütte, gingen um sie herum auf die Rückseite und standen vor einer winzigen, aus einfachen Brettern zusammengezimmerten Bude.

»Ein weiterer Luxus, Josef. Eine Toilette, mit Grube zwar, aber immerhin. Besser als die Latrinen im Lager. Und zum Baden hüpfen wir einfach in den See.«

Nach den ersten Lagertagen, die von körperlichen Strapazen um den Bau der Sicherheitszäune, aber vor allem von Sorgen um sein zukünftiges Leben geprägt waren, fühlte Josef plötzlich eine seltsame Freiheit, wie er sie sich nicht einmal im Traum auszumalen getraut hatte. Doch war er Realist genug, um zu erkennen, dass diese Freiheit auf Rosen gebettet war – schön, aber dornenreich und letztendlich wertlos.

Wieder zurück in der Hütte, schloss Maler Richard die Tür, setzte sich an den Tisch und deutete Josef, es ihm gleich zu tun.

»Kannst du dir vorstellen, welchem Umstand wir diese vielen Annehmlichkeiten zu verdanken haben?«

»Ihrer Kunst wegen, nehme ich an.«

»Auch, ja. Aber meine Fähigkeiten spielen dabei eine nur zweit- oder sogar drittrangige Rolle.«

Josef zog die Augenbrauen hoch.

»Es ist so: Meine Aufgabe besteht darin, Porträts zu erstellen, also von allen Russen, die etwas mit dem Lager zu tun haben. Der tatsächliche Grund, warum ich in den Genuss einer Verhandlungsposition gelangt bin, liegt also worin begründet?«

Wieder eine Frage. Offenbar bereiteten Fragestellungen Maler Richard ein besonderes Vergnügen. Aber wie lautete die Antwort? Worauf zielte seine Frage ab? Josef dachte nach. Ein Gedanke erschien ihm naheliegend. Eigentlich hätte er antworten können, doch wollte er seinen Gedanken untermauert wissen, bevor er antwortete.

»Sind sie ein berühmter Maler?«

Maler Richard lächelte. »Deine Frage verrät, dass du die richtigen Schlüsse ziehst. Formulieren wir es so: Mein Werk ist den Menschen nicht unbekannt. Aber bitte Josef, lass die Förmlichkeiten.«

Das waren drei Sätze, die Josef weniger ängstlich, weniger scheu werden ließen. »Dann vermute ich, Richard, liegt es in der Menschen Eitelkeit begründet.«

»Heureka«, rief Richard und klatschte in die Hände. »Aber weißt du, was das Verrückte an der Sache ist?«

Wieder eine Frage, aber eine rhetorische, keine zu beantwortende, weshalb Josef die Erklärung einfach abwartete.

»Ich komme eigentlich vom Expressionismus. Mit der Zeit habe ich mich nach freieren Ausdrucksmöglichkeiten gesehnt und arbeite heute absolut formlos, in einer Art und Weise, für die es noch nicht einmal einen Namen gibt. Aber die Russen wollen sozialistischen Realismus. Die wollen Heldenepen. Heldenepen, dargestellt in sozialistischem Realismus.«

Für eine Sekunde war es still. Dann krachte eine Faust auf den Tisch und Richard lachte los, lauthals, belustigt und auch ein wenig verzweifelt, wie es schien.

Josef wollte etwas sagen, etwas tun, irgendwie helfen, aber ihm fiel nichts Passendes ein, weshalb er seinen Blick schweifen ließ. Am Regal in der Mauernische angekommen, kam ihm eine Idee.

»Ein Glas Wein?«

Richard machte eine abwehrende Handbewegung. »Nein, nein, Josef, es gibt nichts zu beklagen, außer der Tatsache, dass wir hier in diesem Lager festsitzen.«

»Ich dachte nur, wegen der falschen Kunst.«

»Unwichtig. Schließlich bescheren uns meine Fähigkeiten unverhoffte Privilegien.«

»Die Heldenepen machen dir nichts aus?«

»Ach was, so eitel bin ich auch wieder nicht, es sei denn, ich dürfte mein Leben lang nichts anderes mehr malen als Helden, womit wir wieder beim Thema sind. Eitelkeit. Das hast du richtig erkannt. Aber gibt es neben der Eitelkeit vielleicht noch einen zweiten Grund, weshalb sie die Bilder wollen, einen, den ich bereits angedeutet habe?« Er sah Josef erwartungsvoll an.

Fragen über Fragen. Aber dieses Mal musste Josef passen. Er hob die Schultern.

»Ich gebe dir noch einen Hinweis: Außer in Deutschland hängen meine Bilder in vielen großen Museen.«

Jetzt ahnte Josef, worauf Richard hinauswollte, und vergewisserte sich dessen durch eine Gegenfrage. »Dann kannst du gut von deinen Bildern leben?«

Richard wog den Kopf hin und her. »Na ja, meine Bilder wurden geächtet, gelten als entartet. Hätte man nicht einen großen Teil meines Werkes beschlagnahmt, hätte ich es verkaufen können. In dem Falle ginge es mir wohl recht gut, ja.«

»Dann geht es also um Eitelkeit *und* ...« Josef legte eine dramaturgische Kunstpause ein. »Habgier.«

»Schlauer Josef. Aber Habgier wäre ein zu harter Begriff, so würde ich es nicht nennen. Eher Sehnsucht. Die Sehnsucht nach einem besseren Leben. Ein echter ›Rausch‹ - damit erhalten sie ein kleines Vermögen. Und weißt du was?«

Unmittelbar hatte sich Richards Nachname in Josefs Kopf festgesetzt. Doch weil er Richards Gedankenfluss nicht unterbrechen wollte, unterdrückte er seine diesbezügliche Neugier. »Was denn?«

»Die meisten sind nur arme Schlucker und es sei ihnen gegönnt. Und ich wünsche ihnen, falls sie ihr Porträt tatsächlich zu Geld machen wollen, dass sie die erhofften Preise erzielen werden. Aber da bin ich skeptisch, fehlt den Bildern doch die Intention, derentwegen mein Werk seine Anerkennung erfahren hat.«

»Warum lässt man dich nicht einfach in deinem eigenen Stil malen?«

»Nun, manche, mit denen ich bereits Vorgespräche geführt habe, hätten sich das gerne so gewünscht. Aber die da oben«, Richard malte Gänsefüßchen in die Luft, »erwarten Heldengeschichten, und die lassen sich nur in ihrem Stil erzählen. Glauben sie.«

»Und du kannst diesen speziellen Stil kopieren?«

»Ich bin Maler. Ich kann jeden Stil kopieren. Das ist nichts Besonderes, nur etwas, das man erlernt hat, wie ...« Richard überlegte. »Wie tischlern oder schustern.«

»Dann ist Kunst ein Handwerk?«

»Auch. Kunst entsteht dann, wenn dem Handwerk etwas hinzugeführt wird, wenn sich der Mensch gezwungen sieht, Gefühle auf kreative Art und Weise auszudrücken.«

»Zwang und Gefühl?«

Richard nickte. »Beide zusammen ergeben was ...?«

Die nächste Frage, aber keine überraschende mehr. Sie war längst überfällig gewesen. Aber dieses Mal musste Josef passen. Er hob die Schultern.

»Ich sag's dir: Leidenschaft.«

Mit ein wenig Anstrengung hätte Josef auch selbst darauf kommen können, dachte er und hatte damit den nächsten Gedanken geboren. »Und was ist mit dem Kopf?«

»Der Intellekt hilft. Aber entscheidend ist das Herz.«

Josef dachte an seine Familie, Opa Anton und die vielen Opernbesuche seiner Kindheit. »Der versierteste Komponist muss nicht gleichzeitig der begnadetste sein?«

»Genau. Er könnte es schon sein, muss es aber nicht, wenn ihm das Herz fehlt.«

Josef hatte noch nie darüber nachgedacht. Warum auch? Aber der Gedanke und die sich für ihn daraus ergebende Schlussfolgerung gefiel ihm. »Wenn Herz eine so bedeutende Rolle spielt – dann kann jeder Künstler sein, oder?«

Die gedankliche Konsequenz, der Josefs Frage vorausging, imponierte Richard, weshalb er Josef auf die Stirn tippte. »Da wohnt ein wacher Geist. Das freut mich. Und ich muss zugeben – diese Frage habe ich mir selbst noch nicht gestellt.«

Eine Weile knetete Richard sein Kinn, dann schien er eine Antwort gefunden zu haben.

»Ich bin mir nicht sicher, Josef, ob Herz allein genügt, zumindest nicht für die Art von Kunst, die wir kennen.« Richard betrachtete die Innenflächen seiner Hände. »Können und Intellekt gehört schon auch dazu. Aber wer weiß, wohin sich Kunst noch entwickelt. Vor hundert Jahren hat auch niemand vorausgesehen, dass es neben dem gegenständlichen auch einmal den abstrakten Ausdruck geben wird.«

Josef faszinierte der Gedanke. »Es wäre schön, wenn wir das noch erfahren könnten.«

»Ich nicht mehr. Aber vielleicht dauert es auch nur fünfzig Jahre – dann würdest du es noch erleben.«

Josef lächelte. »Das wäre schön, aber wir befinden uns im Jahr 1945, und es muss sogar erst noch ein Begriff für deine eigene Kunst gefunden werden.«

»Wie man das Kind nennt, ist mir egal. Ein Begriff erfasst formell nur etwas, das informell längst existiert.«

Mittlerweile war es Abend geworden und die Hütte lag im diffusen Licht der Dämmerung. Draußen war ein letztes Gezwitscher und erstes Gequake zu hören.

»Heute bist du mein Gast, Josef. Ich mache uns Brote und Tee. Ab morgen ist das deine Aufgabe. Heißes Wasser ist das Wichtigste. Zwei

Scheite genügen.« Richard deutete auf gestapeltes Holz im untersten Fach der Wandnische. »Ach, und frisches Wasser holen wir aus dem See«, ergänzte er, dann entzündete er die Öllampe, befeuerte den Küchenofen und schnitt zwei Scheiben Brot ab, die er dünn, sehr dünn mit Butter bestrich.

Es waren einfache Handgriffe, die keine Herausforderung darstellten. Trotzdem hatte Josef eine Frage.

»Es gibt Butter?«

»Wir sind auf einem Bauernhof. Und meine Abmachung heißt: Wir erhalten alles, was der Hof zu bieten hat, sogar Eier, sofern welche da sind. Nur Fleisch und Wurst behalten sie für sich.«

Während Richard Wasser für den Tee besorgte, machte sich Josef nützlich. Er war zwar eingeladen, sah aber keinen Grund, warum er sich bedienen lassen sollte, weshalb er aufstand, zwei Tomaten aus dem Regal nahm, an seinem Hemd abwischte, in Scheiben schnitt und auf die Brote legte.

Wieder zurück, quittierte Richard Josefs Beitrag mit einem wohlwollenden Nicken.

Die aufgelockerte Stimmung ermutigte Josef seiner Neugier Luft zu verschaffen. Ihm war es unvorstellbar, dass nur er allein alle Fragen richtig beantwortet haben sollte. Da er aber nicht *zu* neugierig erscheinen wollte, wartete er einen passenden Moment ab. Als sie über die Teller gebeugt in ihre Tomatenbrote bissen, wollte er es wissen.

Richard schaute überrascht auf und stellte Josef eine Gegenfrage: »Ist das wichtig?«

»Nein. Oder doch. Wenn die Beantwortung der Fragen nicht der einzige Grund für meine Wahl gewesen sein sollte.«

»Würde das etwas ändern?«

»Ich weiß nicht.«

»An welche Gründe denkst du?«

Josef hob die Schultern. »Keine Ahnung. Mein Alter, meine Größe, mein Aussehen.«

Richard nickte verständnisvoll. »Schau Josef, viele sind schon an der ersten Frage gescheitert. Und die meisten schafften es erst gar nicht bis zur vierten. Und die, die es doch geschafft haben, ahnten zu genau, was ich hören wollte.«

Josef begriff, was Richard meinte. »Und ich?«

»Du wusstest es auch«, sagte Richard nur, sah Josef in die Augen und grinste.

Das war noch keine Erklärung. Richard hatte offensichtlich Spaß daran, Josef ein wenig auf die Folter zu spannen, weshalb er sich zu einer Reaktion entschied, die Richard sicher nicht erwartet hatte: Er legte sein Brot auf den Teller, kreuzte die Arme auf dem Tisch und sah Richard ebenso grinsend in die Augen wie Richard ihm.

Jetzt musste Richard lachen. Er schlug Josef auf die Schulter und brachte die Erklärung zu Ende. »Aber du, Josef, warst der Einzige, der von seinen Worten überzeugt war.«

Das klang nicht nur plausibel, es schmeichelte Josef auch. Trotzdem hatte er das Gefühl, dass ihm Richard etwas verschwieg. Schließlich schien er bei der Wahl der Kandidaten gezielt vorgegangen zu sein.

»Und warum hast du nicht jeden befragt?«

Richard betrachtete sein Tomatenbrot, das er noch immer in den Händen hielt. »Deshalb.«

Das war schwer zu glauben. Offensichtlich wollte Richard ihn hochnehmen. »Wegen des Tomatenbrotes?«, fragte Josef ungläubig.

»Ja. Ich meine nein, nicht nur, aber auch. Ich brauchte jemanden, der mir auf Anhieb gefiel, der mir vertrauenswürdig erschien und sich auch um mich kümmern würde. Kennst du den Begriff Muse?«

»Jemand der andere inspiriert?«

»Genau. So jemanden brauche ich. Ich habe mich bei der Wahl von meinem Instinkt leiten lassen.« Richard lächelte. »Es hat funktioniert.«

Auch wenn er Richards Ausführungen für aufrichtig hielt, war Josefs Erklärungsbedarf noch nicht gestillt. »Und warum die vier Fragen?«

»Nun Josef, eine Muse sollte nicht auf den Kopf gefallen sein und ein gewisses künstlerisches Verständnis schadet ihr auch nicht. Und mit jemandem, der Expressionisten für entartet hält, kann ich schon gar nichts anfangen. Überhaupt: Entartete Kunst, was soll das sein? Das ist ein contradictio in adiecto, ein Widerspruch in sich wie ›trockenes Wasser‹ oder ›rundes Quadrat‹ und noch nicht einmal ein Oxymoron wie ›alter Knabe‹ oder ›bittersüß‹. Nichts weiter als eine im Gesinnungswahn der Nazis geborene Gehässigkeit, genau wie die vielen anderen bösartigen Behauptungen, die uns in die Katastrophe geführt haben. Und indem wir hier versauern, anstatt bei unseren Familien zu sein, tragen auch wir die Konsequenzen. Dabei haben wir noch Glück, Josef. Im Gegensatz zu Millionen anderen zahlen wir einen überschaubaren Preis.«

Richards Erklärung hätte nicht klarer ausfallen können. Er hatte sich positioniert und Josefs Neugier gestillt. Eine Frage jedoch stand noch im Raum. »Dein Nachname Richard, er klang ungewöhnlich.«

»Du meinst Rausch.«

»Ein Künstlername, stimmt's?«

Richard grinste. »Ja und nein. Mein Geburtsname lautet Richard August Scheuermann.«

Zum Abschluss des Tages und als ›Betthupferl‹, spendierte Richard noch einen Schluck Rotwein. Einen üppigen für sich und einen bescheidenen für Josef, der das für vollkommen angemessen hielt. Obwohl die verschwindend geringe Menge keinerlei Wirkung entfaltet hatte, schlief Josef tief und fest, erwachte aber schon mit der aufgehenden Sonne. Putzmunter hüpfte er in die Hose, schnappte sich den Wassertopf und füllte ihn am Ende des Steges mit kaltem Seewasser. Dann wusch er sich den Schlaf aus dem Gesicht und ging zurück zur Hütte, wo er das Frühstück vorbereitete.

Als Richard den Raum betrat, roch es bereits nach frisch zubereitetem Schwarztee. Einen solch ausgeprägten Tatendrang hatte er offenbar nicht erwartet. »Du musst aufpassen Josef, zu viel Fürsorge macht unentbehrlich.«

Josef guckte nachdenklich, konnte ein schelmisches Grinsen aber nicht vermeiden. »Stimmt, ich werde mich zurückhalten.«

Richard zog grimmig die Stirn zusammen. »So war es nicht gemeint«, sagte er und schob ein vages Zwinkern hinterher.

Absolut unnötig, wie Josef befand.

Kaum dass sie das Frühstück beendet hatten, platzierte Richard eine vorbereitete Leinwand auf der Staffelei, stellte ein Foto auf die Fensterbank und begann mit feinen grauen Pinselstrichen, die markantesten Linien des auf dem Foto festgehaltenen Männergesichts auf die Leinwand zu übertragen.

»Du malst nach Fotos?«

»Nur Offiziere haben Zeit für die Sitzungen. Alle anderen müssen sich fotografieren lassen.«

Richards Arbeit machte Josef neugierig. Rasch beseitigte er die Reste ihres Frühstücks, dann schaute er Richard über die Schulter. Der hatte nichts dagegen.

»Sobald ich so weit bin, reichst du mir, was ich brauche.«

Keine Viertelstunde später war das Foto in zarten, grauen Pinselstrichen auf die Leinwand übertragen, die Gesichtszüge bereits aber gut zu erkennen.

»Ist das jetzt nur Handwerk oder malt das Herz schon mit?«

»Man muss genau hinsehen, Josef, Proportionen, individuelle Merkmale erkennen. Das ist Handwerk. Aber wenn du dem Porträtierten gerecht werden willst, geht das nur über seine Seele und um diese auch nur im Ansatz zu erfassen brauchst du Herz. Ohne Herz wird es nichts, macht es auch keine Freude.« Richard kniff ein Auge zu. »Und ich bin ein großer Freund der Freude.«

Richards Blick schwenkte noch ein paar Mal zwischen Foto und Leinwand hin und her. Dann nickte er.

»So Josef, jetzt kannst du mir die Palette und das Rot anreichen.«

Josef gehorchte.

Richard nahm beides an und betrachtete die in seinen Händen liegenden Dinge, als hätte er so etwas noch nie in seinem Leben gesehen. »Was eine Palette ist, das weißt du. Gut. Aber das Rot ...«, er hielt die Tube hoch, »... ist Grün.«

»Tut mir leid.«

Richard sah Josef lange in die Augen. »Du benötigst eine starke Brille.«

»Extreme Kurzsichtigkeit.«

»Ja, und ich weiß, dass nicht selten weitere Einschränkungen damit einhergehen.«

Josef schlug die Augen nieder. Das Schicksal hatte es für einen Tag gut mit ihm gemeint. Aber was sollte ein Kunstmaler mit einem farbenblinden Helfer anstellen? Nichts. Er würde wieder zurück zu den anderen müssen und er selbst trug die Verantwortung dafür, nicht Richard, der sich große Mühe mit ihm gegeben hatte. Nach dieser Enttäuschung Richard die Bürde der Abschiedsworte zu überlassen, hielt Josef für unangemessen, weshalb er aufstand und hängenden Kopfes zur Tür schlurfte. »Entschuldigung, ich hätte es sagen müssen.«

»Wo willst du hin?«

»Zurück zu den anderen.«

»Gefällt es dir hier nicht?«

Josef hatte die Frage nicht verstanden. Was interessierte es Richard, ob es ihm hier gefiele? Darauf kam es nicht an. Er war nutzlos und gehörte nicht hier her. Niemanden benötigte Richard weniger als ihn.

»Doch, schon«, antwortete Josef.

»Und?«

»Ich bin nicht die Hilfe, die du brauchst.«

»Das ist der größte Unsinn, von dem ich jemals gehört habe, noch unsinniger als entartete Kunst.«

»Aber, ...«

»Aber ..., nichts aber«, unterbrach ihn Richard, der gleichzeitig eine

wegwischende Handbewegung in den Raum zeichnete. »War's das?«
»Und die Farben?«

»Die Farben«, wiederholte Richard und betrachtete die Tuben.

Nach einer Weile schwenkte er zur Leinwand hinüber, dann wieder zurück zu den Tuben und dann zwischen Leinwand und Tuben hin und her. Schließlich nickte er. »Ich könnte mir die Farben selbst nehmen. Aber wir machen es anders, Josef, wir machen es ganz anders, wir machen es so: Egal welche Farbe du mir reichst - ich werde sie verwenden.«

»Im Ernst? Du würdest nicht das gewünschte Ergebnis erzielen.«

»In unserem Fall wäre es das gewünschte Ergebnis.«

»Der gewollte Zufall?«

»Exakt. Deshalb setz dich wieder hin, wir machen weiter.«

»Aber die Russen, sie erwarten etwas anderes.«

»Sie erwarten Heldenepen. Farben waren kein Thema. Außerdem sind unsere Fotovorlagen schwarz-weiß.«

»Die Fotos, ja, aber die Wirklichkeit ...«

»Ich male wie mir geheißen, im Stil des sozialistischen Realismus, nehme mir nur eine kleine künstlerische Freiheit heraus. Sie werden es akzeptieren.«

»Und wenn nicht?«

»Dann haben wir zumindest ein wenig Spaß gehabt.«

In den nächsten Monaten entstanden zahlreiche Porträts aber auch Heldenbilder, die Richard nach erzählerischen Vorgaben der Offiziere anfertigen musste. Kampfszenen, tote deutsche Infanteristen, brennende deutsche Panzer, abstürzende deutsche Flugzeuge, strahlende Sieger und hässliche Besiegte. Das meiste dessen, was Richard auf die Leinwand bannte, hatte er selbst nie gesehen oder erlebt. Die Russen hatten ihm zwar Fotos zur Verfügung gestellt – zur korrekten Darstellung russischer Uniformen, Panzer und anderem technischen Gerät – aber alles andere entsprang seiner Fantasie. Nicht nur Josef war beeindruckt, auch den Russen gefielen Richards Schlachtengemälde. Nur mit den Porträts hatten einige wenige ihre Schwierigkeiten. Doch war Richard nicht nur ein exzellenter Maler, er war auch ein Mann von außergewöhnlicher Überzeugungskraft. Schließlich sah er sich lediglich für eine Handvoll Porträts dazu gezwungen, die von Josef angereichten Farben zu übermalen.

Zwischendurch weihte Richard Josef in die Geheimnisse der Dunkelkammer ein. Das Prinzip kannte Josef bereits durch seine Experimente mit der Lochkamera. Aber hier standen ihm sämtliche Mittel zur Verfügung, die für das professionelle Entwickeln unentbehrlich waren.

Schon nach wenigen Tagen hatte Richard so viel Vertrauen in Josefs Fähigkeiten gewonnen, dass er sich aus dem Entwicklungsprozess ausnahmslos zurückzog. Fortan war die Dunkelkammer Josefs Reich und er nutzte sie ausgiebig auch für das Entwickeln eigener Fotos. Richard hatte ihm seine Kamera, eine Agfa Box, zum Experimentieren zur Verfügung gestellt und Josef nutzte sie, sobald er etwas Zeit erübrigen konnte. Das Entwickeln erforderte Improvisationstalent, nicht seiner technischen Unerfahrenheit, sondern der eingeschränkten materiellen Möglichkeiten wegen. Fotopapier war knapp und konnte nur mit fadenscheinigen Angaben von Gründen nachbestellt werden: Chemikalien seien verunreinigt, das Papier schon belichtet angeliefert worden und ähnliche Begründungen waren notwendig, um an Nachschub zu gelangen. Wenn es sich nicht vermeiden ließ, vermehrten sie restliche Papiere durch »Zellteilung«, wie Richard das Halbieren nannte.

Zuerst fotografierte Josef in der direkten Umgebung der Hütte, doch nach und nach erweiterte er seinen Radius, bis es ihn mitten in das Lager verschlagen hatte.

Fast jeder Russe kannte Josef. Die einen von den Porträtsitzungen, wenn Josef als rechte Hand Richard diente, oder weil sie von Josef für die Vorlagenfotos abgelichtet wurden. Richard hatte ihm immer öfter diese Ehre erteilt.

Entgegen Josefs Befürchtung ließ man ihn auf seinen Streifzügen gewähren. Allerdings hatte man ihm eine Bedingung auferlegt. Jedes entwickelte Foto musste dem Kommandanten zur Prüfung vorgelegt werden. Doch sah dieser kaum einen Grund, warum er ein Foto hätte beanstanden sollen. Josef agierte zurückhaltend und erkannte instinktiv, wann ein Motiv undokumentiert bleiben musste. Solche Momente betrafen vor allem die durch das Fotografieren beeinträchtigte Privatsphäre, die, erst recht in einem solch problematischen Umfeld, ein seltenes und zu schützendes Gut darstellte, aber auch unhaltbare Zustände oder Ungerechtigkeiten, die in diesem Lager genauso existierten wie in jedem anderen auch. Josefs Einschätzung nach waren solche Übergriffe eher selten, aber es gab sie. Von harmlosen Beleidigungen bis zu gewaltsamen Erniedrigungen – niemand war vor ihnen sicher.

Trotzdem gelangen Josef auch Schnappschüsse, die im Vordergrund zwar ein harmloses Ereignis, im Hintergrund aber irgendeinen Missstand oder Fehlverhalten festhielten. So genau sah sich der Kommandant die Fotos nie an, als dass er die verschiedenen Bildebenen als solche erkannt hätte.

Fünf Monate nachdem er das Lager zum ersten Mal betreten hatte, unterbreitete ihm der Kommandant ein Angebot: Er könne als freier Mann nach Russland gehen, er könne Russe werden und am Aufbau der großen sozialistischen Gesellschaft mitwirken. Er dürfe aber auch einfach nach Hause gehen. Es stünde ihm frei, sich zu entscheiden.

Josef war gut behandelt worden, weshalb er ernsthaft über das Angebot nachgedacht hatte. Er hegte keinerlei Abneigung gegen Russen, sprach inzwischen sogar ein wenig russisch, doch spekulierte er, wenn das sozialistische Leben ebenso eingeschränkt sein würde wie die sozialistische Kunst, wollte er lieber zurück nach Hause, sich nicht darüber bewusst, dass ihn dort dasselbe System erwarten würde.

Tatsächlich respektierte man seinen Wunsch.

Auch Richard hatte Verständnis für Josefs Entscheidung. Sie feierten Josefs Freiheit mit Ei, Tomatenbrot und Rotwein. Am Morgen des Abschieds legte Richard seine Hände auf Josefs Schultern und sah ihm lange und ernsthaft in die Augen. Dann sagte er:»Ohne dich, Josef, wären die letzten Monate weniger erträglich gewesen. Vielen Dank, dass du für mich da warst. Ich wünsche dir viel Glück, auch für deine Kunst.«
Josef wusste nicht, was Richard meinte, und hob die Augenbrauen.
»Welche Kunst?«
»Ich müsste mich schon sehr täuschen, wenn sie dich nicht packt.«
Zum Abschied umarmten sie sich fest.

Richards Werk sollte Josef noch einige Male begegnen, Richard persönlich jedoch nie mehr. Anfang der neunziger Jahre sah er auf einer Litfaßsäule die Ankündigung zu einer Ausstellung im Essener Folkwang Museum. »RAUSCH! Vom Expressionismus zum Informel – eine Retrospektive«. Natürlich besuchte er die Ausstellung und erfuhr, dass Richard einer der Begründer des Informel gewesen war. Richards Entwicklung wurde anhand von Bildern seiner gesamten Schaffenszeit verdeutlicht.

Aus dem Vorwort des Kataloges erfuhr er, dass Richard 1969 in Paris gestorben war und seine Bilder in allen wichtigen Museen der Welt hingen. Hastig blätterte er weiter. Er hoffte, dass auch die Schaffensphase ihrer gemeinsamen Zeit beleuchtet würde. Und dann, mit einem Mal, sah er dem russischen Kommandanten in die Augen. Man hatte der Lagerzeit ein eigenes Kapitel gewidmet und Josef erkannte ihn sofort. Es war das erste Porträt gewesen, bei dem der zu Porträtierende die gesamte Zeit Modell gesessen hatte. Und auch alle anderen Bilder erkannte er. Das Museum hatte sieben Porträts und zwei Heldenepen zusammengetragen.

Der erläuternde Text ordnete den Stellenwert ein, den Richards ›Lagerbilder‹ in seinem Lebenswerk einnahmen. Es war von seinem Mut die Rede, den es sicher gebraucht hatte, um sich in einer derart bedrohlichen Situation eine, wenn auch bescheidene, künstlerische Freiheit herauszunehmen. Und auch wenn diesen Bildern die visionäre Kraft und intellektuelle Durchdringung fehlten, die das sonstige Werk des Malers kennzeichneten, hätte der Künstler, selbst unter den schwierigen Bedingungen der Gefangenschaft, seinen Drang zum Experiment auszuleben versucht.

Josef entschied sich gegen die chronologische, vom Museum vorgegebene Ausstellungsführung. Er wählte seinen eigenen Weg, der ihn erst am Ende in den, den Lagerbildern gewidmeten Raum führte. So machte er es auch mit der karamellisierten Mandelschicht des Bienenstichs, die er immer erst zum Schluss aß.

Schließlich im Raum angekommen, dauerte es einen halben Tag, bis ihm die Bilder nicht nur die Gesichter des Lagers in Erinnerung gerufen, sondern sogar ihre eingeschriebenen Geschichten über die Zeit mit Richard erzählt hatten. Auch das Porträt, zu dem Josef das erste Mal die Farben angereicht hatte, war vertreten. Es war das letzte Bild, das er betrachtete und es war das, von dem er sich kaum mehr zu lösen vermochte.

Ein Museumsaufseher – vor dem Hintergrund, unter welchen Umständen die in dem Raum gezeigten Bilder entstanden waren, eine groteske Bezeichnung, dachte Josef – hatte ihn bereits darauf hingewiesen, dass das Museum gleich schließen würde, als er den Kopf nach vorne beugte und sich Richards Signatur genauer ansah. Sie wirkte anders als auf den Bildern, die nicht im Lager entstanden waren. Richards Name wurde durch ein Kreuz ergänzt. Danach las er etwas, von dem er kaum glauben konnte, dass er es wirklich las. Aber es stand dort geschrieben, ohne Zweifel:»RAUSCH + Josef 1945«.

Die allerletzte Mahnung eines Aufsehers bereits im Nacken, kontrollierte er die anderen Signaturen. Alle waren durch seinen eigenen Namen ergänzt worden. Im Atelier war ihm das nie aufgefallen. Vielleicht hatte Richard die Ergänzung erst später vorgenommen, nachdem die Bilder fertiggestellt waren und Josef schon mit Aufräumen oder anderen Dingen beschäftigt gewesen war. Wahrscheinlich aber erst, nachdem er das Lager bereits verlassen hatte. Josef fragte sich, warum Richard das gemacht hatte, und fand darauf eine schlichte, aber plausible Antwort: Der alte Knabe war ein feiner Kerl.

An einer Stelle im Katalog fand er sogar einen Kommentar zu der ungewöhnlichen Signatur. Dort versuchte man, die Ergänzung ›+‹ mit dem Hinweis auf des Malers homosexuelle Veranlagung zu erklären. »+ Josef«, vermutete man, sei womöglich Rauschs zum Ausdruck gebrachte Würdigung einer Muse gewesen. Josef musste grinsen, als er das las. Bei aller Ernsthaftigkeit ging es Richard immer auch um Leidenschaft und Spaß an der Freude. Das unscheinbare ›+‹ erklärte den Menschen Richard mehr als ein ganzer Katalog den Künstler Rausch.

In diesem Moment, fast 50 Jahre danach, war Josef aufrichtig dankbar für den Respekt, den Richard ihm damals entgegengebracht hatte.

Ein russischer Militärjeep brachte Josef bis vor die Haustür seiner Großeltern, deren Seelen mit einem Mal von aller Sorge um ihren Enkel befreit waren. Doch nach nur einem Tag der Wiedersehensfreude klopfte es frühmorgens rüde an der großelterlichen Wohnungstür. Zwei Minuten später sah sich Josef in Gewahrsam der polnischen Militärpolizei. Sie brachten ihn in das finsterste Lager, das er sich hätte vorstellen können, dem er dank einer entzückenden Küchenhilfe aber sogar noch etwas Gutes abgewinnen konnte.

Zeitlebens fragte sich Josef, welche Umstände zu seiner Gefangennahme durch die polnische Militärpolizei geführt hatten. In diesem Zusammenhang kam ihm der Jungenschaftsführer in den Sinn, der Josefs offen gezeigten Protest als persönlichen Angriff hätte auffassen können. Insbesondere weil der Protest Zweifel an dessen Führungsqualität ausgelöst und das Ende seiner Führerschaft eingeleitet hatte.

Denunziation und Verrat waren in den letzten zwölf Jahren zu einer moralisch unbedenklichen Selbstverständlichkeit geworden. Da machte er sich nichts vor: Warum sollten sie ausgerechnet ihn verschonen?

Josef hatte nie erfahren, ob er seine Gefangennahme einem gemeinen Verrat, dem Informationsaustausch russischer und polnischer Behörden oder einer zufälligen Kontrolle zu verdanken hatte.

Einwirkende Faktoren

Die Kommission. Eine spukhafte Begegnung, mehr hatte Josef nicht von ihr mitbekommen. Ein Mann hatte unvermittelt die Küchentür aufgerissen, »bardzo dobrze, bardzo dobrze« gerufen und war sofort wieder verschwunden. Eine nebulöse Erscheinung, unmöglich zu beschreiben. Ein Mann, mehr nicht, und Josef fragte sich, ob er soeben Zeuge der offiziellen Kücheninspektion geworden war. Weitere Inspektoren bekam er nicht zu Gesicht. Doch dass eine Kommission nicht nur aus einem Mann bestehen würde, besagte ja schon der dem Wort eingeschriebene Plural. Und der Menge alkoholischer Getränke nach zu urteilen, die von Lisa und dem Koch aus der Kühlkammer heraus in Richtung Lagerverwaltung geschleppt wurden, handelte es sich bei der Kommission entweder um eine große oder trinkfeste. Oder beides.

Am späten Nachmittag strömten die Mitgefangenen von ihren Arbeitsplätzen auf den umliegenden Feldern zurück in ihre Unterkünfte. Es war ein warmer, sonniger Herbsttag gewesen. Alle trugen verschwitzte Hemden. Gegenüber Regentagen, wenn die komplette Kleidung durchnässt war und die Schuhe nur noch aus Dreck bestanden, oder, noch schlimmer, der gnadenlosen Sommersonne, wenn sich die Haut vom Körper schälte, war das ein Zeichen idealer Arbeitsbedingungen. Es bedurfte solcher Umstände, um dem Lager etwas Gutes abgewinnen zu können. Die meisten kamen zu Fuß, die, die weiter draußen arbeiteten, saßen auf den Ladeflächen der Anhänger, die von in die Jahre gekommenen, aber unverwüstlichen Glöckner-Humboldt-Deutz-Traktoren gezogen wurden.

Eine halbe Stunde später begann die Essensausgabe. Sie erfolgte in mehreren Etappen und zog sich bis in den frühen Abend hinein, da die der Küche vorgelagerte Gemeinschaftsbaracke zu klein war, um allen Gefangenen ausreichend Platz für ein gemeinsames Essen zu bieten.

Schon beim ersten Blick in die Suppenkessel fragte sich Josef, wo die Kräuter geblieben waren, die Lisa so akribisch separiert hatte. Die Suppe erschien ihm viel zu blass und dünn. Er hatte keine Ahnung vom Kochen und vermutete, dass die Kräuter verkocht und die gehaltvollen Gemüsestücke auf den Boden gesunken waren. Um sie gleichmäßig in der Suppe zu verteilen, versuchte er sie mit der Kelle aufzuwirbeln. Doch alles, was sich an der Oberfläche blicken ließ, bevor es wieder abtauchte, waren ausgekochte Schalen und Abfälle.

Er hatte bei der Zubereitung nicht nur *eines* Gerichts geholfen, eine Erkenntnis, die ihn ärgerte, auch wegen seiner Naivität. Sie hatten noch nie eine anständige Suppe erhalten, warum sollte ausgerechnet sein Mitwirken etwas daran geändert haben.

Am späten Abend, nachdem Töpfe, Schüsseln und Löffel gespült, abgetrocknet und eingeräumt waren und kurz bevor die Küche abgeschlossen wurde, nahm Lisa Josef zur Seite. Sie hätte eine Überraschung vorbereitet, erkläre sie ihm, weshalb sie ihn hinter dem Pferdestall, einem von den Aufsehern vernachlässigten Teil des Lagers, treffen wolle. Er solle sich keine Sorgen machen. Da sie beide Küchendienst hatten, würden sie in ihren Baracken nicht vermisst werden, weder von den Mitgefangenen noch den Aufsehern. Sie verließen die Küche mit einem kleinen zeitlichen Abstand, zuerst Lisa, dann Josef.

Josef fragte sich, welche Überraschung Lisa wohl für ihn vorbereitet hatte. Darüber spekulierend, flammte immer wieder ein warmer Gedanke auf, für den er sich zwar ein wenig schämte, der ihm aber doch so gut gefiel, dass er ihn genoss, statt ihn zu verdrängen.

Sich ständig versichernd, unbeobachtet zu sein, bog er um die Ecke des Pferdestalls. Schon stand er Auge in Auge Lisa gegenüber, die ihn mit einem schnellen Kuss auf den Mund begrüßte und ohne zu zögern, mit sich, hinter einen wilden Haufen herumliegender Strohballen riss.

»Setz dich«, flüsterte sie.

Josef schob mit den Füßen Strohbündel zu einem Polster zusammen und tat wie ihm geheißen.

Lisa kniete sich neben ihn und vor einen arg zerrupften Strohballen, den sie zuerst abtastete, bevor sie mit ihren Händen hineinglitt. Noch bevor sich Josef fragen konnte, was Lisa dort suchte, hatte sie bereits einen kleinen Kochtopf hervorgezaubert.

»Na, was sagst du?«

»Ist das etwa …?«

Lisa lächelte triumphierend.

»Du bist verrückt. Wenn man dich erwischt hätte …?«

»Ach was«, fuhr Lisa dazwischen. »Wir müssen doch leben.«

Sie öffnete die oberen Knöpfe ihres Kleides, bis der Ansatz ihrer Brüste zu erkennen war. »Fühl mal.«

Nichts hätte Josef lieber getan. Und die offenherzige Art Lisas gefiel ihm auch sehr, aber ihr Tempo war ihm nicht ganz geheuer. Seine erste Erfahrung hatte er sich romantischer vorgestellt – sich allmählich entwickelnd, an einem schönen, geschützten Ort. Doch hier waren sie der Gefahr ausgesetzt, jeden Augenblick entdeckt und bestraft zu werden.

Lisa grinste. »Traust du dich etwa nicht?«

»Doch, natürlich.«

Lisa legte den Kopf schräg und sah ihm prüfend in die Augen.

Noch auf dem Weg zu ihrer Verabredung hatte sich Josef seinen Fantasien hingegeben und jetzt sollte er sich nicht trauen? Auch wenn die Umstände dagegensprachen – Lisa wirkte unwiderstehlich.

Erst streichelten seine Finger Lisas Brustbein, dann glitten sie langsam hinunter zu den warmen, weichen Ansätzen ihrer Brüste. Lisas Atem wurde schwer, ihre Brust hob und senkte sich.

»Möchtest du nicht ein wenig tiefer gehen?«

Die zarte Berührung von Lisas Dekolleté hatte sämtliche Bedenken

Josefs mit einem Mal vergessen lassen. Hinter dem Stoff ihres Kleides glitt er weiter nach unten, nicht viel, zwei Fingerbreit vielleicht, und plötzlich fühlte er etwas, das er dort nicht erwartet hatte, etwas Hartes. Lisa lächelte frech. »Möchtest du es herausholen?«

Jetzt konnte sich auch Josef eines Lächelns nicht erwehren. Er tastete sich so weit vor, bis er es zwischen Daumen und Zeigefinger klemmen und herausziehen konnte.

»Schließlich können wir die Suppe nicht mit den Fingern essen«, erklärte Lisa und nahm ihm den Löffel ab.

Lisa setzte sich in den Schneidersitz, stellte den Topf zwischen sich und Josef und nahm den Deckel ab. Sofort roch es nach Petersilie, Kartoffeln und Kohlrabi.

»Du zuerst«, sagte sie.

»Nein du.«

Lisa schüttelte den Kopf, rührte ein paar Mal um, bevor sie einen bis zum Rand gefüllten Löffel herausbalancierte und zu Josefs Mund führte. Der ließ sich bereitwillig füttern.

Natürlich hatte Lisa die ›gute‹ Suppe mitgebracht.

»Mhh«, sagte Josef, »so eine leckere Suppe habe ich schon lange nicht mehr gegessen. Und warm ist sie auch noch.«

Den nächsten Fang genehmigte sich Lisa selbst. Dann wieder fütterte sie Josef. So verfuhr sie, bis auch der allerletzte Tropfen in einem ihrer Münder verschwunden war.

Immer noch war es Josef ein Rätsel, wie Lisa den Schmuggel bewerkstelligt hatte. Der Löffel – okay, aber … Er deutete auf den Topf: »Wie hast du das gemacht?«

»War ich doch gar nicht, war der Koch.«

»Sicher. Ich meine, wie konntest du den Topf einfach so rausschmuggeln – heimlich und unbemerkt?«

»Unbemerkt ja, aber nicht heimlich.«

Josef sah sie mit großen Augen an.

»Weißt du, es wird hier nichts weggeworfen. Aber von den Resten haben wir, die Gefangenen, nichts, die gehen an die Tiere. Offiziell war ich auf dem Weg zu den Schweinen.«

Josef kniff ein Auge zu. »Und auf dem Weg schwappt schon mal was über.«

»Tja, kann passieren. Ein Stein, eine Unebenheit …«

»Ja. Und warum sind wir bei den Pferden, anstatt …?«

»Die riechen besser.«

So gerade eben konnte sich Josef ein lautes Lachen noch verkneifen.

Lisa räumte den Topf zur Seite. Beiläufig öffnete sie zwei weitere Knöpfe und während sie sich rücklings ins Stroh gleiten ließ, zog sie Josef für einen langen, sehr langen Kuss mit sich herunter. Dann nahm sie ihm die Brille ab und verführte ihn durch die Nacht. Erst Stunden später ließen sie voneinander ab und schliefen eng umschlungen ein.

Erst als sie aufwachten und es bereits dämmerte, wurde ihnen der Schlamassel bewusst, in den sie sich gebracht hatten. Wie konnten sie nur derart leichtsinnig gewesen sein?

Das Lager war bereits erwacht, die ersten Aufseher unterwegs, und die beiden mussten unentdeckt ihre Baracken erreichen, sofern sie empfindliche Strafen vermeiden wollten. Allein schon der nächtliche Aufenthalt außerhalb der Baracken war strengstens verboten.

Gemeinsam schlichen sie bis zum Schweinestall, von wo aus sie den Weg bis zu ihren Baracken überblicken konnten. Nur ein Aufseher, der ihnen den Rücken zukehrte, war zu sehen. Sie gaben sich noch einen Kuss, dann rannten sie los. Genau in diesem Augenblick drehte sich der Kerl um und erkannte sofort, dass er keine Chance hatte, die beiden einzuholen, schon gar nicht beide auf einmal. Der Pfiff der Trillerpfeife schrillte durch das Lager. Innerhalb von Sekunden waren sie von einem Dutzend Aufsehern umstellt. Beide fügten sich ihrem Schicksal und ließen sich ohne Widerstand in ihre jeweiligen Baracken führen, wo man sie für Stunden, im Ungewissen über das weitere Vorgehen, warten ließ.

Irgendwann wurde Josef abgeholt und dem Lagerkommandanten vorgeführt.

»Josef, so, so«, sagte der Kommandant. »Du hast also deinen Spaß gehabt und sag' selbst: Wo kämen wir hin, wenn die Gefangenen mehr Spaß haben als deren Aufseher?«

Josef schwieg.

»Vielleicht kannst du es dir nicht vorstellen, aber auch wir haben unsere Bedürfnisse. Deshalb erwarte ich, dass du mich ein wenig an deinen Freuden teilhaben lässt. Also erzähl mal, wie war das so, nachts im Stroh, mit der niedlichen Küchenhilfe?«

Josef erzählte – was blieb ihm anderes übrig. Aber er begann seine Erzählung mit der toten Frau, und wie er sie ins Totenhaus gebracht und gewaschen hatte. Natürlich war es riskant, eine Geschichte zu erzählen, die der Kommandant nicht hören wollte. Aber Josefs Kalkül ging auf, denn sie vermieste dem Kommandanten den voyeuristischen Blick auf Josefs nächtliches Abenteuer. Er hätte sowieso keine Details preisgegeben, aber bis zur Nacht im Stroh war er dann gar nicht erst gekommen.

»Schluss, ich will nichts mehr hören«, unterbrach ihn der Kommandant und hielt die erwartete Standpauke. »Ihr seid verrückt ihr Deutschen. Gesetze, Regeln, Weisungen: Ohne sie seid ihr unglücklich. Aber das interessierte keine Sau auf der Welt, würdet ihr sie nicht der ganzen Welt aufzwingen wollen. Umgekehrt scheißt ihr auf die Regeln anderer. Das ist inakzeptabel.«

Eine flache Hand donnerte auf den Tisch, dass es knallte.

»Hände weg von dem Mädchen. Und keinen Fuß mehr in die Küche, verstanden! Das ist keine Frage.« Er machte eine wegscheuchende Handbewegung. »Jetzt raus hier.«

Josef verstand nicht, warum der Kommandant eine Lappalie zu einer so großen Sache machte – na ja, machte er ja gar nicht. Aber Lisa nicht wiedertreffen zu dürfen, traf ihn ins Herz. Aus seiner Sicht hatte er nichts Schlimmes getan, eine winzige, irrelevante Verfehlung vielleicht und er überlegte, ob er sein Handeln durch eine relativierende

Bemerkung abschwächen sollte. Doch musste er befürchten, dass ein solcher Versuch als Provokation verstanden werden könnte und ihm eher schaden als nützen würde. Und obwohl ihm diese Gedanken nicht schneller hätten durch den Kopf rasen können, verursachten sie eine minimale Handlungsverzögerung, die vom Kommandanten offenbar als Respektlosigkeit verstanden und mit einem erneuten Donnerknall quittiert wurde.

»Bist. Du. Taub?«, schrie der Kommandant.

Trotzdem dachte Josef, dass das Lisa- und Küchenverbot nur der Anfang sein würde, und wartete ständig auf die eigentliche Strafe. Doch Tag für Tag verstrich, ohne dass ihm weitere Strafen auferlegt wurden. Und Tag für Tag sehnte er sich mehr und mehr nach Lisa, die er aber kaum noch zu Gesicht bekam.

Nur selten sah er sie weit entfernt im Umfeld ihrer Baracke und noch viel seltener bei der abendlichen Essensausgabe. Wenn sie doch einmal bei der Ausgabe aushalf, stellte er sich an der entsprechenden Warteschlange an, die, je länger sie war, umso stärker seine Geduld auf die Probe stellte. Und je länger es dauerte, bis er Lisa gegenüberstand, desto aufgeregter wurde er. Aber kaum, dass sie sich in die Augen schauen konnten, drängten die Mitgefangenen von hinten nach und die beiden verloren sich wieder aus dem Blick. Aber in dem kurzen Moment, in dem Lisa Josef das Essen überreichte, bezeugten sie sich ihrer Gefühle. Dafür benötigten sie nur wenige Worte und eine zärtliche Berührung ihrer Finger.

Nach einer Woche des Leidens erkannte Josef, dass ihm keine weiteren Strafen bevorstehen würden. Der Kommandant hatte ihm bereits die größtmögliche auferlegt.

Manchmal, wenn er des Nachts auf dem Boden liegend Lisa herbeisehnte, dachte er wehmütig an die Zeit zurück, bevor man ihn in das polnische Lager verschleppt hatte, an die Zeit im russischen Lager. Dort gab es zwar keine Lisa, dafür hatte er sie aber auch nicht vermissen können – er wusste ja nicht einmal, dass sie existierte. So gesehen machte es ihm das russische Lager einfach, auch weil ihm Richard eine überraschend schöne Zeit beschert hatte. Der gute alte Richard, den er genauso vermisste wie Lisa – also nicht ganz genauso …

Dann kam der Winter. Die unzureichende Kleidung bot keinen ausreichenden Schutz vor Kälte, und die viel zu kleinen Holzbrandöfen erzeugten kaum Wärme, sofern sie wegen des raren Feuerholzes überhaupt einmal brannten. Frost zog in die Baracken ein, ließ Blut gefrieren, Fleisch verfaulen und Knochen bersten. Nicht alle verfügten über eine ausreichende Konstitution, um dem Angriff etwas entgegenzusetzen. Erfrierungen, abgestorbene Gliedmaßen waren nicht selten, genauso wenig wie der Tod. Wer konnte, grub auf den Feldern freiwillig den gefrorenen Boden um, sammelte Brennholz in den angrenzenden Wäldern oder räumte Schnee zur Seite. Alles war besser, als bewegungslos in den Baracken zu verharren. Jede körperliche Arbeit war willkommen. Aber im Winter gab es zu wenig davon und nicht alle waren gesundheitlich dazu in der Lage, ihr eigener Ofen zu sein und durch körperliche Arbeit Energie zu verbrennen.

Neben der Härte des Winters gab es eine weitere Herausforderung, die bewältigt werden musste: willkürliche und regelmäßig stattfindende Demütigen durch die Aufseher. Zwar beteiligten sich nicht alle Aufseher an diesen Ausfällen, aber die Unbeteiligten verhinderten sie auch nicht.

Bisher war Josef verschont geblieben, aber an einem besonders kalten Winterabend erwische es auch ihn. Plötzlich standen vier bewaffnete Aufseher in der Baracke, zeigten mit den Fingern auf Josef und ein knappes Dutzend weiterer Männer und scheuchten die gemeinten nach draußen, auf den von Strahlern erleuchteten Hofplatz. Alle anderen, die von der Auswahl verschont geblieben waren, hatten nach draußen zu folgen.

Unter dem Gegröle der Aufseher und unter den Augen der Mitgefangenen mussten sich die Männer nackt ausziehen auf den Bauch legen und durch den Schnee robben. Eine Minute, zwei, fünf, zehn Minuten. Wer es vor Kälte nicht mehr aushielt und auch nur versuchte, seinen Körper aufzurichten, erhielt einen Schlag mit dem Gewehrkolben, meist auf das Gesäß.

Erst, als es einer vor Schmerzen nicht mehr aushielt, schreiend seine Hände unter sich vergrub und seine Genitalien umschloss, durften sie aufstehen und zurück in die Baracke.

Dort deckte Konrad Josef mit allem zu, was er in die Finger kriegen konnte. Es half nichts. Nach anfänglichem Schüttelfrost bekam Josef hohes Fieber und Konrad hatte große Mühe, die Temperatur zu senken. An manchen Tagen war er schon froh, wenn sie nicht noch weiter anstieg. Nach einer Woche hatte sich eine lebensgefährliche Situation entwickelt, Josef lag im Fieberwahn und Konrad wusste sich keinen medizinischen Rat mehr. Vor langer Zeit einmal hatte er sich mit den Heilmethoden fremder Kulturen beschäftigt und hoffte dort, einen Ansatz zu finden. Er durchfuhr jede verborgene Schlinge seines Gehirns. Bei dem Konzept von der ganzheitlichen Sicht auf den Menschen, in der Körper, Seele, Geist und auch die soziale Umwelt wechselseitig auf die Gesundheit als einwirkende Faktoren betrachtet wurden, hielt er inne.

Tatsächlich kam ihm eine Idee und er wusste, dass sie wenigstens für eine Person gefährlich werden konnte, und diese Person war nicht Josef. Wie auch immer er es angestellt hatte den Kontakt aufzunehmen – er hatte es geschafft. Noch am selben Abend saß Lisa an Josefs Krankenlager, tupfte ihm die Stirn ab und hielt ihm die ganze Nacht die Hand.

Es kam, wie es kommen musste. Plötzlich stand ein erboster Aufseher neben Lisa. Doch Lisa blieb ruhig und sagte kein Wort. Stattdessen nahm sie des Aufsehers Hand und führte sie zu Josefs Stirn.

Der Mann sah sich um. Niemand durfte mitbekommen, was er sagen würde. Dann beugte er sich zu Lisa herunter und flüsterte:»Morgen früh um sechs will ich dich in der Küche sehen.«

Josef hatte von all dem nichts mitbekommen, aber am nächsten Morgen hatte er das Fieber überstanden.

Im Haus der anderen

Alle zwei Wochen erhielt Josef Besuch von Tante Martha, die sich um ihn sorgte, wie niemand sonst. Stets hatte sie gnädig stimmende Zigaretten dabei, die sie großzügig unter den Aufsehern verteilte. So saßen sie meist ungestört an einem der Esstische in der Gemeinschaftsbaracke, wo Martha von der Familie berichtete, vor allem aber von ihrem Bemühen, Josef durch das Erwirken einer baldigen Verhandlung schnellstmöglich wieder nach Hause zu holen. Ihr Engagement sei notwendig, erklärte sie, damit endlich Anklage erhoben werde und die gegen Josef vorgebrachten Vorwürfe schwarz auf weiß nachzulesen seien. Erst dann könne man eine zielgerichtete Verteidigungsstrategie erarbeiten. Solange sein Fall nicht verhandelt werde, befürchtete sie, gäbe es keine Zukunft für ihn.

Allein hätte er es niemals geschafft, sich um seine Belange zu kümmern. Aus seiner Sicht war er ein Gefangener, dessen einzige Aufgabe darin bestand, zu überleben. Er hatte keine Vorstellung von seinen Möglichkeiten, geschweige denn, wie er sie hätte für sich nutzen können. Daher war er froh, dass sich Tante Martha um ihn kümmerte, und auch Onkel Adam, der die Kriegsgefangenschaft körperlich unbeschadet überstanden hatte und wieder zusammen mit Martha in der gemeinsamen Wohnung am Theaterplatz lebte. Dass sich ein polnischer Major für ihn einsetzte, würde Eindruck hinterlassen und die Chance auf ein beschleunigtes Verfahren positiv beeinflussen, glaubte er, hoffte er.

So war es auch. Trotzdem vergingen weitere fünf Monate, bis der Prozess gegen ihn tatsächlich eröffnet wurde. Damit gehörte er zu den ersten Gefangenen, die sich in einer offiziellen Verhandlung verteidigen und mit etwas Glück das Lager verlassen konnten.

Der Militärstaatsanwalt hatte zwei Anklagepunkte herausgearbeitet. Einer bezog sich auf Josefs Zeit als Flakhelfer, der andere auf seine Mitgliedschaften im Jungvolk und der Hitlerjugend.

Dass Josef in der kurzen Zeit als Flakhelfer noch ein Jugendlicher war und zudem keinerlei Feindkontakt hatte, betrachtete man als einen keineswegs Josef anzurechnenden Verdienst. Dennoch schützte ihn dieser Umstand vor einer Strafe, da er – Josef erinnerte die Formulierung nur sinngemäß – die Geringfügigkeit seiner Schuld annehmen ließ.

Auch dass Josef erst 11 Jahre alt war, als er Mitglied beim Jungvolk wurde und gerade erst 14 Jahre, als er zur Hitlerjugend stieß, führte zu keiner schuldmildernden Beurteilung.

Aber Martha hatte erkannt, dass Josef, ohne es zu wissen, sich selbst die bestmögliche Verteidigung vorbereitet hatte. Sie hielt die Argumente für so stichhaltig, dass ihr gar nicht erst in den Sinn kam, einen Anwalt einzuschalten. Außerdem hatte sie Adam an ihrer Seite, der zwar kein Anwalt war, sich aber bereit erklärt hatte, Josef auch während der Verhandlung nach Kräften beizustehen. Eine heikle Mission, die er umsichtig angehen musste, denn ein polnischer Major, der sich für einen – wenn auch jungen – deutschen Mann einsetzte, hätte sich selbst in Schwierigkeiten bringen können, selbst wenn es sich bei dem Deutschen um ein Familienmitglied handelte – vielleicht sogar gerade deshalb. Trotzdem übernahm er Josefs Verteidigung, auch weil man einer Persönlichkeit seines Ranges nicht nur mehr Respekt erweisen, sondern auch mehr Glauben schenken würde als einer Frau, die nicht nur Deutsche, sondern auch noch Tante des Angeklagten war. So jedenfalls lautete ihr Kalkül.

Ja, Adam war mit der deutschen Tante des Angeklagten verheiratet, das wusste auch das Gericht. Deshalb versuchte er, nicht allzu deutschenfreundlich zu erscheinen, sich nicht unnötig angreifbar zu machen, um Josef keinen Bärendienst zu erweisen. So beschränkte er sich verbal auf das Nötigste und ließ stattdessen Fakten sprechen. Und diese Fakten bestanden aus Josefs Papieren.

Der kleine Aufstand, den er während seiner Zeit im Jungvolk angezettelt hatte, entpuppte sich als das erhoffte Rettungsseil. Dass Josefs damalige Motivation weniger politisch als viel mehr moralisch begründet war (ein Begriff, den Josef allerdings als für zu bedeutend abgelehnt hätte), wusste niemand, wurde in den Papieren nicht erwähnt und von Adam natürlich auch nicht thematisiert. Dafür waren die Vergehen Josefs in allen Einzelheiten beschrieben und auch seine Degradierung mit anschließender Strafe, einer 24-stündigen Dunkelhaft in einer Einzelzelle vermerkt. Um die Deutung der Papiere nachdrücklich in die gewollte Richtung zu lenken, hatte sich Adam einen letzten Satz als Schlussplädoyer zurechtgelegt: »Josef war ein Junge, der aus dem Inneren heraus Widerstand leistete und wer weiß, wozu er als Mann fähig gewesen wäre.« Es war ein gewagter Satz, im zweiten Teil um einen Konjunktiv ergänzt. Eine für die Zukunft vorausgesagte Heldentat war kein Argument, das wusste Adam, doch besaß sie suggestive Kraft, die in den Hinterköpfen wirken würde.

Letzten Endes folgte das Urteil dem Ergebnis einer sich logisch ergebenden Konsequenz: Je negativer sich die Nazis über Josef ausgelassen hatten, desto positiver beurteilte ihn das polnische Militärgericht.

Schließlich hatte man Josef freigesprochen und unverzüglich aus der Lagerhaft entlassen, ohne das Recht auf eine Entschädigung, was zu verschmerzen war, aber auch ohne die Möglichkeit, sich ein letztes Mal von Lisa und Konrad zu verabschieden, was kaum zu verschmerzen war. Niemals zuvor erlebte er das Gefühl von Glück und gleichzeitiger Trauer stärker als in den Tagen nach seiner Entlassung. Manchmal glaubte er, es würde ihn zerreißen.

Direkt nach der Verhandlung fuhren ihn Martha und Adam nach Hause. Josef bewunderte den Horch 930V, ehemals die Limousine eines hochrangigen, von den Nazis in den okkupierten Ostgebieten eingesetzten Verwaltungsbeamten, jetzt Adams ganzer Stolz, was er gar nicht erst zu überspielen versuchte.

Thorn war wieder polnisch geworden und die Großeltern lebten wieder in der kleinen Souterrainwohnung im Kellergeschoss. Kaum dass Josef die Wohnung betreten hatte, wunderte er sich über die vielen Flaschen Schnaps, die ihres Inhaltes nach, zu kleinen Gruppen sortiert, den gesamten Küchentisch vereinnahmten. Oma schimpfte über Josefs Vater, der, losgeschickt, um aus den geöffneten Vorratslagern des deutschen Militärs, Mehl, Zucker und Konserven zu besorgen, stattdessen drei Dutzend Flaschen Weinbrand, Korn und Aquavit angeschleppt hatte. Opa Anton verteidigte seinen Sohn, dessen Schlitzohrigkeit ihn an sich selbst erinnerte, denn Alkohol war eine krisensichere Währung, die nicht nur für Mehl, Zucker und Konserven, sondern auch alles andere Lebenswichtige zum Tauschen taugte.

Die Großeltern hatten erstaunlich wenig für ihn vorbereitet, genau genommen so gut wie nichts. Keine Wiedersehensfeier, kein festliches Abendmahl, nicht einmal einen Kuchen – nur eine Tasse dünnen Filterkaffee, immerhin der erste in seinem Leben, und ein paar selbstgebackene Haferplätzchen. In dieser Hinsicht waren sie abergläubig, wollten sie das Glück nicht herausfordern. Schließlich wurde ihr Enkel schon einmal abgeholt, nachdem er gerade erst wieder nach Hause gekommen war und sie seine Rückkehr gefeiert hatten.

Als später Martha und Adam dazustießen entwickelte sich doch noch ein feierlicher Abend. Die beiden hatten einen geräucherten Aal mitgebracht – nicht nur in diesen Zeiten ein kulinarischer Leckerbissen und eine seltene Kostbarkeit. Dazu aßen sie Weißbrot und tranken Aquavit, auch Josef. Geräucherter Aal, Weißbrot und Aquavit: eine vollkommene Kombination wie sie köstlicher kaum vorstellbar war.

Vater und Mutter waren nicht gekommen. Die Mutter hatte er Jahre lang nicht mehr gesehen, weshalb er erst gar nicht mit ihr gerechnet hatte. Die Abwesenheit des Vaters enttäuschte ihn schon, stimmte ihn traurig. Gewiss stand er irgendwo auf einer Bühne oder hatte andere gesellschaftliche Verpflichtungen zu erfüllen. Josef hätte die Großeltern fragen können, wollte sie aber zu keiner Lüge nötigen.

Am Ende des Abends – eigentlich schon der Anfang des nächsten Tages – fiel Josef benebelt in sein lange nicht mehr unter sich gespürtes Bett und schwebte traumlos in die Nacht hinaus.

Am Morgen wurde er von Geräuschen in der Küche geweckt. Teller und Tassen klapperten und es roch nach Tee. Er genoss das lange vermisste Gefühl der Geborgenheit und freute sich auf das Frühstück mit den Großeltern. Er ging ins Bad, wusch sich das Gesicht und betrachtete sich im Spiegel. Er hatte abgenommen, war aber auch kantiger geworden. Vereinzelt zeigten sich erste zarte Härchen eines zukünftigen Bartwuchses. Im polnischen Lager gab es keine Spiegel. Bisher hatte er die Veränderungen seiner körperlichen Entwicklung nur gefühlt. Er schob sein Gesicht näher heran und betrachtete seine Augen, die müde wirkten und fahl und er fragte sich, ob sie all das Erlebte des vergangenen Jahres widerspiegeln würden und er es in ihnen ablesen könne. Aber noch bevor er sich eine Antwort darauf geben konnte, verlor sich sein Blick, geriet er ins Fantasieren, und sein Spiegelbild wandelte sich allmählich zu einem anderen, erst noch fremden und dann doch vertrauten Gesicht – Lisas. Er hatte keine Chance sich zu verabschieden und fragte sich, ob er sie jemals wiedersehen würde. War sie womöglich der Preis für seine Freiheit? Nein, das würde er auf keinen Fall akzeptieren, schwor er sich.

Da ihm bisher keine Verpflichtungen auferlegt worden waren – weder schulische noch private – wollte er die Zeit nutzen und überlegte, wie er Lisa wiedersehen oder sogar befreien konnte.

Das Frühstück verlief unaufgeregt, so wie es immer verlaufen war. Opa hatte den Tisch gedeckt, Oma Tee zubereitet, der, darauf legte sie besonderen Wert, nur von ihr selbst eingeschenkt werden durfte. Brote wurden mit Fett und selbstgemachter Marmelade bestrichen und aus der Hand gegessen.

Die beiden hatten Josef gebeten, von sich zu erzählen, und er erzählte gerne. Auch sie erzählten von sich, wie sie in seiner Abwesenheit ihr Leben lebten: Normal wie früher – von den Spannungen zwischen Siegern und Besiegten einmal abgesehen –, aber immer in Sorge um ihn. Und um Onkel Adalbert, der seinen Kriegsdienst als Funker in einem Aufklärungsflugzeug, und damit die gefährlichste Aufgabe aller Familienmitglieder zu bewältigen hatte.

Josef bewunderte Onkel Adalbert für seinen Mut. Monate vor Kriegsende hatte er während eines Aufklärungsfluges über den Alpen zusammen mit dem Piloten beschlossen, dem Reich den Rücken zu kehren und sich den Alliierten anzuschließen. Allein für das Risiko, das Adalbert und der Pilot mit ihrer gegenseitigen Offenbarung eingegangen waren, gebührte ihnen der größte Respekt. Wie mochten sie sich diesbezüglich angenähert haben? Waren sie sich von Anfang an einig, oder war es ein Prozess des Abtastens? Solange sie sich gegenseitig nicht vertrauen durften, sich des anderen nicht sicher waren, hätte jedes falsche Wort den Tod bedeuten können.

Niemand der Familie wusste, wie es zu dem Unterfangen gekommen war, wie genau sie es geplant und durchgeführt hatten. Tatsache aber war, dass sie mit der Maschine auf einem britischen Militärstützpunkt in Italien gelandet waren. Nachdem man sie verhört, und weder für feindliche Spione noch für leichtsinnige Irre gehalten hatte, die zwar weniger gefährlich, dafür aber nutzlos gewesen wären, brachte man sie nach England. Von dort aus flog der Pilot bis zum Ende des Krieges Aufklärungsflüge für die Alliierten.

Onkel Adalbert blieb auf der Insel und half bei der Bewältigung kriegsbedingter Herausforderungen logistischer Art. Nach Kriegende gründete er ein kleines Tanzorchester, das ihn und später auch seine Familie ernährte. Deutschen oder polnischen Boden hatte er nie mehr betreten.

Dagegen bot Josefs Vater keinen Grund sich zu sorgen. Irgendwie hatte er es geschafft, sich sämtlichen parteipolitischen und kriegsbedingten Verpflichtungen zu entziehen. Wie er das geschafft hatte, blieb sein Geheimnis. Dass er es geschafft hatte, wunderte aber niemanden. Er war schon immer ein Filou gewesen, der es verstanden hatte, seine Talente für sich einzusetzen.

Und obwohl sich der Vater kaum mehr um den Sohn kümmerte als die Mutter, bewunderte Josef den Vater. Ihn umwehte der Mythos eines sagenumwobenen Heroen.

Während sie gemeinsam den Tisch abräumten, erkannte Josef, wie wundervoll ein Tag in Freiheit begann, selbst wenn es sich um einen ganz normalen Mittwoch handelte. Mittwoch. Schon waren seine Gedanken bei Gregor und Sam und er fragte sich, wie es ihnen wohl ergangen war. Vielleicht würde er es am Abend schon erfahren. Er würde dort sein, an ihrem Treffpunkt, am Deutschritterorden.

Bereits am Nachmittag machte er sich auf, kam jedoch nur bis zur Haustür. Er hatte sie gerade geöffnet und stand unvermittelt seiner Mutter gegenüber. Sie sah ihn mit großen Augen an und Josef fragte sich, was ihr plötzliches Erscheinen zu bedeuten hatte.

Seine Mutter war eine elegante Frau, schlank, groß, größer als Josef, mit feinen Gesichtszügen und einem einnehmenden Lächeln, das sie aber viel zu oft in berechnender Absicht einsetzte. So wie jetzt, wie er vermutete. Josef kannte das Lächeln. Es sollte ihn umgarnen, in Sicherheit wiegen. Automatisch machte er einen Schritt zurück.

»Du musst dich doch nicht fürchten, Marian Josef. Ich bin deine Mutter.«

Genau das war das Problem und das wusste sie.

»Lass dich anschauen. Ein richtiger Mann bist du geworden. Das freut mich.«

Josef glaubte ihr kein Wort. Wenn Mutter etwas freute, hatte es immer mit ihr selbst zu tun, niemals mit anderen und mit ihm, ihrem Sohn, schon gar nicht. Dass er seit zehn Jahren nicht mehr Marian Josef genannt werden wollte, hatte sie nicht mitbekommen oder hatte es vergessen oder ignorierte es. Keine der drei Möglichkeiten war entschuldbar.

»Was willst du?«

»Dich sehen, Marian Josef. Dich sehen, was sonst? Freust du dich nicht?«

Sie wusste ganz genau, dass er sich nicht freute. Wenn Mutter auftauchte, war ihm die nächste Enttäuschung sicher.

»Wie geht es Maria und Anton?«

Es interessierte sie kein bisschen, wie es den beiden erging, es hatte sie noch nie interessiert. Maria und Anton gehörten zum verachteten Teil der deutschen Verwandtschaft. Maria und Anton und auch Josef selbst waren die lästigen Begleiterscheinungen, die Mutters Affäre mit Josefs Vater mit sich gebracht hatte.

Josef reagierte nicht.

Die Mutter machte einen Schritt auf ihn zu. Wieder stand sie genau vor ihm. »Lass dich umarmen, mein Junge.«

Dass sie die Worte ›mein Junge‹, in den Mund nahm, war der Gipfel der Dreistigkeit, dachte Josef und machte einen weiteren Schritt nach hinten.

Sie kam ihm nach und ehe sich Josef versah, umarmte sie ihn so fest, dass es ihm die Luft nahm. Er erwiderte die Umarmung nicht, schaffte es aber auch nicht, sich aus ihr zu lösen.

»Komm, Marian Josef, lass uns spazieren gehen. Ich möchte dir etwas erzählen, das dich interessieren wird.«

Josef wollte nicht spazieren gehen, schon gar nicht mit seiner Mutter und erst recht nicht jetzt. Er wollte zum Deutschritterorden, nachsehen, ob seine Freunde schon ihre Steine hinterlegt hatten. Aber seine Mutter war seine Mutter und er hatte nicht den Mut, sich gegen sie zu stellen.

Sie liefen zum Stadtgarten. Es war ein warmer Sommertag, der Krieg seit über einem Jahr Geschichte und die Menschen waren guter Dinge. So wie Josef auch, bis er seiner Mutter gegenüberstand. Da war keine Zuneigung für die Frau, die seine Mutter war, auch kein Hass, nur eine große Leere. Er glaubte nicht, dass diesem Treffen etwas abzugewinnen war, wollte seiner Mutter aber eine Chance geben. Wie jemandem, der auf seinem Weg falsch abgebogen war und nach dieser Erkenntnis das Ziel erneut anzugehen versuchte.

Im Park spazierten sie nebeneinanderher und Josefs Mutter erzählte Belangloses von sich und ihren Eltern, ausgerechnet von ihren Eltern, die Josef ablehnten, weil er, obwohl Sohn ihrer Tochter, ein armseliger deutscher Bastard war. Von ihnen zu erzählen war zumindest befremdlich, sicher keine gewollte Gemeinheit, so viel Sensibilität gestand er seiner Mutter zu, eine fahrlässige schon. Aber seine Mutter stellte auch Fragen, wollte wissen, wie es ihm bei den Russen ergangen war und vermutete das Schlimmste. Dass ihm das polnische Lager deutlich mehr Probleme bereitete als das russische, wollte sie nicht hören und ihr Interesse erlosch schneller, als es aufgeflammt war. Es schien ihr ganz recht zu sein, denn so konnte sie schneller auf das zu sprechen kommen, weshalb sie Josef aufgesucht hatte.

»Mein Sohn«, begann sie, und Josef hasste sie für die Anrede. »Man hat mir ein Selbstversorgerhaus in einer schönen Gegend angeboten, ungefähr eine Stunde von Thorn entfernt und ich möchte, dass du mit mir kommst, um es mit mir zu bewirtschaften. So könnten wir endlich zusammen wohnen, zusammen leben, zusammen sein.«

Sie tat so, als wäre das schon immer ihr Wunsch gewesen und das einzige Problem, das die Erfüllung ihres Wunsches seit siebzehn Jahren verhinderte, war der passende räumliche Rahmen.

»Es ist ein schönes Haus, ein großes Haus, von Deutschen, die weggezogen sind. Verstehst du, sie sind weggezogen, nicht vertrieben worden.«

Dass sie es extra betonte, zeigte, dass ihr die damit verbundene Problematik durchaus bewusst war. Aber abgesehen davon, dass sie den wahren Grund für das Verlassen des Hauses kaum gekannt haben dürfte, sah Josef keinen Unterschied zwischen weggezogen und vertrieben. In beiden Fällen wären es Reaktionen auf entweder persönlich oder gesellschaftlich ausgeübten Druck gewesen. Außerdem lagen seine Bedenken gegenüber dem Thema ›Selbstversorgerhaus‹ nicht in dessen Geschichte begründet.

»Es gibt ein großes Stück Land mit Ställen für Schweine und Hühner und genügend Platz, um Kartoffeln, Gemüse und Obst anzubauen. Wir wären vollkommen unabhängig. Hört sich das nicht wunderbar an? Was meinst du?«

Mutter hatte Recht. Es hörte sich verlockend an.

»Ja, schon ...«, antwortete Josef.

»Aber?«

Sie hatte es tatsächlich geschafft. Sie hatte ihm ein Bild in den Kopf gepflanzt, eines, das er so schnell nicht wieder loswerden würde. Josef spürte das. Er musste sich damit auseinandersetzen.

Die Vorstellung von Hofarbeit, auch wenn sie körperlich anstrengend war, gefiel ihm gut. Außerdem brachte er seine Erfahrung aus dem polnischen Lager mit. Obwohl es sich dabei um Zwangsarbeit handelte, hatte er einiges über das Säen und Ernten und auch über das Verarbeiten von Pflanzen zu Nahrungsmitteln gelernt. Tiere mochte er sowieso und die Aussicht auf ein frisches, den Hühnern unter dem Hintern weggemopstes Frühstücksei, war kaum zu übertreffen.

Eigentlich gefiel ihm an dem Vorschlag seiner Mutter alles – außer seiner Mutter. Aber, dachte er, vielleicht meinte sie es endlich ernst mit ihm, dann wäre es nur fair, ihr eine Chance zu geben. Er hatte nichts zu verlieren. Aber bevor er eine Entscheidung treffen würde, wollte er sich mit Maria und Anton beraten. Ihre Meinung war ihm wichtig. Immerhin würde er sie, kaum zurück, gleich schon wieder verlassen. Dieses Mal sogar freiwillig.

»Ich überlege es mir.«

»Gut, Marian Josef. Packe zusammen, was du brauchst. Ich hole dich morgen früh um neun Uhr ab.«

Genau das war es, was er an seiner Mutter hasste. Sie tat einfach so, als hätte er genau das gesagt, was sie hören wollte.

»Ja, aber ...«

»Wenn du nicht da bist, fahre ich ohne dich.«

Ohne Mutter machte er sich auf den Heimweg, nicht ohne den kleinen Umweg über den Deutschritterorden zu nehmen. Entgegen seiner Hoffnung war weder von Gregor noch Sam etwas zu sehen. Er streckte sich und tastete die Nische ab. Kein Stein. Es war ihm unerklärlich, dass ausgerechnet er, nach weit über einem Jahr Gefangenschaft, noch vor Gregor und Sam seine Rückkehr ankündigen sollte. Hatten die Freunde etwa schlechtere Zeiten erlebt als er und erlebten sie womöglich noch immer, in diesem Moment? Schlimmeres als das, was er selbst erlebt hatte, wollte er sich für die Freunde gar nicht erst ausmalen. Er wusste ja, wozu Menschen fähig waren, was alles hätte passieren können. Seine eigenen Erfahrungen, Konrads Erzählungen … Er unterdrückte den Gedanken.

Seinen eigenen Stein war er im Lager losgeworden, weshalb er rüber zur Weichsel schlenderte und nach einigem Suchen einen Augenstein entdeckte, den er in der Mauernische hinterlegte. Er hatte die Ruinen schon fast wieder verlassen, als er stehen blieb, zurückging, den Stein wieder herausnahm und in die Hosentasche steckte.

Wie Josef befürchtete, bestärkten ihn Maria und Anton, Mutters Angebot anzunehmen. Zwar tendierte auch er selbst zu dieser Entscheidung, doch war ihm die Sache nicht ganz geheuer, weshalb er auf bisher unbedachte Gegenargumente der Großeltern hoffte.

Die Großeltern sahen vor allem wirtschaftliche Vorteile. Nach dem verlorenen Krieg stand Thorn erneut unter polnischer Verwaltung. Wieder einmal hatte Opa seine Anstellung verloren, weshalb das wenige Geld, das er abermals auf Festen aller Art verdiente, kaum für zwei, geschweige denn drei reichte – insbesondere, wenn es sich bei dem dritten um einen jungen, hungrigen Mann handelte.

Nachdem sie bereits ihre eigenen Kinder großgezogen hatten, war es ihnen kaum zu verübeln, dass sie kein großes Bedürfnis verspürten, ihren Enkel länger bei sich zu behalten als nötig. Zwar hatten sie ihn über ein Jahr lang nicht gesehen und bedauerten, dass ihr Wiedersehen nur von kurzer Dauer sein würde, aber der Mutter Angebot betrachteten sie als einmalige Gelegenheit, die Josef ergreifen sollte. So feierten sie bereits einen Abend nach dem Wiedersehen ihren Abschied.

Aus Sorge, seine Mutter würde tatsächlich nicht warten, saß Josef bereits eine Viertelstunde vor der verabredeten Zeit auf seinem Koffer vor der Haustür.

Pünktlich um neun Uhr fuhr ein schwarzer, von zahlreichen Roststellen befallener Kastenwagen vor. Seine Mutter hatte ihn extra für »das neue Leben auf dem Land« gekauft.

Auf der Fahrt erklärte sie ihm, wie glücklich sie über seine Entscheidung wäre und dass sich die beiden ein schönes neues Zuhause erschaffen würden. Gut gelaunt, beinahe euphorisch beschrieb sie die vielen Aufgaben, die zu bewältigen sie kaum erwarten könne, gerade auch, weil sie ihren Sohn an ihrer Seite wisse.

Josef gefiel die Energie seiner Mutter und er war auch gerne bereit sie zu unterstützen, wo und wie er nur konnte. Aber er war soeben erst aus dem Arbeitslager entlassen worden und hielt es für wenig schädlich, die nächste Zeit etwas ruhiger angehen zu lassen. Trotzdem würde er sich nicht verweigern. Er würde arbeiten. Er würde seiner Mutter eine Chance geben – und sich selbst.

Mutter erzählte und erzählte und erzählte. Irgendwann hörte Josef nicht mehr zu. Das Haus war Mutters Thema aber nicht seins, noch nicht. Im Moment beschäftigten ihn andere Dinge.

Er sah aus dem Seitenfenster, ließ die Landschaft an sich vorüberziehen und dachte an Gregor und Sam. Er war an ihrem vereinbarten Ort gewesen, hatte aber keinen Stein für sie hinterlassen. Es war die richtige Entscheidung, hoffte er, denn hätte er ihnen das verabredete Zeichen gegeben, würden sie Woche für Woche auf ihn warten. Aber er wohnte ab jetzt woanders und mit dem Stein würde er ihre Erwartung beständig enttäuschen. Das wollte er ihnen nicht zumuten.

Zuerst rissen sie alle Türen und Fenster auf. Es war heiß und stickig im Haus, einem schönen Haus, einem von den sachlichen aus den 20er Jahren, hell und so groß, dass es einer vierköpfigen Familie mehr als ausreichend Platz geboten hätte. Es bestand aus zwei normalen und einem Dachgeschoss, das Mutter komplett Josef überließ.

Sämtliche Zimmer waren vollständig möbliert. Die bisherigen Bewohner mussten das Haus entweder überstürzt oder ohne ausreichend große Transportmöglichkeiten verlassen haben. Möglicherweise gehörte ihnen das Haus und sie hatten nicht nur ihre Heimat, sondern auch ihr Eigentum verloren. Josef sann darüber nach, wohin sie wohl gezogen waren und ob ihre Ersparnisse ausreichten für ein neues Leben in einer fremden Umgebung, oder ob ihre Existenz gefährdet war und sie auch finanziell von vorne beginnen mussten.

Auch der Inhalt der Küchenschränke schien noch vollständig erhalten. Nichts fehlte – Teller, Tassen und Besteck, alles war da und hatte seinen Platz. Töpfe und Pfannen standen in einem Regal und sämtliche zum Kochen benötigten Utensilien hingen, von Fleischerhaken gehalten, an einer Eisenstange über dem Kohlenherd.

Auch im Wohnzimmer hätte man den Eindruck gewinnen können, dass die Bewohner nur kurz für Einkäufe, Verwandtenbesuche oder für was auch immer das Haus verlassen hatten und jeden Augenblick zurückkehren konnten. Alles hatte seine Ordnung, kein einziges Möbel fehlte, alles stand dort, wo es immer schon gestanden hatte, und Josef hätte sich nicht gewundert, wenn vor dem Verlassen des Hauses auch noch Staub gewischt worden wäre. An den Wänden hingen in Öl gemalte Landschaftsbilder und bäuerliche Porträts. Das einzig die Ordnung störende Detail, war ein in Glas gerahmtes Schwarz-Weiß-Foto, das vor einer halbhohen Vitrine auf dem Dielenboden lag. Das Glas hatte einen diagonal verlaufenden Sprung. Josef hob es auf, betrachtete das Porträt eines alten Mannes und stellte es zurück auf die Vitrine, von der es vermutlich heruntergefallen war. Dabei fielen ihm die kleinen Häkeldeckchen auf, die kreuz und quer verteilt auf ihr herumlagen. Bis auf das eine heruntergefallene, hatten man die Fotos also mitgenommen, so wie den Inhalt einer Schublade im Wohnzimmerschrank, die komplett leergeräumt war.

In den privaten Zimmern deuteten nur wenige geleerte Schubladen und ungenutzte, zwischen Mänteln und Jacken baumelnde Kleiderbügel auf Fehlendes hin.

Josef durchsuchte sein Dachgeschoss nach Nützlichem, seine Mutter den Rest des Hauses. Das meiste konnten sie gebrauchen, nur Kleidung, die ihnen entweder nicht gefiel oder passte, wurde aussortiert und an die Gemeinde gespendet. Nach dem Krieg gab es einen Mangel an Kleidung, gerade warme Wintersachen hätten sie gut verkaufen können. Aber Mutter wollte das nicht.»Ich möchte nicht am Leid anderer verdienen – auch nicht an deutschem.«

Es gab diese Momente, in denen Josef zu seiner Mutter hochschauen und stolz auf sie sein durfte.

Im riesigen Garten hatten ihre Vorgänger angebaut, was essbar und in der Gegend üblich war. Es gab Kartoffeln, Möhren, Kohlraben und alles mögliche andere. An einer Stelle bot das Spalier von Stangenbohnen einem angrenzenden Sitzplatz ausreichend Schatten.

In diesem Sommer genügte es, die Beete zu wässern, Unkraut zu jäten und nach und nach die Ernte einzuholen. Erst im Winter würde mit dem Umgraben die anstrengende Bodenvorbereitung für die Saat- und Pflanzperiode im nächsten Jahr auf Josef zukommen.

Alles erschien wie für die beiden vorbereitet. Man hätte das Sprichwort ›jemandem das Feld bereiten‹ nicht perfekter umsetzen können. Aber es waren nicht *sie,* für die man etwas vorbereitet hatte.

Mit den Ställen hatte Josef kaum Arbeit. Der Schweinestall musste nur ausgemistet und frisches Stroh eingebracht werden, die Arbeit im Hühnerstall beschränkte sich neben dem Saubermachen auf das Reparieren von kleineren Undichtigkeiten am Dach.

Nur eine Woche nach ihrem Einzug hatte sich Josef um ein Dutzend muntere Hühner zu kümmern, die Mutter einem benachbarten Bauern abgekauft hatte.

Mit dem Kauf von zwei Schweinen wollte sie sich Zeit bis zum Herbst lassen, wenn mit den Ernteabfällen genügend frisches Futter vorhanden wäre und nicht extra dazugekauft werden müsste, so wie jetzt.

Die Sache mit dem Selbstversorgerhaus lief besser an, als es Josef befürchtet hatte – viel besser. Aber es gab ein Problem und Josef war sich nicht sicher, ob dieses Problem zu lösen war. Mutter. Nicht dass sie sich nicht bemüht hätte, aber in ihren Bemühungen lag auch das Problem begründet. Wenn sie nett zu ihm war, wenn sie sich interessiert an ihm zeigte, schien es Josef, als würde sie nur proben wie eine Schauspielerin, die sich noch nicht in ihre Rolle eingefunden hatte. Er spürte einen Mangel an Wärme, an Wahrhaftigkeit. Er gestand ihr zu, dass es nach siebzehn Jahren mütterlicher Verweigerungshaltung nicht leicht für sie sein würde, als Mutter Verantwortung zu übernehmen – weder wirtschaftlich noch emotional. Aber er brachte nur begrenzt Geduld für sie auf und je ungeduldiger er wurde, desto häufiger meldete sich sein Gewissen und je häufiger es sich meldete, desto schlechter wurde es. Doch half ihm die Erkenntnis, dass *er* das Problem nicht zu verantworten hatte. Fast sein ganzes Leben lang hatte er sich seine Mutter an seiner Seite gewünscht – mal mehr, mal weniger. Und jetzt sollte es nur an ihm liegen, dass sein Wunsch in Erfüllung gehen würde? Er bemühte sich redlich damit sie es miteinander schaffen konnten, aber das Gelingen lag nicht nur an ihm und mittlerweile war er kein Kind mehr und es war kompliziert geworden, sehr kompliziert, vielleicht zu kompliziert.

Eine glückliche Mutter-Sohn-Beziehung war nicht zu erzwingen. Sie würde einen lange Zeit in Anspruch nehmenden Prozess voraussetzen, ahnte Josef, und er spürte, dass er diese Zeit nicht investieren wollte. Außerdem war ihm Mutters vermeintliche Wandlung von Anfang an suspekt und daran änderten auch ihre gemeinsamen Wochen im Haus nichts mehr. Sie hatte es nicht geschafft, Josefs von sich selbst gewonnenem Eindruck eines billigen Arbeiters, statt eines geliebten Sohnes, zu widerlegen.

Außerdem hatte ihn schon vor längerer Zeit etwas überwältigt, das er nicht mehr ignorieren konnte: die Sehnsucht nach Freiheit. Erst das russische Lager, dann das polnische und jetzt die Mutter – von Tag zu Tag wurde ihm deutlicher, dass er nichts anderes wollte als nur frei zu sein.

In der Nacht packte er einen aus dem Haus stammenden Rucksack mit seinen wichtigsten Dingen, stopfte auch noch eine Flasche Wasser und ein halbes Brot hinein und machte sich im Morgengrauen auf den 60 Kilometer langen Weg nach Thorn, ohne sich von seiner Mutter zu verabschieden. Das traute er sich nicht.

Zuerst folgte er der Sonne, lief über Straßen, Wege, Felder, bis er auf Gleise stieß, von denen er vermutete, dass sie ihn geradewegs nach Thorn führen würden. Irgendwann war er nur noch wenige Kilometer von der Stadt entfernt und konnte bereits die Spitze der Heilig-Geist-Kirche erkennen, als sich die Gleise in zwei Strecken aufteilten. Eine entfernte sich in einem langgezogenen Bogen von Thorn fort, die andere folgte weiterhin seinem Ziel. Kurz vor den Weichen ragte ein auf ›Fahrt‹ stehendes Signal in den Himmel, das ihn zu dem genauen Gegenteil, einem kleinen Halt, einer kleinen Pause animierte. Er setzte sich auf eine der Schienen.

Bis hierher war er ohne nennenswerte Unterbrechung durchmarschiert und die in Sichtweite vor ihm liegende Stadt erfüllte ihn mit dem Gefühl wohliger Geborgenheit. Das schöne Thorn, seine Heimat. Gleich war er wieder zuhause.

Er nahm einen letzten Schluck Wasser, aß das letzte Stück Brot und schaute sich um. Auf der einen Seite der Gleise lagen landwirtschaftlich genutzte Flächen. In der Ferne waren Arbeiter mit irgendetwas beschäftigt. Auf der anderen Seite, ungefähr fünfzig Meter entfernt, blickte er auf den dunklen Wald, an dem er schon eine gefühlte Ewigkeit entlanggewandert war.

Nach einer Weile spürte er ein Vibrieren unter sich. Er blickte hoch und sah hinter sich einen noch weit entfernten Zug auf sich zukommen. Er verließ das Gleis und setzte sich auf einen nahen Kilometerstein. Dann hörte er ein Klacken und sah hoch. Das Flügelsignal war in die Horizontale, auf ›Halt‹ umgesprungen. Der Zug wurde allmählich langsamer. Schließlich hielt er genau vor dem Signal und Josef saß vis à vis der Dampflok gegenüber. Der Lokführer drückte das Klappfenster hoch und grüßte ihn.

»Privet, strannik. Khoroshaya pogoda segodyna.«

»Da, zamechatel'no«, antwortete Josef. So viel russisch brachte er gerade noch zustande. Diesen Ausspruch hörte er immer wieder, wenn Richards fertiggestellte Porträts abgeholt und das erste Mal in Augenschein genommen worden waren.

Dann verschwand der Mann kurz, um gleich darauf mit einem Becher in der Hand im Fenster zu erscheinen.

»Sa Sdorówje«, rief er und zwinkerte mit einem Auge.

»Sa Sdorówje«, antwortete Josef und erhob die Wasserflasche.

Wieder machte es ›klack‹ und das Signal sprang auf ›Fahrt‹. Der Lokführer nickte Josef noch einmal zu, dann klappte er das Fenster herunter und das Ungetüm setzte sich mit einem ohrenbetäubenden Pfiff wieder in Bewegung. Jetzt rollte ein Güterwagen nach dem anderen an ihm vorbei. Es dauerte Minuten, bis er auf die Rückseite des letzten Wagens blickte. Das war der größte Verband, den er je gesehen hatte. Wahrscheinlich einer der Reparationszüge, die zwischen den Industriegebieten der sowjetisch besetzten Zone Deutschlands und der Sowjetunion unterwegs waren und die kriegsbedingten Zerstörungen ausgleichen sollten.

Der letzte Wagen war kaum an Josef vorbeigefahren, da sah er sich einem der Feldarbeiter gegenüber, keine 20 Meter von ihm entfernt. Er musste, vom Zug verdeckt, langsam herangekommen sein und schritt jetzt gesenkten Kopfes umher. Hin und wieder bückte er sich und schien dabei etwas zu begutachten, dann erhob er sich wieder und schlenderte weiter.

»Guten Tag«, rief Josef.

Der Mann hatte Josef nicht bemerkt, denn er drehte sich erschrocken um. Es war ein alter, bärtiger Mann, der ihn mit zusammengekniffenen Augen ansah.

»Ach da. Ja, guten Tag mein Junge.«

»Kennen Sie sich hier aus?«

»Das will ich meinen.«

»Die Züge, also die, die nach Westen fahren, wie oft kommen die hier vorbei?«

»Ach, das ist ganz unterschiedlich. Zwei, drei Mal am Tag würde ich sagen.«

»Und die müssen immer hier anhalten?«

»Nicht immer, aber oft.«

»Ah, interessant. Vielen Dank für die Auskunft.«

»Keine Ursache, aber verrate mir, was daran interessant sein soll.«

»Nur so, Züge begeistern mich einfach.«

»Auch die, die nach Osten fahren?«

»Äh, ...«

»Schon gut, mein Junge. Gott sei mit dir.«

»Danke.«

Josef wollte weiter und erhob sich. »Einen schönen Tag noch«, rief er dem Alten hinterher.

Doch der war schon wieder mit dem Feld beschäftigt und hob nur einen Arm.

Nach einem halben Kilometer war die Bahntrasse Richtung Thorn aufgrund einer massiven Zerstörung unterbrochen. Arbeiter waren mit Reparaturarbeiten beschäftigt. Josef wollte wissen, wie es zu dem Schaden gekommen war, aber niemand wusste es genau. Eine Sprengung oder eine Bombe mutmaßte man. Er umging die Baustelle und marschierte weiter auf den Gleisen.

Armleuchter

Am Abend war er wieder mit den Großeltern vereint. Dieses Mal jedoch wild entschlossen, sie abermals zu verlassen, nicht weil man ihn drängte wie die Mutter vier Wochen zuvor, sondern weil er es wollte. Nicht irgendjemandem wegen. Seinetwegen.

Der Tag seiner Rückkehr war ein Mittwoch. Obwohl vollkommen erledigt vom 13-stündigen Fußmarsch, zog es ihn noch am selben Abend zu den Ruinen des Deutschritterordens. Dieses Mal wollte er sich von niemandem davon abhalten lassen, die Freunde wiederzusehen – schon gar nicht von seiner Mutter, dieser ihm fremd gebliebenen Frau. Wer weiß schon, ob sie sein Verhalten, seine Entscheidung einfach so akzeptiert hätte. Vermutlich hätte sie bei der nächsten Gelegenheit wieder vor der Tür der Großeltern gestanden. Nach ihrer gemeinsamen Zeit im Selbstversorgerhaus war sich Josef gewiss: Ihrem Anspruch, eine spät entdeckte mütterliche Fürsorge mit Leben zu füllen, war sie nicht gewachsen. Für Josef hatte sie zwar Platz in ihrem Leben geschaffen, nicht aber in ihrem Herzen. Und wer weiß, vielleicht benötigte sie tatsächlich nur die anpackenden Hände eines jungen kräftigen Mannes. Ein gemeiner, aber nicht unbegründeter Gedanke.

Er würde seine Mutter nie mehr wiedersehen. Immerhin erfuhr er von Tante Martha, die bis zu ihrem Tod mit der gesamten Familie in Kontakt geblieben war, dass Mutter unbeirrt an ihrem Traum festgehalten und Haus und Garten so lange allein betreut hatte, bis ein neuer Mann in ihr Leben trat, sie heiratete und zwei Töchtern das Leben schenkte.

Jahre später, Josef war bereits ein erwachsener Mann von Anfang zwanzig, hatte er das erste Mal von einer Krankheit, gehört, die ihn seine mütterliche Ablehnung zu hinterfragen zwang. Musste er seine Sicht korrigieren, wenn Mutter Autistin oder zumindest autistisch veranlagt gewesen wäre und vielleicht auch immer noch war? Seinen Halbschwestern wünschte er, dass sie es nicht war. Und Mutter wünschte er, dass sie es hinbekam mit ihrer neuen Familie – ob krank oder nicht.

Jetzt stand er vor der Mauernische und hoffte auf die verabredeten Lebenszeichen seiner Freunde. So viel hätte passieren können in den eineinhalb Jahren, die vergangen waren, seit sie sich das letzte Mal gesehen hatten, genau hier. Er schaute nach oben, sah aber kein Zeichen seiner Freunde, was ihn aber nicht verwunderte, da sich die Nische einfach zu hoch über seinem Blickfeld befand. Er vergewisserte sich, dass ihn niemand beobachtete, stellte sich auf die Zehenspitzen, streckte einen Arm aus und tastete zaghaft den Nischenboden ab. Zwei Steine.

Es war ein warmer Spätsommerabend. Bis die Dämmerung einsetzte, würde es noch ein wenig dauern. Die Umstände der letzten Monate, die Verhandlung, die Sache mit seiner Mutter: Josef fühlte sich erschöpft – physisch wie psychisch. Er legte sich rücklings auf die Wiese, die im Mittelalter einmal ein Stall, Herrenzimmer oder Schlafgemach gewesen sein mochte, schloss die Augen und schlief sofort ein.

Als er aufwachte, hatte die Dämmerung bereits eingesetzt. Von den Freunden war nichts zu sehen. Er wartete bis er wieder bei Sinnen war, erhob sich und blickte sich noch einmal um. Nichts.

Er hatte eine Menge schlimme Dinge erlebt, und obwohl diese seinen Glauben an das Menschliche zutiefst erschüttert hatten, war er immer zuversichtlich geblieben, was er sich mit seinem Hunger nach Leben, nach Überleben erklärte. Doch jetzt spürte er eine nicht zu unterdrückende Schwermut, die ihm die Kehle zuschnürte. Die Zeiten waren schwierig und es gab tausend Gründe, warum die Dinge nicht so liefen, wie man es sich wünschte. So gerne wäre er zuversichtlich gewesen. Er würde Geduld aufbringen müssen.

Enttäuscht verließ er die Ruine durch den mächtigen, noch immer bestens erhaltenen Torbogen. Kaum hatte er ihn durchschritten, erschrak er fast zu Tode. Ein Überfall? Jemand drückte ihm fest in die Seite, ein anderer hielt ihm die Augen zu. Und dann lagen sie sich auch schon in den Armen, strahlend, lachend, heulend.

»Ihr verdammten Armleuchter, habt mich die ganze Zeit beobachtet«, beschwerte sich Josef.

Nachdem sie sich gefangen hatten, standen sie sich mit großen Augen gegenüber, zupften gegenseitig an sich herum, ließen Hände über Köpfe und durch Haare fahren und verteilten zarte Fausthiebe auf Arme, Bäuche, Unterkiefer. Auch wenn sie sich verändert hatten - sie hatten überlebt. Alle. Ein Wunder, dachte Josef und war sich sicher, dass die anderen es genauso empfanden.

Sam hatte sich am deutlichsten verändert. Sein ehemals langes, wildes Haar war bis auf die Kopfhaut heruntergeschoren. Seinem Spitzbubengesicht von früher war das spitzbübische abhandengekommen und zu seinem freundlichen, gütigen Blick, der ihm geblieben war, gesellte sich eine fremde Härte, die ihn erwachsener wirken ließ als die Freunde. Außerdem war er derart abgemagert, dass er geradezu verloren wirkte in seinem schlabbernden Hemd und der durch eine Kordel auf der Hüfte gehaltenen Knickerbocker, die ihre besten Tage schon lange hinter sich hatte.

»Wo sind deine Haare?«

»Ach.« Sam winkte ab. »Läuse.«

Es waren lausige Zeiten. Josef nickte verständnisvoll.

Gregor dagegen sah prächtig aus, geradezu wie aus dem Ei gepellt, wie es Oma Maria formuliert hätten. Ohne Schiebermütze, dafür Hemd und Hose sauber und glatt, die Schuhe geputzt und die Haare mit Gel nach hinten gekämmt. Außerdem zeigte er ein unaufhörlich gleichbleibendes Grinsen, das in Anbetracht der Wiedersehensfreude nur verständlich gewesen wäre, auf Josef aber etwas zu heiter, zu aufgesetzt wirkte. Josef hatte im Lager oft erlebt, wie Unangenehmes weggegrinst wurde. Doch jetzt war nicht der Moment, um irgendjemandem irgendetwas zu unterstellen. Vermutlich war Gregor einfach überfordert. Vielleicht war er auch selbst überfordert.

»Wo ist die Mütze«, wollte Josef wissen.

Gregor fuhr stolz durch sein gegeltes Haar. »Gefiel mit nicht mehr.«

Noch eine ganze Weile standen sie sich so gegenüber, abwechselnd schweigend oder ihrer Freude Ausdruck verleihend.

»Kinder, Kinder«, sagte Josef und wiegte seinen Kopf hin und her.

»Jungs«, sagte Gregor und verfiel in ein gelöstes Dauernicken.

»Männer«, sagte Sam lächelnd und strich sich mit der Hand über seinen kahlen Kopf.

Mittlerweile war die Dämmerung von der Dunkelheit geschluckt worden und die Freunde überlegten, wo sie die Nacht verbringen wollten. An diesem Abend zog es niemanden von ihnen nach Hause.

Gregor machte einen Vorschlag. »Also, wir können natürlich hierbleiben, wäre auf Dauer aber reichlich unbequem, zwischen den vielen Steinen. Wie wär's, wenn wir es uns an der Weichsel gemütlich machen, auf der Wiese unter der Kirsche?«

Josef war es sofort aufgefallen. Gregor fehlte nicht nur die Mütze, auch das Stottern war ihm auf wundersame Weise abhandengekommen. Für einen Augenblick dachte er daran, Gregor mit einer gestotterten Frage darauf anzusprechen und gleichzeitig hochzunehmen, verwarf den Gedanken aber sofort wieder. »Was ist passiert?«

Gregor ahnte, was Josef meinte. »Es war plötzlich weg, von einem Moment zum anderen.«

»Das ist schön für dich«, sagte Sam. »Aber ist es auch schön für uns?« Er drückte ein Auge zu. »Hoffentlich gewöhnen wir uns daran, es klingt so fremd.«

»Es wird natürlich anstrengend für euch werden«, sagte Gregor und kniff ebenfalls ein Auge zu.

Josef kam auf Gregors Vorschlag zurück. »Zur Weichsel, was meinst du Sam?«

Sam nickte. »Da bin ich dabei.«

»Okay Männer, auf zur Weichsel.«

Den vollen Mond über sich machten sie sich auf den Weg zu ihrem Lieblingsbaum. Dort angekommen setzten sie sich rücklinks um den Stamm herum in die Wiese. Josef war der erste, der von seinen Erlebnissen berichtete. Die ganze Nacht erzählte er und erst nachdem die Morgendämmerung einsetzte und die ersten Vögel den neuen Tag begrüßten, endete seine Geschichte.

Lisa erwähnte er mit keinem Wort. Sie war sein kleines großes Geheimnis, dem mit jeder Andeutung etwas von seiner Magie verloren gehen würde, glaubte er.

Die Freunde hatten aufmerksam zugehört, Josef nicht unterbrochen und auch nachdem Josef zu Ende erzählt hatte, schwiegen sie gleichermaßen bewegt wie übermüdet.

Josef erwartete keine Kommentare. Viel wichtiger war ihm, dass er erzählte und seine Freunde ihm zuhörten. Er strich mit den Händen über die taubedeckten Grashalme, rieb sich das Gesicht frisch und lächelte das Lächeln eines Beseelten. »Freiheit.«

»Auf die Freiheit«, rief Sam.

»Ja, auf die Freiheit«, rief Gregor.

Und dann schallte es aus allen drei Kehlen heraus, über die Weichsel hinweg, ins Land hinein. »Freiheit, Freiheit, Freiheit.«

Die Rücken gegen den Stamm gelehnt schliefen sie ein und erwachten erst wieder, nachdem die Sonne ihre Bäuche erwärmte. Sam pflückte Kirschen, die er vor ihnen ins Gras legte. Während sie aßen und die

Kerne in großen Bögen aus ihren Mündern herauskatapultierten, erinnerte sich Sam als erster.

»Wie mag es Ady ergangen sein?«

»Wir könnten ihn besuchen«, sagte Josef.

»Ja, und wir bringen ihm Kirschen mit.« Gregor.

Alle nickten.

»Aber das hat Zeit«, sagte Josef. Jetzt waren erst einmal die Freunde dran, befand er. Er war auf *ihre* Geschichten gespannt. Was hatten *sie* erlebt? Er wollte es wissen. Unbedingt.

»Erzählt doch mal. Wie war's bei euch? Gregor?«

Gregor schüttelte den Kopf.

»Komm schon«, sagte Josef.

»Da ist nichts zu erzählen. Verglichen mit deinen Erlebnissen habe ich nichts erlebt.«

»Wir hatten Krieg und du hast nichts erlebt, nichts zu erzählen?«

Gregor kniff die Lippen zusammen und nickte. »Genau.«

Josef suchte Unterstützung bei Sam. »Möchtest du nicht auch wissen, wie es Gregor ergangen ist?«

Sam reagierte nicht.

»Sam?«

Nichts.

»Was ist denn los mit euch?«

Keine Reaktion.

Josef betrachtete erst Sam, dann wieder Gregor. »Ich würde dir sehr gerne zuhören und hätte es Sam nicht die Sprache verschlagen, würde er das von sich ebenso behaupten.«

Gregor verzog keine Miene.

»Na gut, es soll sich niemand gezwungen fühlen. Von Zwängen hatten wir mehr als genug in den letzten Jahren.«

Josef wandte sich an Sam. »Und du Sam? Hast du etwas zu erzählen?«

Sam hatte alles Freundliche und Fröhliche auf einen Schlag verloren. »Nein, nicht jetzt, ein anderes Mal vielleicht«, erklärte er rigoros.

Die beiden zierten sich, wollten offenbar nichts von sich preisgeben und daran hielten sie sich beharrlich. Josef blieb nichts anderes übrig, als ihre Entscheidung zu akzeptieren. Sam hatte seine Geschichte wenigstens noch in Aussicht gestellt. Dagegen klang Gregors seltsame Erklärung nach einer kategorischen Absage. Ihm selbst hatte es gutgetan, sich zu öffnen, seine Geschichte zu teilen. Aber wer weiß, was seine Freunde erlebt hatten, weshalb sie nicht darüber sprechen wollten oder konnten. Jeder Charakter ist anders und sie waren ja wirklich drei sehr besonders andere Charaktere. Josef beließ es dabei, hoffte aber, dass sich die Freunde irgendwann einmal, in ein paar Tagen, Wochen oder Monaten doch noch öffnen würden.

Er erhob sich und reckte seine Glieder. »Gut Männer, auf zu Ady.«

Gemeinsam pflückten sie die makellosesten Kirschen und machten sich mit vollen Händen auf den Weg. Die Haustür war nur angelehnt. Sie schlichen nach oben und klopften zaghaft an der Wohnungstür. Ein Mann mittleren Alters öffnete und fragte auf Polnisch, was sie wollten.

Nachdem Josef ihr Anliegen erklärt hatte, erhielten sie lediglich ein Kopfschütteln zur Antwort. Noch bevor Josef nachhaken konnte, hatte sich die Tür vor ihnen geschlossen. Sie sahen sich an, hoben die Schultern und drehten sich zum Gehen um. In dem Moment bemerkte Josef das neue Namensschild, das am Türrahmen befestigt war. Er beugte sich vor und las einen polnischen Vor- und Zunamen. Auch wenn er sich an Adys Zunamen nicht mehr genau erinnerte, aber so viel erinnerte er doch: Ady hatte einen deutschen Zunamen wie Fischer, Schiffer oder Schreiner.

Wieder zurück, hockten sie sich unter ihren Baum und genossen die Sonne und die für Ady gepflückten Kirschen. Es war der Moment, den Josef für passend erachtete, um die Freunde über eine Entscheidung zu informieren, die er auf der Flucht vor seiner Mutter getroffen hatte.

»Ich werde in den Westen gehen«, erklärte er, wohl wissend, dass seine Ankündigung Bestürzung auslösen würde. Doch hoffte er, dass die Freunde Verständnis für seinen Plan aufbringen und sich ihm sogar anschließen würden, vorausgesetzt, ihr Freiheitsdrang war ebenso ausgeprägt und ihre emotionale Bindung ähnlich gebrochen wie seine.

Gregor reagierte als erster. »Die armen Großeltern.«

Gregors Reaktion war verständlich, denn Oma Maria und Opa Anton waren auch seine Großeltern und der Gedanke, dass Josef sie zurücklassen würde, missfiel ihm offenbar.

Josef hatte geahnt, dass er mit Kritik rechnen musste, aber auch auf aufmunternde Worte gehofft. Vor allem hatte er Interesse für seinen Plan erwartet, doch bis auf das geäußerte Mitgefühl für die Großeltern kam von Gregor nichts. Vielleicht aus Sorge um den Verlust ihrer Freundschaft, falls Josef ohne ihn ginge. Vielleicht auch aus Angst vor dem Preis, den er bezahlen müsste, würde er sich Josefs Plan anschließen – dem Verlust von Familie und Heimat.

Josef betrachtete Sam.

Der hatte seine Arme um die angewinkelten Beine gelegt und den Kopf auf den Knien abgestützt. Es war offensichtlich, dass ihn Josefs Worte beschäftigten. Ohne seine Haltung zu ändern, sagte er wie zu sich selbst: »Ich denke, es ist das Beste, was du machen kannst.« Dann verlor sein Gesicht die ungewohnte Härte, die freundlichen Züge traten wieder hervor und Sam lächelte wieder sein altes, gütiges Samlächeln. »Und das Beste, was ich machen kann.«

Eine solch unmissverständliche Solidaritätsbekundung hatte Josef nicht erwartet. Er streckte sich Sam zu und küsste ihn auf den kahlen Kopf.

»Na, na«, echauffierte der sich gespielt. »Wenn du Dank so ausdrückst, werde ich dir nie wieder einen Grund dafür geben.«

Josef boxte Sam auf den Oberarm.

»Na also, geht doch«, sagte Sam und lachte dann zum ersten Mal auch sein altes, offenes Samlachen.

Josef fragte sich, wie es um Sams Familie bestellt war. Im Gegensatz zu ihm selbst, der faktisch weder Mutter noch Vater besessen hatte, besaß Sam liebevolle und verlässliche Eltern, die man nicht einfach so hinter sich ließ.

»Du würdest mit mir gehen?«

Sam nickte.

»Sicher?«

Sam nickte vehement.

»Aber deine Eltern …?«

Sam senkte den Kopf.

Josef ahnte, dass er die Frage nicht hätte stellen sollen. Aber Sam hatte sich schnell gefangen, hob seinen Kopf und betrachtete Josef. »Mein Vater ist nicht zurückgekehrt. Ich habe ihn nicht mehr wiedergesehen.«

Josef wusste nicht, was er sagen sollte. Er legte einen Arm um Sams Schulter. Lange saßen sie so zusammen, in stiller Übereinkunft, den Blick auf den Boden gerichtet.

Sam hatte seinen Vater verloren. Die Umstände und die damit verbundene Tragik wollte sich Josef nicht ausmalen. Er verbot sich, an die Erzählungen Konrads zu denken. Aber Sam hatte noch seine Mutter und Josef fragte sich, warum er ihr nicht beistehen, sie sogar allein zurücklassen würde, warum er ihm so bereitwillig in den Westen folgen wollte. Auch Josef ließ seine Mutter allein, aber das war nicht zu vergleichen. Im Gegensatz zu ihm hatte Sam immer ein gutes Verhältnis zu seinen Eltern gehabt. Dass es Sam nicht mehr in Thorn hielt, musste auch etwas mit seiner Mutter zu tun haben. Josef verkniff sich ein Nachfragen.

Das hätte es auch nicht gebraucht. Sam hatte sich nur sammeln müssen und erzählte von sich aus. »Auch meine Mutter ist …« Weiter kam er nicht. Es hatte ihm den Hals zugeschnürt.

»Was?«, entfuhr es Josef entsetzt.

Sam nickte zaghaft, bevor er leise fortfuhr. »Nachdem mein Vater abgeholt wurde, haben wir nichts mehr von ihm gehört: kein Lebenszeichen, keine Nachricht – nichts. Meine Mutter konnte die Ungewissheit kaum ertragen. Ständig fragte sie sich, ob nicht ihre Hoffnung längst vergeblich war. Und jedes Mal, wenn sie sich das fragte, hatte sie ein schlechtes Gewissen und glaubte, bestraft werden zu müssen für solch verräterische Gedanken. Das alles hat sie fast um den Verstand gebracht. Das Einzige, das sie für meinen Vater tun konnte, war mit den Behörden zu reden. Auf allen möglichen Ämtern wurde sie vorstellig. Aber man konnte oder wollte ihr keine Auskunft geben. Irgendwann sind ihr die Nerven durchgegangen. Sie beschimpfte Beamte, es wurde laut, es kam zu Schubsereien, Sicherheitsleute eilten herbei. Das Ganze endete in einem Handgemenge, in dessen Verlauf ihr Kopf von einem Gewehrkolben getroffen wurde und sie bewusstlos zusammenbrach. Es war nur ein einziger Hieb, wie mir der Arzt im Krankenhaus erklärte. Eine Woche lang saß ich Tag und Nacht an ihrem Bett und hielt ihre Hand. Sie ist nicht mehr aufgewacht. Am Tag nach ihrem Tod fand ich im Briefkasten ein an meine Mutter adressiertes Amtsschreiben. In diesem wurde ihr mitgeteilt, dass ihr Mann verstorben sei und sie die gebührenpflichtige Sterbebucheintragung beantragen könne, sofern diese gewünscht oder benötigt würde.«

Sam erzählte das bemerkenswert sachlich, und zunächst ohne erkennbare emotionale Reaktion. Aber es war ihm anzumerken, wie sehr er sich konzentrierte, um überhaupt sprechen zu können. Wäre seine Schilderung ausführlicher geraten, hätte er sich verloren, denn beim letzten Satz musste er schlucken und sich eine Träne von der Wange wischen.

Josef wollte Sam etwas Tröstliches sagen, ihm sein Beileid aussprechen, aber ihm fiel nichts Angemessenes ein. Er hatte noch nie jemandem sein Beileid aussprechen müssen, aber Sam brauchte ihn jetzt, in diesem Moment, nicht erst, wenn ihm wohlfeile Worte eingefallen waren. Er stand auf, zog Sam auf die Beine und umarmte seinen Freund innig.

Josef fragte sich, wo Sam wohl gewohnt, wovon er gelebt hatte, seit er ohne Eltern war. Es interessierte ihn, wie Sam sein Leben bewältigt hatte, allein und ohne Unterstützung. Aber Sams erbarmungswürdiger Zustand ließ Josef Schlimmes erahnen, weshalb er sich ein mitfühlendes Nachfragen verkniff. Ein solches hätte Sam belastend, sogar demütigend empfinden können, zumal er bereits erklärt hatte, dass er, zumindest für den Moment, nicht von sich berichten würde. Vor diesem Hintergrund betrachtete es Josef als einen bemerkenswerten Schritt, dass Sam vom Schicksal seiner Eltern erzählte.

Gregor hatte schon längere Zeit nichts mehr gesagt und daran änderte sich auch jetzt nichts. Aber auch er erhob sich, wartete bis sich Sam und Josef voneinander gelöst hatten, und umarmte Sam ebenso eindringlich wie Josef vor ihm.

Sam war sichtlich gerührt, lächelte erst verlegen, dann sagte er: »Eltern verliert jeder einmal. Die meisten erst später im Leben, andere schon sehr früh und sogar auch ohne, dass sie gestorben sind.« Er betrachtete Josef. »Aber Freunde hat man ewig.«

Offenbar konnte Gregor mit so viel Rührseligkeit nichts anfangen, weshalb er sich, das Thema wechselnd, auch wieder zu Wort meldete. »Josef, hast du schon einen Plan, ich meine, was den Westen angeht?«

Kurz war Josef von Gregors abruptem Themenwechsel irritiert, dessen Interesse wertete er aber als ein erfreuliches Zeichen.

»Ja, schon.« Er deutete vage in die Ferne. »Es gibt da dieses Haltesignal, an dem manchmal die russischen Reparationszüge halten, wenn sie aus dem Osten kommend Richtung Westen fahren. Da würde ich versuchen, mitgenommen zu werden.«

»Von Russen mitgenommen werden? Wir? Deutsche? Niemals.«

Josef winkte ab. »Vielleicht funktioniert es nicht beim ersten Mal, aber man kann es wenigstens versuchen. Außerdem habe ich eine Menge patenter Russen kennengelernt.«

»Du vielleicht, aber mein Vater?«

Jetzt musste er aufpassen, dachte Josef. Wenn Gregors Vater andere Erfahrungen gemacht hatte, und das hatten viele, dann hätte ihr lang ersehntes Wiedersehen in einer verheerenden Diskussion enden können, obwohl oder gerade, weil sie beide überhaupt keine Ahnung von den komplizierten Zusammenhängen der internationalen Politik hatten. Sam vielleicht ausgenommen. Doch für wenigstens eine Sache hatte ihm Konrad die Augen geöffnet: Nichts war so, wie man es den Menschen vorgegaukelt hatte.

»Ich will nur sagen: Es gibt solche und solche. Überall. Und meine Erfahrungen geben mir die Hoffnung, dass es funktionieren kann.« Er sah Gregor aufmunternd an. »Aber vielleicht erzählst du uns erst von deinem Vater?«

Gregors Reaktion hätte Überraschender kaum ausfallen können. »Gut, auch wenn ich nicht deiner Meinung bin, wir könnten es versuchen. Sie werden uns schon nicht erschießen.«

Josef kapierte das nicht. Bis gerade hatte er mit dem größten Widerstand Gregors gerechnet, hatte er geglaubt, dass er nichts unversucht ließe, ihm seinen Plan auszureden. Stattdessen stimmte er ihm zu, schloss sich Sam und ihm sogar an und die Frage nach seinem Vater ignorierte er einfach, obwohl er ihn selbst ins Gespräch gebracht hatte.

Josef hakte nach. »Was ist mit deinen Eltern? Willst du sie wirklich verlassen?«

»Nein, im Gegenteil.«

»Im Gegenteil?«

Gregor schlug wütend mit der Faust gegen den Baumstamm. »Ja, im Gegenteil. Mein Vater gilt als verschollen, irgendwo in Russland. Wir wissen nicht, ob er noch lebt. Und meine Mutter wohnt seit ein paar Wochen nicht mehr hier. Sie wollte nach einem Gastspiel im Harz nicht mehr zurück und ist einfach dortgeblieben. Falls mein Vater überleben sollte, wäre es egal, ob er uns in Thorn oder im Harz wiedersieht. Und ich habe nur einen Wunsch: bei meiner Mutter zu sein. Von mir aus auch mit russischer Hilfe.« Er klatschte aufmunternd in die Hände. »Wäre der Harz nicht auch ein Ziel für uns alle?«

Josefs Ziel war der Westen, einfach nur der Westen. In welche Gegend es ihn verschlagen würde, welches Dorf, welche Stadt ihm ein neues Zuhause sein könnte, davon hatte er keine Vorstellung. Natürlich hatte er von Orten gehört oder gelesen, die seine Fantasie beflügelten, die ihn inspirierten: München, Hamburg, Köln. Aber das waren Städte für Städter, für die, die sich in der Gesellschaft bewegen konnten, nicht für ihn, da wollte er realistisch sein. Arbeit gab es überall, vor allem im Ruhrgebiet, das wegen der kriegsstützenden Schwerindustrie besonders stark bombardiert und zerstört worden war. Und der Harz?»Für mich auf jeden Fall«, sagte er und sah zu Sam.

»Ich könnte mir keine bessere Gegend vorstellen«, bestätigte Sam.

»Dann ist es abgemacht. Wir gehen in den Westen. Wir gehen in den Harz.«

Die Freunde bildeten einen Kreis, legten sich gegenseitig ihre Arme um die Schultern und riefen im Chor so laut sie konnten:»Wir gehen in den Harz.« Dann riefen sie wie schon in der Nacht zuvor:»Freiheit.« Und dann riefen sie beides immer wieder abwechselnd, bis ihre Stimmen versagten.

Sie verabredeten sich für den nächsten Morgen um fünf Uhr vor der Backstube in der Nähe des altstädtischen Rathauses. Dort verkaufte man schon in der Nacht warme, direkt aus dem Ofen kommende Brötchen. Anschließend wollten sie sich frisch gestärkt auf den Weg machen.

Warten

Gegen sechs Uhr erreichten sie den Signalmast, einen geschälten Baumstamm, an dem die rot und weiß lackierten Anzeigeflügel befestigt waren. Zuerst sah Josef dem Verlauf des Gleises Richtung Thorn nach. Erleichtert nahm er zur Kenntnis, dass die Reparaturarbeiten noch nicht abgeschlossen waren, wie er an den herumstehenden Maschinen erkennen konnte. So würden sie von keinen Reisenden die Richtung Thorn unterwegs waren entdeckt und ihr Plan gefährdet werden können.

Die Kühle der Nacht lag noch in der Luft und eine stille, friedliche Stimmung über dem Land. Der auf den Feldern und Wiesen glitzernde Tau ahnte noch nichts von seinem aussichtslosen Kampf gegen die am Horizont aufsteigende Sonne. Es dauerte nicht mehr lange und die Frische des Morgens würde der Hitze des Tages weichen.

Einige Meter vom Mast entfernt gab es eine Bodenmulde, groß genug, dass alle drei darin Platz fanden. Sie sprangen hinein. So waren sie vor Blicken geschützt, obwohl ihnen ihre Sorge, entdeckt zu werden, eher unbegründet erschien. Hier, weit draußen vor der Stadt, zwischen Ackerflächen und Waldrand, mussten sie nur auf die Landarbeiter des in der Nähe gelegenen Gutshofes achten. Aber in dieser Herrgottsfrühe saßen diese noch an den Frühstückstischen in ihren Unterkünften. Trotzdem wollten sie kein unnötiges Risiko eingehen.

Hin und wieder reckten sie ihre Hälse über den Muldenrand und spähten gespannt nach einem herannahenden Zug. Und immer wieder schauten sie hoch zum Signal, das beständig einen senkrechten Flügel anzeigte – freie Fahrt. Würde es dabei bleiben, würde ein Zug, wenn er denn käme ohne anzuhalten, an ihnen vorüberrauschen und sie chancenlos in ihrer Mulde zurücklassen. Dann hätten sie auf den nächsten Zug und auf ein horizontal ausgerichtetes Signal hoffen müssen. Ihnen war bewusst, dass, selbst wenn ein Zug anhielte, keinesfalls Gewissheit darüber bestand, ob sie tatsächlich mitgenommen werden. Sie verdrängten diese Möglichkeit. »Wer nicht wagt, …«, sagten sie sich. Dieser erste Halbsatz eines bekannten Sprichwortes wurde zu ihrer Devise. Beständig wiederholten sie ihn. Das genügte, um sich gegenseitig Mut zuzusprechen.

Die Zeit verstrich in grausamer Langsamkeit. Das Warten auf ein Ereignis, dessen Eintreten ungewisser war als sie es sich einredeten, hatte ihre Geduld auf die Probe gestellt, hatte bald doch erste, zaghafte Zweifel aufkommen lassen. Würden sie es wirklich schaffen dort wegzukommen, fragte sich jeder für sich.

Zwei bis drei Züge am Tag würden hier vorbeikommen, hatte der alte Mann gesagt. Josef konnte sich denken, dass das Haltesignal nicht jedes Mal auf Halt stehen würde. Hin und wieder schon, vielleicht für nur einen Moment, vielleicht auch für mehrere Minuten. Wie kurz oder lang der Halt auch andauern würde, die Zeit musste ihnen genügen. Und wann genau, um welche Uhrzeit Züge hier ankommen würden, ob sie einem Muster, einem Fahrplan folgten – auch das war vollkommen unklar. Aber er war sich sicher, dass es kein Muster, keinen Fahrplan geben würde, was ihm nur logisch erschien. Warum sollten Reparationszüge in das Korsett eines Fahrplans gezwängt werden? Ihr Rhythmus folgte nicht dem Voranschreiten der Uhr, sondern der Demontagearbeiten. Irgendwo, vielleicht im Erzgebirge, musste eine Anlage, eine komplette Zeche womöglich, erst demontiert werden, bevor sie auf Güterzüge geladen und in den Osten transportiert werden konnte. Und im Osten würde abgeladen werden, bevor es zurück in den Westen ging. Das waren keine Kleinigkeiten, da ging es um schwere, unförmige Stahlkonstruktionen, deren Handhabung alle Aufmerksamkeit erforderte. Nach Josefs Ermessen wären solch komplexe Vorgänge mit keinerlei zeitlichen Vorgaben zu bewältigen gewesen. Die Züge fuhren wie es gerade passte. Das bedeutete aber auch, dass sie sich in Geduld üben mussten. Irgendwann würde einer kommen, direkt vor ihnen halten und sie mitnehmen, war sich Josef gewiss, nein, wollte sich dessen gewiss sein.

Weit entfernt sahen sie die ersten Landarbeiter auf der riesigen Ackerfläche Steckrüben aus dem Boden ziehen. In stetig gleichen Bewegungen warfen sie ihre Ernte in die Weidenkörbe auf ihren Rücken. Sie bückten sich, richteten sich halb auf, warfen, bückten sich ... Es waren routinierte Abläufe, die ohne Hast ausgeführt wurden. In gleichmäßigen Abständen hatte man drei Hänger abgestellt, in welche die vollen Körbe entleert wurden.

Keiner der drei Freunde besaß eine Uhr, aber es musste gegen acht Uhr gewesen sein wie Josef vermutete, als Sam plötzlich aufsprang und seine Freude herausschreien wollte. Doch noch bevor er auch nur einen einzigen Ton herausbrachte, zerfetzte das Krachen eines ohrenbetäubenden Schusses das bäuerlich friedliche Bild. Josef riss ihn geistesgegenwärtig wieder nach unten. Hatte sie jemand entdeckt? Galt der Schuss Sam? Doch warum hätte jemand auf ihn, auf sie schießen sollen? Sie hatten nichts Schlimmes getan. Sie wollten doch nur weg. War das etwa Grund genug? Für manche womöglich.

Vorsichtig schoben sie ihre Köpfe über den Rand. Wenn der Schuss tatsächlich Sam gegolten hatte, mussten sie auf der Hut sein. Jetzt war es Gregor, der etwas entdeckte, ihn entdeckte. Förster Wojcak, den man für den verschwundenen Kleinert auf den Posten gesetzt hatte. Kleinert, den sie mochten, der sie immer ernst, aber gütig ansprach, wenn er sie im Wald dabei erwischte, Staustufen, Unterstände oder Baumbuden zu bauen. In den letzten Tagen des Krieges war er noch an irgendeine längst verlorene Front berufen worden und nicht mehr zurückgekehrt.

Wojcak stand mit dem Rücken zum schwarzen Waldrand, das Gewehr im Anschlag und zielte in ihre Richtung. Sie kannten den neuen Förster bisher nur vom Sehen. Regelmäßig fuhr er mit seinem Geländewagen, der bis zum Kriegsende noch einer Thorner Nazigröße gehört hatte, vor dem Geschäft von Metzger Krawczyk vor und zog dann tote Tiere von der Ladefläche – meist Rehe oder Wildschweine. Die auf den Wagentüren aufgebrachten Nazisymbole hatte Wojcak nur notdürftig mit rosa Farbe überstrichen. Manche hielten das für einen Ausdruck subtilen Humors – eine abwegige Einschätzung. Wenn Wojcak überhaupt über eine Besonderheit verfügte, wäre sie auf keinen Fall Humor gewesen, subtiler schon gar nicht. Nein, es war kurz nach dem Krieg, Zeit des Mangels. Wojcak hatte einfach keine andere Farbe auftreiben können. Auch Fleisch war Mangelware und Wojcak Herrscher über ein Monopol, das ihm lukrative Nebeneinnahmen bescherte.

Sie mussten sich vor ihm hüten und sie mussten ihn im Blick behalten. In der Stadt erzählte man, dass sich der neue Förster nicht nur als Herrscher des Waldes fühlte. Früher Waldarbeiter, agierte er in seiner neuen Rolle als Amts- und Respektsperson auch außerhalb des Waldes übergriffig und anmaßend. Niemand hatte ihn jemals freundlich oder zuvorkommend erlebt. Kein anderer kultivierte seinen schlechten Ruf derart unbeirrt wie er.

Keine Frage: Sollte Wojcak sie entdecken, würde er sie zurück in die Stadt bringen. Seinem schlagkräftigsten Argument, dem Jagdgewehr, hätten sie nichts entgegenzusetzen. Abtauchen, signalisierte Josef den Freunden mit flacher, auf- und abfedernder Hand. Er selbst duckte sich so weit nach unten weg, dass er Wojcak, zwischen den am Rand stehenden Grashalmen hindurch gerade noch sehen konnte.

Was trieb der da, keine fünfzig Meter von ihnen entfernt?

Sam robbte heran. »Der Zug. Ich habe ihn gesehen«, flüsterte er.

Sam und Gregor streckten vorsichtig die Köpfe über den Rand. Tatsächlich, da war ein Zug. Und er donnerte heran, wurde größer und größer, und nichts deutete darauf hin, dass er die Geschwindigkeit drosselte. Josef warf einen Blick hoch zum Signal. Der Balken stand senkrecht – freie Fahrt. Er blickte zurück auf Wojcak. Wieder zielte der in ihre Richtung. Aber wie Josef jetzt erkannte, nicht auf sie, sondern höher, über sie hinweg. Er drehte den Kopf, sah in den Himmel und verstand. Der erste Schuss hatte nicht ihnen, sondern einer Schar Enten gegolten, die aufgescheucht, in chaotischen Manövern auseinanderstieben. Und schon krachte der nächste Schuss. Josef suchte den Himmel ab. Kein Tier schien getroffen zu sein. Der Zug war nur noch hundert Meter entfernt, das Signal stand senkrecht. Ein weiteres Krachen aus dem Gewehr. Blick in den Himmel. Treffer. Federn flogen, die Schwingen versagten. Erst noch trudelte das Tier, gleich darauf stürzte es bewegungslos auf sie zu. Das Signal senkrecht. Der Zug donnerte heran. Er würde nicht halten. Die Ente über ihnen, doch nicht exakt. Sie wird direkt neben ihnen auf den Boden krachen. Zu nahe an ihrem Versteck. Wojcak würde die Beute holen und die drei entdecken. Freiheit adé. Der Zug preschte heran. Zehn Meter noch, fünf, zwei, kruatsch, erwischte er die Ente. Ein lauter, dumpf knirschender Aufprall. Blut spritzte, Federn flogen. Ein Inferno vor den Augen des Lokführers. Die Windschutzscheibe als letzte Ruhestätte für das Wunder eines bis eben noch vibrierenden Lebens.

Ungerührt ratterten die Wagen vorbei. Dann sahen sie nur noch das Heck des letzten Wagens. Chance vertan. Nein, dachte Josef: keine Chance gehabt.

Sie sahen zu Wojcak.

Der schüttelte den Kopf, blickte in den Himmel.

Josef folgte dem Blick. Nichts mehr. Keine Enten weit und breit.

Wojcak schulterte das Gewehr, steckte sich eine Zigarette an und machte sich davon, schlenderte eine Weile am Wald entlang, drehte dann ab und verschwand in ihm.

Luft durch die Zähne zischend atmeten die Freunde auf.

»Glück gehabt«, sagte Gregor.

Die anderen nickten zustimmend.

»Wann wird der Nächste kommen?«, fragte Sam.

»Er wird kommen«, antwortete Josef.

Sehnsüchtig schauten sie Richtung Osten. Dort, wo am Horizont die Gleise verschwanden, würde der nächste Zug auftauchen, zunächst einer Fata Morgana ähnlich, blass und verschwommen im hellgelben Schein der aufgegangenen Sonne, dann größer und mächtiger werden, schließlich die Geschwindigkeit drosseln und genau hier, vor ihnen stoppen und sie mitnehmen. Sie würden nur die nötige Geduld aufbringen müssen. Sie drehten ihre Köpfe zu den Landarbeitern herüber. Die hatten nichts mitbekommen vom Entenmord und Entensarg. Ungerührt wurde sich gebückt, aufgerichtet, gebückt, ...

Sie teilten sich den wenigen Proviant, den sie mitgenommen hatten - neben den Brötchen und etwas Wasser auch ein Bund Möhren. Auf eine längere Zeit ohne Nahrung waren sie nicht eingestellt. Für einen Tag würde ihr kleiner Vorrat reichen, danach kämen sie eine Weile auch mit wenig oder ohne Essen aus. Josef hatte im Lager Enthaltsamkeit lernen müssen, Sam aus anderen Gründen sicher auch. Doch die größten Sorgen bereitete ihnen ihr knapper Wasservorrat. Sie hatten die Menge ihres Bedarfs unterschätzt.

Es mochten zwei Stunden vergangen sein, als sie wieder einen Schuss hörten. Diesmal weit entfernt und aus dem Wald kommend. In den nächsten Tagen würde Metzger Krawczyk wieder frisches Wild anbieten.

Inzwischen musste es Mittag geworden sein. Die Sonne stand hoch und heiß über ihnen. Das Wasser war fast aufgebraucht. Voller Zuversicht über den gewiss kommenden Zug waren sie zu verschwenderisch mit ihrem kleinen Vorrat umgegangen und hofften, dass sich das nicht noch rächen würde. Im Wald gab es eine Quelle. Sie wussten auch wo. Aber wenn ein Zug käme, während einer von ihnen Wasser besorgen würde … Nein, das wäre zu riskant gewesen. Außerdem war Wojcak noch in der Nähe.

Wieder schob Josef seinen Kopf über den Rand und spähte dem Gleiskörper entlang Richtung Osten. Ganz am Ende, dort, wo Dinge kaum mehr voneinander zu unterscheiden waren, verbanden sich Himmel und Erde zu einem einzigen Flirren. Vielleicht lag es an der Hitze, vielleicht am Durst, vielleicht an seinem unerschütterlichen Glauben auf Hoffnung oder an allem zusammen, dass er einen winzigen weißen Punkt erspähte. Er konzentrierte sich, strengte die Augen an so gut es ging, und zählte laut von eins aufwärts.

Er hätte sich täuschen können, miserabel wie er sah. Doch war er kurzsichtig und auf lange Sicht machte ihm niemand etwas vor. Er setzte die Brille ab und blinzelte. Tatsächlich, der weiße Punkt existierte wirklich. Er war wahr.

»Sieben, acht, neun, zehn ...«

»Was ist los«, wollte Sam wissen.

»Ich sehe die Zeit«.

»Die Zeit?«, wiederholten Gregor und Sam synchron.

»Die Zeit.«

Jetzt spähten auch Gregor und Sam.

»Du spinnst«, erklärten beide wieder synchron.

Josef schüttelte den Kopf.

Gregor war das Ganze suspekt. »Da ist nichts, eine Fata Morgana vielleicht, Zeit schon gar nicht. Und nur zur Information, Josef: Zeit kann man nicht sehen.«

»Achtundzwanzig, neunundzwanzig ...«

Die Freunde schüttelten die Köpfe, wagten es aber nicht, Josef, der ihnen nicht nur seltsam, sondern auch freudig erregt erschien, einen Sonnenstich zu attestieren.

»Fünfundfünfzig, sechsundfünfzig ...«

Sam wurde es allmählich unheimlich. »Würdest du bitte erklären ...«

Josef machte eine beschwichtigende Handbewegung und zählte weiter. »Einhundert, einhunderteins.« Mit einhundertachtzehn endete er und bedachte seine Freunde mit einem triumphalen Lächeln. »Das sollte genügen.«

»Was sollte genügen«, wollte Gregor wissen.

»Ganz einfach«, antwortete Josef. »Der weiße Punkt.«

Sam und Gregor hoben die Augenbrauen, schauten sich an und fragten sich, was jetzt wohl kommen würde.

»Er verdoppelt seine Größe alle einhundertachtzehn - sagen wir einhundertzwanzig Sekunden. Darauf kommt es nicht an.«

Josef legte eine Kunstpause ein. Er genoss es, seine Freunde ein wenig auf die Folter zu spannen.

Die reagierten wie erwartet. Gregor fühlte Josefs Stirn und sah zu Sam. »Die Sonne. Schade. Schätze ihn hat's erwischt«, sagte er in mitleidig spöttischem Ton.

Josef grinste und fuhr fort. »Also, wenn der Punkt am Horizont einen gefühlten Durchmesser von einem Millimeter hat, dauert es …«

Josef rechnete. »… dann dauert es 18 Minuten, bis er einen Durchmesser von ungefähr 50 cm erreicht hat.«

Jetzt ahnten auch Sam und Gregor, was los war.

»Der Scheinwerfer«, riefen sie synchron. Josef konnte sie gerade noch davon abhalten, vor Freude in die Hände zu klatschen.

In einer Rundumdrehung blickte Josef über den Rand der Mulde. Nach wie vor schienen sie unentdeckt geblieben zu sein. Doch hatte er auf seiner Runde etwas entdeckt, das er seinen Freunden nicht vorenthalten wollte.

»Guckt mal«, flüsterte er ihnen zu.

Gregor und Sam schoben ihre Köpfe über den Rand.

»Da drüben.« Josef deutete in Richtung der Landarbeiter.

Als sie das Gesuchte entdeckten, pfiff Gregor durch die Zähne.

Josef hielt ihm die Hand vor den Mund. »Bist du verrückt?«

Sam bekam leuchtende Augen, ließ sich zurück in die Mulde fallen und lächelte in den blauen Himmel.

Josef und Gregor schauten noch eine Weile, dann rutschten auch sie wieder zurück.

»Und?«, fragte Josef.

»Was und?«, antworteten Sam und Gregor wieder synchron.

»Habt ihr schon mal ein Mädchen geküsst?«

»Na klar, schon viele«, schoss es aus Gregor heraus.

»Erzähl«, sagte Josef.

Doch anstatt zu erzählen, druckste Gregor herum. So schnell schien ihm keine plausible Geschichte einzufallen. »Na ja, nicht wirklich«, gab er schließlich zu.

Gregors Ehrlichkeit verdiente Respekt. Wie leicht hätte er vor ihnen prahlen können.

»Und du Sam?« Josef sah ihn mit hochgezogenen Augenbrauen an.

Doch Sam, der normalerweise kein Blatt vor den Mund nahm, war in dieser Sache komplett verschlossen. Was auch immer er erlebt oder nicht erlebt hatte, er schien es für sich behalten zu wollen.

»Komm schon Sam«, animierte ihn Josef.

Aber mehr, als seinem gütigen Samlächeln war ihm nicht zu entlocken.

»Jetzt sei doch kein Spielverderber«, pfiff Gregor ihn an.

»Was macht ihr denn da?« Am Muldenrand stand das gerade noch beäugte Mädchen und blickte amüsiert auf die Freunde herab.

»Um Gottes willen«, rief Josef und zuppelte an ihrem Rocksaum herum. »Willst du uns verraten?«

Das Mädchen blickte erst zum Feld zurück, dann sprang sie in ihre Mitte.

Alle sahen sich an, niemand sagte ein Wort. Es war ihnen ein Engel erschienen, ein Engel in einem schlichten Kleid, mit langem, blondgelocktem Haar, einem madonnenhaften Gesicht, aber frech funkelnden Augen. War so etwas möglich, fragte sich Josef. Eine Madonna mit frech funkelnden Augen?

Wäre es nicht vollkommen albern gewesen, hätten sich die Freunde zwicken müssen, um sich nicht in einem Traum zu wähnen. Kaum jemals zuvor waren sie verwirrter, aber auch entzückter als in diesem Augenblick.

Der Zug flog heran.

»Ich bin das Mädchen Marie«, sagte das Mädchen. »Und wer seid ihr?« Für einen Augenblick verschlug es Josef die Sprache. Das Mädchen stellte sich mit ›Mädchen Marie‹ vor, als gehörte ›Mädchen‹ zu ihrem Namen. Das klang kess, aber auch ein wenig verrückt und es forderte ihn heraus. »Ich bin der Junge Josef.«

Gregor und Sam prusteten los.

Das Mädchen Marie rollte mit den Augen. »Sehr witzig.«

Schon tat es Josef leid. Um von sich abzulenken, deutete er nacheinander auf seine Freunde.

»Sam«, sagte Sam.

Gregor schluckte und brachte keinen Ton heraus.

Das Mädchen Marie verschränkte die Arme vor der Brust und sah Gregor in die Augen. »Bist du stumm?«

Gregor wurde rot.

So süß das Mädchen Marie auch war – jetzt hätte es auch für sie peinlich werden können, wäre Gregor tatsächlich stumm gewesen.

Des zu erwartenden Spaßes wegen gefiel Josef der Gedanke und er antwortete für Gregor: »Ja, Gregor ist stumm.«

Sam grinste.

Obwohl Gregor vor Verlegenheit kein Wort über die Lippen gebracht hatte, spielte er mit und spuckte unverständliche Laute heraus.

»Oh, entschuldige bitte, das tut mir leid«, sagte das Mädchen Marie.

Das Mädchen Marie war in Ordnung.

Josef kicherte. Sam folgte, dann auch Gregor und nachdem sie verstanden hatte, auch das Mädchen Marie. Gemeinsam kicherten sie im Chor. Nicht nur die Jungs waren ausgelassen, wie lange nicht mehr. Aber sie mussten sich zusammenreißen, um nicht in lautes Gelächter zu verfallen. Wer weiß, wer noch alles auf sie aufmerksam geworden wäre. Josef hielt sich einen Finger vor den Mund.

Das Mädchen Marie nickte und flüsterte immer noch kichernd: »Was, in Herrgotts Namen, macht ihr hier? Ihr werdet kaum auf den nächsten Zug warten, oder!?«

Die Jungs starrten sich an.

»Das verraten wir dir, wenn du ›das Mädchen‹ erklärst«, sagte Josef.

Von weitem hörten sie eine Männerstimme rufen: »Mariiie!?« Kurz darauf: »Mariiie!?« Und wieder: »Mariiie!?«

Die Freunde duckten sich.

»Zieh den Kopf ein«, befahl Josef dem Mädchen Marie flüsternd.

»Keine Sorge, ich werde euch nicht verraten.«

»Musst du gar nicht. Wenn sie dich hier finden ...«

»Erst will ich wissen, was hier los ist.«

»Erst dein Name.«

»Nein.«

Das Mädchen Marie war hartnäckig und die Freunde hatten nicht mehr viel Zeit.

»Na gut«, sagte Josef aber dann ...

»Dann mal sehen ...«

Die Formulierung gefiel Josef nicht, aber er hatte keine Wahl und erklärte dem Mädchen Marie ihren Plan. Als er den Zug erwähnte, sah er in dessen Richtung und erschrak. Nicht, weil es für ihren Plan bereits zu spät gewesen wäre, aber wenn sie die Situation nicht schnell in den Griff bekämen, fürchtete er, würden sie auch die nächste Chance verpassen.

»Jetzt weißt du Bescheid«, sagte Josef und hoffte, seinem Bedauern zum Trotz, dass die Freunde gleich wieder unter sich sein würden.

»Ja«, sagte das Mädchen Marie. »Und ich komme mit euch.«

»Ich weiß nicht ...«, schoss es aus Josef heraus und er erschrak über sich selbst.

Das Mädchen Marie verzog das Gesicht, ging in die Hocke und umschlang ihre Knie.

»Mariiie!?«

Der Zug.

Josef fuhr sich mit den Fingern durch die Haare. Wenn sie nicht bald eine Lösung fänden, würden sie entdeckt werden. Gut, dachte Josef, nicht jeder Mensch ist ein Verräter oder Denunziant, aber jetzt war kaum der geeignete Moment das herauszufinden. So entzückend das Mädchen Marie auch war: Würde sein Plan auch mit ihr funktionieren? Abgesehen davon, dass er keine Ahnung hatte, ob er überhaupt funktionieren würde. Ihr Vorhaben war schon zu dritt ein Wagnis. Wer würde in diesen schwierigen Zeiten vier mittellosen Jugendlichen helfen? Und auf Hilfe waren sie angewiesen, denn auf sich allein gestellt, hatten sie keine Chance. Zu viert würde es noch schwieriger werden. Anderseits, dachte Josef, wer dreien hilft, hilft vielleicht auch vieren.

Josef suchte Rat bei Gregor und Sam. Er fragte sie nicht nach ihrer Meinung, sah sie nur an.

Zaghaft, kaum merklich, nickten sie mit dem Kopf.

»Gut«, sagte Sam.

»Meinetwegen«, sagte Gregor.

»Dann bist du dabei«, sagte Josef.

Alle vier gaben sich die Hand.

»Einer für alle und alle für einen«, sagte Sam.

»Einer für alle und alle für einen«, wiederholten sie im Chor.

»Mariiie!?« Die Stimme klang nah.

»Genau«, flüsterte Josef. »Was ist jetzt mit deinem Namen?«

Marie sprang auf. Ihre Augen hüpften zwischen den Freunden hin und her. »Das ist wirklich sehr nett von euch. Ich habe anderes erlebt, in den letzten Jahren. Auch wenn ich euch nicht kenne – es könnte funktionieren mit uns. Aber ich kann meinen kleinen Bruder Marie nicht allein lassen. Ich wollte nur wissen, wie ihr reagiert. Entschuldigt. Ich bin sehr froh, dass ihr so entschieden habt.«

Dann gab sie einem nach dem anderen einen kräftigen Kuss auf den Mund und krabbelte flugs aus der Kuhle heraus. Oben angekommen richtete sie auffällig umständlich ihren Rock, der eigentlich gar nicht zu richten war.

»Dein Bruder heißt auch Marie?«, entwich es Josef lauter, als er wollte.

Das Mädchen Marie flüsterte in ihre Röcke hinein. »Meine Eltern wussten nicht, wie lange der Krieg noch dauert. Sie wollten vermeiden, dass ihr Sohn Soldat wird und hofften, dass er so durch das Raster fallen würde.«

Das war das Verrückteste von dem Josef jemals gehört hatte. Gleichzeitig war er gerührt über so viel Mut und Zuversicht. Und Naivität.

Die Freunde lächelten sich zu.

»Viel Glück allen Maries«, sagte Josef leise. »Vielleicht sehen wir uns einmal wieder.«

»Vielleicht. Euch auch viel Glück«, flüsterte sie, ohne sich umzusehen, und ging zurück zum Feld.

»Ach, da bist du gewesen«, hörten sie einen Augenblick später die beängstigend nahe Männerstimme sagen.

Gleichzeitig streckten die Freude ihre Köpfe über den Rand und schauten dem Mädchen Marie, das sich an der Seite des Mannes langsam von ihnen entfernte, hinterher. Nachdem es an ihrem Arbeitsplatz angekommen und der Mann weitergegangen war, drehte es sich noch einmal zu ihnen um und winkte verstohlen aus der Hüfte heraus.

Die Jungs rutschten in die Mulde zurück, schauten sich an und sahen in die beseelten Augen der anderen.

Alexander der Große

Lange war das Flirren am Horizont alles, was sie von ihrem herannahenden Freiheitssymbol zu sehen bekamen. Der Scheinwerfer hatte riesig sein müssen. Doch jetzt, da der Zug seine volle Größe offenbarte, ging er fast verloren in der Mitte des schwarzen Zylinders, in dessen mächtigen Bauch die Maschine ihre Muskeln spielen ließ. Dort wo brennende Kohle Wasser zu Dampf erhitzte, der, unter Druck gesetzt, wuchtige Pleuel in Schwung brachte, die wiederum die eisernen Radreifen antrieben.

Die Lok war ihnen jetzt so nah, dass sie den Kopf des Lokführers erkennen konnten. Und da ihr Versteck einige Meter abseits der Gleise lag, überblickten sie den gesamten Zugverband von der Lokomotive bis zum letzten Wagen.

Der Lok war ein Kohlewagen angehängt, danach folgten unzählige, teils geschlossene, teils offene Güterwagen. Josef widerstand dem Bedürfnis sie zu zählen, aber er schätzte die Gesamtlänge des Verbandes auf einige hundert Meter. Der Zug näherte sich rasch, aber nicht rasant. Ohne dass er seine Geschwindigkeit drosselte, hätten sie keine Chance aufzuspringen gehabt – weder legal noch illegal. Doch selbst wenn er langsam genug geworden wäre, hätten sie es nicht gewagt. Josefs Plan setze dessen Halt voraus, denn sie benötigten die Erlaubnis des Zugführers. Ohne dessen Zustimmung hätte sein Plan nicht funktioniert. Ohne dass dieser seine schützende Hand über sie legte, würden sie schon im ersten Bahnhof von den Grenzmilizen herausgeholt und, mit etwas Glück, wieder zurückgeschickt werden, mit weniger Glück aber in irgendeiner dunklen Zelle landen.

Josef hatte sich den Kopf darüber zerbrochen, wie er den Zugführer überhaupt hätte dazu bringen können, ausgerechnet *sie* - Deutsche,

Feinde – mitzunehmen. Sinnvolles eingefallen war ihm nicht. Er würde auf seinen Instinkt vertrauen und improvisieren müssen. Aber es stimmte ihn zuversichtlich, dass er kein Problem mit Russen hatte, vor allem, dass sie keines mit ihm hatten – im Gegenteil. Im Lager waren sie ihm wohlgesonnen, hatten sie ihn anständig behandelt.

Dann hörten sie das metallische Quietschen der Bremsen, gleichzeitig wurde der Druck vom Kessel genommen, wie das ohrenbetäubende Pfeifen des Dampfventils verriet. Josefs Blick schnellte zum Signal. Freie Fahrt. Der Zug bremste dennoch und er fragte sich warum, hatte die einzig plausible Antwort aber schon parat. Er bremste für sie. Sicher nicht, weil sich irgendjemand für ihr Anliegen interessieren würde, sondern weil sie eine Gefahr darstellten. Eine Gefahr für sich, vor allem aber für den Zugverband, der nicht nur einen Auftrag zu erfüllen hatte, dessen Führer vor allem den bürokratischen Aufwand scheuen würde, den verletzte Jugendliche verursachten. Darüber hinausreichende Gründe wollte sich Josef gar nicht erst ausmalen.

Nicht nur die sich vor ihnen aufbäumende Masse, auch das ohrenbetäubende Dröhnen der Maschine wirkte bedrohlich und ängstigte sie. Eine unaufhaltsame Macht rollte auf sie zu. Jetzt bloß nichts überhasten, dachte Josef und machte eine beschwichtigende Handbewegung. Die Freunde hatten verstanden und blieben, wo sie waren.

Der Lokführer hatte einen Arm aus dem Fenster geschoben und gab ihnen wilde Zeichen, die Josef an die entfesselten Taktstöcke erinnerten, die er zusammen mit Opa Anton in manch einer Oper bewundert hatte.

Die Dampfpfeife schrillte in kurzen Abständen. Der Zug war nur noch einen Wimpernschlag von ihnen entfernt. Würde er anhalten, oder, sollten sie nicht mehr als Gefahr betrachtet werden, einfach an ihnen vorbei- und weiterfahren. Doch verringerte er das Tempo stetig, und unbeladen wie er war, geschah das schneller als erwartet.

Unmittelbar vor dem Signal kam er doch noch zum Stehen. Genau vor den Freunden, die sich ihre Bündel schnappten und gebannt nach oben zum Lokführer starrten. Der hatte seine Arme auf dem schmalen Fensterrahmen abgestützt und schaute aus einem gegerbten Gesicht grimmig auf sie herab.

»Dobryy den'«, rief Josef.

Der Lokführer verzog sein Gesicht von grimmig zu finster.

»Izvineniye«, sagte Josef so freundlich, wie möglich.

Keine Reaktion.

Der Zug stand vor ihnen. Sie standen vor dem Zug. Besser hätte es nicht laufen können. Aber wenn er es nicht schaffte dem Mann eine menschliche Reaktion abzugewinnen, dachte Josef, wäre auch diese Chance vertan. Der Zug würde sich in Bewegung setzen und sie zurücklassen, wie unerwünschte Aussätzige. Und wer weiß, wie viele Chancen sie noch bekämen – wenn überhaupt.

»Vy menya ponimayete? Verstehen sie mich?«

Keine Antwort.

Josefs Russischkenntnisse basierten auf dem Wenigen, das er im Lager gelernt hatte. Sie genügten kaum, ihrem Anliegen Ausdruck zu verleihen. Er musste sich auf das beschränken, was ihm zu Verfügung stand und versuchte es mit dem Naheliegenden.

»Berlin?«, sagte er mit einem deutlichen Fragezeichen in der Stimme.

Jetzt erhielt Josef eine Antwort. »Nemetskiy?«

Josef nickte.

Der Mann spuckte aus. Der Rotz landete genau vor Josefs Füßen.

Die Freunde sahen sich an.

»Der mag uns nicht«, sagte Gregor.

Sam schüttelte den Kopf. »Wundert uns das?«

Gregor hob die Schultern.

»War doch klar, dass es nicht einfach wird, dass wir auf ihre Freundlichkeit hoffen müssen«, sagte Josef.

»Toller Plan«, schimpfte Gregor. »Vielleicht hätten wir uns als Polen ausgeben sollen. Aber dafür ist es jetzt zu spät.«

»Immerhin haben sie angehalten, obwohl sie freie Fahrt hatten«, sagte Josef.

Sie schauten hoch zum Signal. Es stand auf Halt.

»Ach ja?«, spottete Gregor.

»Gerade zeigte es noch …«

»Wer seid ihr, was wollt ihr?«

Sie schauten wieder hoch.

»Wir würden gerne mitfahren«, sagte Josef.

Der Lokführer schüttelte den Kopf. Nachdem er ein weiteres Mal ausgespuckt hatte, deutete er mit dem Kinn hinter sich auf den Verband.

Josef sah zurück. Irgendwo las er die Aufschrift »Deutsche Reichsbahn«. Er hatte nicht bemerkt, dass hinter der Lok und dem Kohlewagen und noch vor der endlos langen Reihe der Güterwagen ein Personenwagen angehängt war. In dessen offener Tür stand ein junger Mann. Er mochte kaum dreißig Jahre alt gewesen sein, ein kräftiger, aber schlanker Kerl, mit kurzem Vollbart und klarem, durchdringendem Blick.

Natürlich, dachte Josef, nicht der Lok- sondern der Zugführer hatte das Sagen. Es war ein Offizier. Josef kannte die russischen Dienstgrade und Uniformen und er hätte sie auch mit geschlossenen Augen auf hundert Meter Entfernung erkannt.

Er wandte sich dem Offizier zu. »Wir heißen Josef, Gregor und Sam.« Er deutete auf die Freunde. »Wir wollen nach Westen.«

»Seid ihr Deutsche?«

Josef dachte an die Worte Gregors. Was sollte er antworten? Sie waren Deutsche und fühlten sich auch so. Aber sie waren in Thorn geboren worden, *nachdem* es durch den Versailler Vertrag polnisch geworden war. Er hätte sie auch als Polen ausgeben können. Aber sie sprachen nur schlecht polnisch und stammten aus deutschen Familien.

Dennoch wäre es aus taktischen Gründen womöglich ratsam gewesen, sie als Polen auszugeben. Er antwortete seiner Intuition nach.

»Ja, wir sind Deutsche.«

Gregor tat, als hätte er sich verschluckt.

Der Offizier deutete auf Sam. »Auch der da? Er sieht mir nicht so aus, also … deutsch.«

Mit den kurzgeschorenen Haaren und abgemagert, wie Sam war, wirkte er tatsächlich etwas fremd. Trotzdem verstand Josef die Frage nicht. Wie hatte man als Deutscher auszusehen, überlegte er, fand aber keine Antwort.

»Schlimme Kopfläuse«, sagte er. Und halb im Scherz, halb im Ernst, als würde er damit etwas erklären: »Deutsche Läuse.«

Der Offizier verzog keine Miene. »Schlimme Deutsche.« Er wischte mit der Hand über den Kopf. »Schlimme deutsche Läuse.«

Verdammt, dachte Josef. Seine Läuseerklärung war zwar wahr, aber zu salopp, um ernst genommen zu werden. Wie es schien, war er der Situation nicht gewachsen. Vielleicht war er nicht genug *erwachsen*.

Die Freunde sahen betreten zu Boden und schwiegen.

Der Offizier schaute nach vorne und gab dem Lokführer ein Zeichen. Dann schloss er die Tür. Der Zug rollte allmählich an.

Das war's. Sie würden auf den nächsten Zug warten müssen. Josef versuchte, den Gedanken in optimistische Worte zu kleiden. »Nicht tragisch Jungs. Der Nächste kommt bestimmt.« Aber Josef war zu enttäuscht – vor allem von sich selbst –, als dass er seinen Worten auch nur den Hauch von Optimismus einzuhauchen vermochte.

Die Lok, der Kohlen- und der Passagierwagen hatten sie bereits passiert, als der erste Güterwagen vor ihnen vorbeirollte und plötzlich dessen Tür zur Seite geschoben wurde. Das einfallende Licht schien schon an der Tür geschluckt zu werden. Sie blickten in dunkles Nichts, ein schwarzes Loch, das alles Licht in sich verschlang.

Eine tiefe Beklemmung überwältigte Josef. Aber noch bevor er darüber nachdenken konnte, woher sie rührte, trat der Offizier an die offene Tür und sah in ihre flehenden Gesichter. Dann sahen sie ein schmales Lächeln, ein kurzes, kaum merkliches Kopfdrehen ins Wageninnere und sie rannten los, warfen ihre Bündel voraus und sich selbst hinterher.

»Macht es euch bequem«, sagte der Offizier. Er sprach in fehlerfreiem Deutsch, aus dem nicht nur ein russischer Akzent herauszuhören war. Josef fragte sich, um welchen Akzent es sich dabei wohl handeln könnte, aber ihm kam keine Idee.

Die Freunde setzten sich auf den Pritschenboden. Der Offizier verschwand im Personenwagen vor ihnen.

Der Zug wurde allmählich schneller. Jetzt hätten sie keine Chance mehr gehabt, aufzuspringen. Zum Abspringen war es auch zu spät.

»Gerade als das Tor aufgeschoben wurde – habt ihr das auch gespürt, dieses dumpfe Gefühl im Magen?«, wollte Josef wissen.

Gregor nickte. »Ja, das war seltsam.«

Sam hatte Tränen in den Augen.

»Sam?«

Sam wischte sich mit der Armbeuge das Gesicht. »Schon gut.«

»Wirklich?«

Sam nickte verhalten.

Das Tor stand noch auf. Im Wageninneren war es weniger dunkel, als es von außen den Anschein hatte. Die Freunde sahen sich um und staunten nicht schlecht. Überall standen Möbel herum: ein Kleiderschrank, eine Anrichte, ein Tisch, vier Stühle, zwei Regale, ein großer Wandspiegel und mehrere Überseekoffer.

Keine Minute nachdem der Offizier sie allein gelassen hatte, kehrte er zurück und drückte Josef eine Flasche Wasser in die Hand.

»Ich heiße Alexander. Ihr könnt mich Alex nennen.«

Josef trank einen Schluck. »Danke. Ich bin Josef, und das sind meine Freunde.« Er reichte Gregor die Flasche.

Gregor trank einen gierigen Schluck und sagte: »Gregor.«

»Sam«, sagte Sam und nachdem auch er getrunken hatte, hielt er dem Offizier die Flasche entgegen.

Der machte eine abwehrende Handbewegung. »Nein, nein, behaltet sie.«

Sam stellte die Flasche auf dem Boden ab. »Danke.«

»Dankt mir besser nicht. Ihr habt keine Ahnung, worauf ihr euch eingelassen habt. Bedankt euch, wenn ihr hier heil …«, bei dem Wort stutzte der Offizier, »… unbeschadet wieder herausgekommen seid.«

Die Freunde sahen sich an.

Das waren verstörende Worte und Josef fragte sich, worauf sie wohl abzielten. Doch noch bevor er sich eine Antwort geben konnte, hatte der Offizier ihn wieder aufgemuntert. »Habt ihr Hunger?«

Die Freunde nickten vehement.

»Natürlich habt ihr Hunger, ihr seid junge Männer.« Zum ersten Mal lächelte der Offizier. »Ich bin gleich wieder da«, sagte er und verschwand wieder im Wagen vor ihnen.

Wieder sahen sich die Freunde an. Josef wusste nicht, was die anderen dachten, was sie fühlten, aber er war sich sicher, dass die Worte des Offiziers jedem einzelnen im Kopf umherschwirrten und wahrscheinlich nicht nur ihm ein latentes Unwohlsein bescherten.

Noch bevor sein Unwohlsein in Angst hätte umschlagen können, trat der Offizier wieder durch die Tür. In der einen Hand balancierte er ein speckiges Holzbrett, in der anderen baumelten zwei weitere Flaschen Wasser. Alles zusammen stellte er auf dem Boden vor den Freunden ab.

»Bedient euch.«

Sie griffen zu. Brot, Käse, Wurst. Eine reichhaltigere Mahlzeit hatten sie lange nicht mehr gehabt.

Der Offizier setzte sich zu ihnen.

Trotz der verstörenden Worte von eben wirkte der Mann jetzt freundlicher als noch kurz zuvor, was Josef dazu bewegte, seiner Neugier Luft zu verschaffen. Da er nicht zu forsch auftreten wollte, verbarg er seine Frage in einer Feststellung.»Sie sprechen ausgezeichnet Deutsch«, sagte er nur und hoffte, dass der Offizier darauf eingehen würde.

Doch der Offizier reagierte nicht, sah stattdessen durch die immer noch aufgeschobene Wagentür nach draußen.

Sie waren noch nicht lange unterwegs und fuhren bereits durch eine unbekannte Landschaft. Der dichte Wald hatte sich aufgelöst. Nur noch vereinzelte Bauminseln flogen an ihnen vorbei.

Nach einer Weile löste der Offizier seinen Blick und wandte sich Josef zu.»Danke. Ich hatte Deutsch in der Schule.«

»Dann haben sie gut aufgepasst«, kommentierte Sam flapsig.

»Nein, *richtig* gelernt habe ich die Sprache erst in Deutschland.«

»Sie waren in Deutschland?«, fragte Gregor.

»Ja, in Kriegsgefangenschaft.«

Die Freunde sahen sich betreten an und schwiegen.

Ein Russe, einer der in deutscher Kriegsgefangenschaft gewesen war, half ihnen. Warum tat er das, fragte sich Josef. Es war anzunehmen, dass er Erfahrungen gesammelt hatte, die geeignet waren, sie zu verdammen, anstatt ihnen zu helfen. Vor diesem Hintergrund könnten seine beunruhigenden Worte auf eine geplante Revanche hinweisen. Die drei Freunde, Deutsche, sollten büßen, stellvertretend für die Taten anderer Deutscher. Bei diesem Gedanken erschrak Josef über sich selbst. So wollte er nicht denken, so durfte er nicht denken, so würde er zu einem misstrauischen, übelgelaunten Einzelgänger werden, der nicht nur seiner eigenen Zukunft im Wege stehen würde. Seine Freunde und er benötigten pragmatischen Optimismus statt destruktiver Schwarzmalerei. Außerdem verhielt sich der Offizier nicht gerade wie ein auf Rache sinnender Revanchist.

Der Offizier bemerkte die Scham der Freunde und löste die Situation. »Zwangsarbeit auf einem Bauernhof«, sagte er in ernstem Tonfall. Einen Moment lang ließ er die Worte wirken, dann lächelte er. »Ich war Stallbursche bei einem freundlichen Bauern in Essen, im Ruhrgebiet, hatte ein eigenes Zimmer und aß zusammen mit der Familie am Küchentisch. Es war nicht mein Zuhause, aber ich hatte es gut.«

Ohne Frage, der Offizier hatte dramaturgisches Talent und soeben einen beunruhigenden Spannungsbogen aufgelöst. Auch wenn sie nur aus wenigen Worten bestand: Er hatte ihnen eine Geschichte erzählt, die nicht nur Josef beruhigte, wie er den Gesichtern seiner Freunde entnehmen konnte. Deren Sorgenfalten waren verflogen und ihre Münder ließen ein leises Lächeln erahnen.

Trotzdem standen die beunruhigenden Worte ihres Kennenlernens noch immer im Raum und Josef fragte sich, vor wem oder was der Offizier sie warnen wollte.

Jetzt ahnte Josef auch, welcher zusätzliche Akzent sich in des Offiziers Worte eingeschlichen hatte, was ihn auf unerklärliche Weise wohlig stimmte. Gleichzeitig erschien ihm die Geschichte nicht stimmig. Josef war zwar von ihrem grundsätzlichen Wahrheitsgehalt überzeugt, aber Essen im Ruhrgebiet stellte er sich vor wie den Vorhof zur Hölle: Überall monströse Schlote, die die Teufelsgase der Zechen und Fabriken in den rußgeschwärzten Himmel pumpten und die Landschaft pfählten wie Nadeln ein Nadelkissen. Er musste seiner Neugier Luft verschaffen.

»In Essen gibt es Bauern?«

Zum ersten Mal lachte der Offizier laut und herzhaft. »Ich weiß, was du meinst. Aber Essen ist groß und da, wo ich untergebracht war, ist alles grün. Da gibt es nur Äcker, Wiesen und Wälder und weiter unten an der Ruhr wunderbare Flussauen.«

Das klang nach einer verlockenden Märchenlandschaft und so gar nicht nach der dystopischen Gegend, wie sie sich anhand zahlreicher Berichte in Josefs Kopf festgesetzt hatte.

»Aber Schlote gibt es doch auch, oder?«

Der Offizier wog den Kopf hin und her als müsse er über die Antwort nachdenken.»Ja, vielleicht zwei, drei.«

Das konnte Josef nicht glauben:»Sie scherzen …«

Der Offizier schüttelte den Kopf.»Im Süden der Stadt, da wo ich war, trifft das zu.«

»Das ist dort, wo Milch und Honig fließen!?«

»Langsam kommst du der Sache näher.«

»Und im Norden?«

Wie zur Bestätigung, dass Josef es kapiert hatte, schnippte der Offizier mit den Fingern.»Mnogo, viele, sehr viele. Aber wegen der Bomben stehen die meisten nicht mehr.«

Josef schüttelte den Kopf, erstaunt über sein eigenes, von Vorurteilen behaftetes Halbwissen. Er entschuldigte sich selbst mit dem Gedanken, dass Essener, außer der Sache mit Kopernikus, kaum etwas über Thorn wissen würden.

Der Offizier erhob sich.»Ich werde vorne gebraucht und euch für eine Weile euch selbst überlassen. Meine Männer sind gute Leute, aber ich kann niemandem in den Kopf schauen, würde für niemanden meine Hand ins Feuer legen. Ich halte keinen für einen Denunzianten, aber sie wissen auch, dass nicht sie, sondern ich die Konsequenzen tragen müsste, wenn man euch erwischt. Auch der Lokführer ist ein guter Mann, aber: Vermeidet den Kontakt mit ihm. Er hat zu viel erlebt. Traut also niemandem. Wenn ihr etwas braucht, ruft nach mir. Solange ich in der Nähe bin, passiert euch nichts.«

Die Freunde hatten ihre Erklärung.

»Tut mir leid, aber es muss sein, wenn ihr nicht entdeckt werden wollt«, erklärte der Offizier und schob das Tor zu. Nur noch diffuses Licht drang durch die Spalten der Holzverkleidung in das Wageninnere.

»Wir sehen uns später«, sagte er noch und verschwand im Personenwagen vor ihnen.

173

Frankfurt/Oder?

Nach einer ereignislosen aber von allen möglichen Befürchtungen begleiteten Fahrt, schien der Zug das nächste Ziel zu erreichen. Zuerst schrillte mehrfach hintereinander die Dampfpfeife, dann reduzierte sich allmählich die Geschwindigkeit. Josef schätzte, dass sie einen halben Tag unterwegs gewesen waren und Frankfurt/Oder erreicht hatten. Die drei spähten durch die Bretterspalten. Von einer Stadt war weit und breit nichts zu sehen, von einem Bahnhof schon gar nicht. Stattdessen blickten sie auf riesige Getreidefelder. Manche waren bereits abgeerntet, andere leuchteten golden in der Nachmittagssonne. Hier und dort wuchs ein einzelner Baum aus einem Feld heraus, woanders markierten grüne Hecken den Wechsel von Getreidesorten. Über allem lag die friedliche Stille eines heißen Sommertages auf dem Lande. Nur das leise Zischen der Dampfmaschine zwei Wagen vor ihnen, das allgegenwärtige Sirren der Grillen und das aufgeregte Fiepen der Schwalben über ihnen lag in der Luft, genauso wie der wohlig milde Geruch der erntereifen Ähren.

Hatte es jemals einen Krieg gegeben?

Nachdem der Zug zum Stehen gekommen war, drangen aufgeregte Stimmen aus dem Personenwagen zu ihnen herein. Kurz darauf hörten sie knirschende Schritte im Schotter des Gleisbettes näherkommen. Die Tür wurde einen Spalt aufgeschoben. Die Sonne schoss in einem scharf begrenzten Lichtstreifen herein und schien den Wagen in zwei Hälften zu teilen. Staubpartikel wirbelten umher, leuchteten kurz auf und erloschen wieder.

Die drei wichen zurück. Seit Stunden verharrten sie im dunklen Wagen. Sie waren geblendet, mussten blinzeln, erkannten die vor ihnen stehende Person aber nicht.

Waren sie in eine Kontrolle geraten? Auf freier Strecke? War ihre Reise beendet, hier, mitten im Nirgendwo? War alles umsonst gewesen? Würden sie wieder zurückgeschickt werden? Dagegen sprach, dass üblicherweise kein einzelner Mann eine Kontrolle durchführen würde. Das wäre zu gefährlich gewesen, weshalb man mindestens zu zweit war. Aber vielleicht war der Mann gar nicht allein und der zweite stand, von innen nicht zu sehen, gleich nebenan.

Dann hatten sich ihre Augen an das Zwielicht gewöhnt und sie sahen, wie der Mann die Mütze vom Kopf zog, sich mit dem Handrücken über die Stirn wischte und in den Wagen rief: »Pinkelpause«.

Es war der Offizier.

Die Freunde standen auf und hangelten sich nacheinander aus dem Wagen auf das Gleisbett herab.

Weiter vorne stand eine Handvoll Männer in Reih' und Glied nebeneinander. Alle blickten zum Feld. Irgendeiner erzählte etwas. Der Rest drehte die Köpfe zu den Freunden und lachte.

Auch die Freunde bildeten eine Reihe und pinkelten Richtung Feld. Nachdem sie fertig waren, sprangen sie wieder auf. Der Offizier folgte ihnen. An der Tür blieb er stehen und beugte sich kurz hinaus, um dem Lokführer ein Handzeichen zu geben. Der Zug setzte sich in Bewegung und gerade, als der Offizier die Tür wieder ins Schloss schieben wollte, passierten sie eine kleine Gruppe von Pferden, die in friedlichem Miteinander die Hälse zum Boden gestreckt hatten und grasten. Braune, schwarze, ein Schimmel.

Die Freunde kamen an die Tür gestolpert und betrachteten das idyllische Bild.

Nachdem es aus ihrem Blick geraten und nichts mehr zu sehen war, schloss der Offizier die Tür. »Ich mag Pferde«, sagte er.

»Ich auch«, sagte Sam.

Gregor: »Ich auch.«

Auch Josef mochte Pferde. Aber musste er dafür extra ein Statement abgeben? Er nickte nur.

»Ich möchte eine Geschichte erzählen. Setzt euch.«

Die Freunde gehorchten.

Auch der Offizier hockte sich auf den Boden, ging dann in den Schneidersitz und wartete, bis alle ihn ansahen.

»Am Ende, als der Krieg für Hitler verloren war, hatte mich das Reich vergessen. Die Engländer standen am Rhein und niemand schien sich für mich zu interessieren – einen russischen Kriegsgefangenen, der bei irgendeinem Bauern Zwangsarbeit leistete. Ich wusste, ein paar Tage noch und ich würde in meine Heimat zurückkehren können. Aber als die Engländer den Rhein überschritten, hatte der Bauer Angst um seine Pferde. Ich half ihm, sie in einem kleinen, von Bäumen umwachsenen Weiler zu verstecken. Eine Woche lang war ich allein mit ihnen, während der Bauer auf dem Hof Mühe hatte, seine Pferdeställe zu erklären. Wäre ich aufgeflogen: Ich weiß nicht …

Hätte mein Verhalten als Kollaboration mit dem Feind verstanden werden können?« Wie er die Frage betonte, signalisierte sie das Ende der Geschichte.

Josef spürte, dass der Offizier keine Antwort erwartete. Das sahen seine Freunde ebenso, wie ihr Schweigen vermuten ließ. Sie alle hatten verstanden, dass sich der Offizier in eine brenzlige Situation gebracht hatte – für sie. Dieser Umstand war ihnen jetzt erst bewusst geworden. Es war ihnen unangenehm. Betreten studierten sie den Boden.

Der Offizier klatschte in die Hände, dass sie erschraken. »Na, na, na. Kopf hoch«, rief er lachend. »Macht euch um mich keine Sorgen.«

Die Ausführungen des Offiziers erklärten zwar seine Hilfsbereitschaft, trotzdem würde er sie nicht jedem Deutschen zukommen lassen, war sich Josef sicher. Dass er ausgerechnet ihnen half, war erfreulich, aber auch seltsam. Schließlich waren sie Fremde, über die er nichts wusste. Sie hätten schlimme Nazis sein können und Josef fragte sich, warum er ihnen wohlgesonnen war, ohne dass er wissen konnte, mit wem genau er es zu tun hatte.

»Wir wissen jetzt eine Menge über Sie, Sie aber nicht über uns. Wir könnten üble Kerle sein.«

Josef hatte kaum zu Ende gesprochen, da verfiel der Offizier in dröhnendes Gelächter, es brach förmlich aus ihm heraus, als hätte Josef den besten Witz aller Zeiten erzählt. Es dauerte eine Weile, bis er sich wieder gefangen hatte.

»Entschuldigt meine Reaktion, aber erstens wisst ihr nur sehr wenig über mich und zweitens muss ich nichts von euch wissen. Es genügt, dass ich euch kenne. Und ich kenne euch besser, als ihr glaubt.«

Josef hatte sich lächerlich gemacht. Schon in dem Moment, als er die Worte ›üble Kerle‹ ausgesprochen hatte, wusste er es. Aber es war ihm egal, denn der Offizier kannte sie nicht nur besser als sie glaubten, sondern vielleicht sogar besser als sie sich selbst.

»Kommen wir zurück zu unserem Plan«, sagte der Offizier. »Wenn ihr euer Ziel erreichen wollt, müsst ihr mir genau zuhören.«

Die Freunde sahen ihn aufmerksam an.

»Bald werden wir Frankfurt/Oder erreichen. Wenn es so weit ist, versteckt euch hinter den Möbeln und verhaltet euch ruhig. Absolut ruhig, kein Mucks, kein Bibbern, kein Niesen. Nichts.«

Die Freunde machten ernste Gesichter und nickten nachdrücklich.

Die Möbel: Über sie hatte sich Josef schon die ganze Zeit gewundert. Ein russischer Reparationszug transportierte Möbel nach Deutschland? »Warum sind die überhaupt hier, ich meine die Möbel?«

»Das ist leicht zu erklären. Sie gehören einem Verwaltungsbeamten, der nach Berlin abgeordnet wurde. Der reist ein paar Tage später an, wenn seine Wohnung fertig eingerichtet ist. Wir können uns glücklich schätzen, dass sie hier sind. Ihr hättet sonst keinen Schutz und würdet sofort entdeckt werden.«

»Danke, lieber Beamte«, alberte Gregor.

Der Offizier lächelte. »Und noch eines: Wartet, wartet ab, bis ich euch ein Zeichen gebe.« Für einen Augenblick versicherte er sich der Aufmerksamkeit der Freunde. »Sobald ein Zug im Bahnhof ankommt, sind überall Kontrollen. Polizei, Militär, Zivile. Auf einfahrende Züge hat man ein besonderes Augenmerk. Viele werden nach Flüchtlingen wie euch durchsucht. Ich weiß nicht, was aus denen wird, die erwischt werden. Wahrscheinlich werden sie zurückgeschickt. Daher verlasst eure Verstecke erst, wenn der Zug wieder angefahren ist und ich Entwarnung gegeben habe. Wartet auf mein Zeichen. Unbedingt. Auch, weil gelegentlich Offizielle dazu steigen und einfach mitfahren. Aber das passiert selten. Sollte es doch so kommen, werde ich sie ablenken.«

Der Offizier blickte in die Runde.»Ihr habt mich verstanden?«

Es war schwer, ihn nicht zu verstehen, dachte Josef.

Die Freunde nickten.

Sam hakte nach.»Wie erkennen wir die Zeichen?«

Der Offizier grinste.»Sollte keine Gefahr mehr bestehen, sage ich es euch. Sollte weiterhin Gefahr drohen, möchte ich niemanden auf euch aufmerksam machen und bleibe einfach weg.«

Es waren die letzten Worte des Offiziers, bevor er den Schneidersitz löste, sich erhob und wieder im Personenwagen vor ihnen verschwand.

Mit einem langgezogenen Pfeifsignal kündigte der Lokführer die Einfahrt in den Bahnhof an, den er im Schritttempo durchfuhr. Ihr Zugverband war länger als der Bahnsteig, weshalb er so weit vorrollte, dass Lokomotive, Kohle- und Personenwagen und auch der Wagen in dem sie sich selbst befanden, außerhalb des Bahnsteigs zum Stehen kamen.

Josef hielt das für seltsam. Ihm erschien es viel logischer, wenn man von der Lok den Zugang zum Bahnsteig gehabt hätte, anstatt von irgendeinem Güterwagen am Ende des Verbandes – allein schon wegen eines potenziellen Lokführerwechsels.

Sie hörten Stimmen, Schritte, hörten, wie Wagentüren aufgeschoben wurden, dann auch ihre, aber niemand schien sich die Mühe zu machen, die paar Leitersprossen nach oben zu klettern und genauer nachzusehen.

Sam kauerte hinter den Überseekoffern, Gregor stand hinter dem mannshohen Wandspiegel versteckt. Josef hatte sich hinter der Anrichte in Deckung gebracht. Er hatte keine direkte Sicht auf das Tor, aber indirekt über den Umweg des Spiegels erkannte er zwei Männer, die ihren Blick durch den Wagen schweifen ließen. Und plötzlich sah er etwas, das nicht wahr sein durfte. Gregor hielt den Spiegel mit beiden Händen fest umklammert. Die Männer spähten noch immer. Nur ein Blick und Gregor würde entdeckt werden und ihre Reise ein jähes Ende finden.

»Zdes' pakhnet lyud'mi«, sagte der eine.

Die Worte kannte Josef. Gleich würden sie die Leiter hochsteigen und nachsehen. Sein Herz klopfte.

»Mebel'«, sagte der andere.

In der Nähe hörte er die Stimme des Offiziers, der in resolutem Ton etwas rief, das Josef aber nicht verstand. Die Männer grummelten noch einen Moment vor sich hin, dann schoben sie die Tür wieder zu. Knirschende Schritte im Schotter.

Erleichterung. Josef musste grinsen. Ihr Beschützer war ein Schlitzohr. Es war kein Zufall, dass sie erst hinter dem Bahnsteig zum Stehen gekommen waren.

Nachdem sie sich sicher fühlten, kamen die Freunde aus ihren Verstecken hervor und spähten neugierig durch die Bretterspalten der Wagenwände. Da sich ihr Wagen außerhalb des eigentlichen Bahnhofsbereichs befand, gewährten ihnen die Spalten nur eine eingeschränkte Sicht auf die Bahnsteige. Der aber genügte, um einen Eindruck von dem chaotischen Durcheinander kreuz und quer umherlaufender Menschen und auf dem Boden herumstehender oder auf Gepäckwagen und an Händen transportierter Koffer, Taschen und Rucksäcken zu erhaschen. Über allem lag das mit dem Dröhnen der Lautsprecherdurchsagen vermengte Stimmengewirr hunderter sich zurufender Menschen.

Sam sah es zuerst. »Guckt mal. Auf dem gegenüberliegenden Bahnsteig.«

Dort sahen sie, wie eine Gruppe verängstigt blickender Frauen und Männer übertrieben rüde aus einem Güterwagen herausgezerrt und unter lautstarken Anweisungen abgeführt wurde.

»Die hatten weniger Glück«, kommentierte Gregor das Geschehen.

»Abwarten«, entgegnete Sam. »Noch sind wir nicht in Berlin.«

Im nächsten Moment erschien ihnen Sams Unken wie eine selbsterfüllende Prophezeiung. Jemand machte sich an der Tür zu schaffen. In Windeseile stoben sie in ihre Verstecke zurück. Zu spät. Die Tür war aufgeschoben, bevor sie sich verbergen konnten.

Es war der Offizier, der ihnen, kaum im Wagen, eine ordentliche Standpauke hielt. »Habt ihr mir nicht zugehört? Ich hatte euch klare Anweisungen erteilt. Fahren wir etwa schon? Nein! Habe ich Entwarnung gegeben? Nein! Ich hätte auch jemand anderes sein können. Dann wär's ungemütlich geworden – für uns alle.«

Josef hatte ein schlechtes Gewissen. Dem Offizier Ärger zu bereiten war das Allerletzte, das er wollte.

»Entschuldigung.«

Der Offizier schob die Tür zu.

»Ist ja noch mal gutgegangen. Aber in Berlin darf das nicht noch einmal passieren, zumal die dortigen Verhältnisse einen anderen Plan erfordern, den ihr ausnahmsweise einmal einhalten müsst. Andernfalls könnte es lebensgefährlich werden.« Der Offizier hob sein Kinn und betrachtete die Freunde eindringlich. »Ich muss nicht fragen, ob ihr mich verstanden habt!«

Sie schüttelten ihre Köpfe.

»Der Plan für Berlin, wie sieht der aus?«, wollte Josef wissen.

Der Offizier grinste. »Ich habe keine Ahnung.«

Das war der Preis für ihren Leichtsinn, dachte Josef. Der Offizier machte sich ein Vergnügen daraus, sie im Ungewissen zu lassen.

»Braucht ihr noch etwas? Wasser, Brot?«

Wasser hatten sie noch genug, aber zu Essen hätten sie nie genug haben können.

»Gerne etwas Brot«, sagte Josef.

Der Offizier verschwand im Personenwagen.

Dann hörten die Freunde den Pfiff einer Trillerpfeife. Der Zug fuhr an und verließ Frankfurt/Oder.

Kurz darauf hielt ihnen der Offizier drei dicke Scheiben Brot vor die Brust.

Die Freunde bedankten sich.

Der Offizier winkte ab.»Schon gut.« Und während er sich zum Gehen umdrehte, sagte er:»Ich werde euch später die nötigen Anweisungen geben.«

Kurz vor Berlin, es mochten seit Frankfurt/Oder zweieinhalb Stunden vergangen sein, betrat ihr Beschützer ein letztes Mal ihren Wagen. Er hatte Geschenke dabei, die er jedem per Handschlag und mit Wünschen für ihr Leben überreichte.

Es waren von einer Tafel abgebrochene und in Butterbrotpapier eingeschlagene Schokoladenriegel, wie die Freunde später feststellten. Für jeden zwei Riegel a vier Stück Schokolade. Eine Kostbarkeit.

Josef erhielt zusätzlich noch einen Briefumschlag, verbunden mit der Bitte diesen dem Bauern in Essen zukommen zu lassen. Auf die Post sei kein Verlass, erklärte der Offizier. Josef verstaute ihn in einem Stadtplan von Thorn, der, neben einigen Familienfotos, zu den wenigen ihn an seine Heimat erinnernden Andenken gehörte.

Schließlich erklärte der Offizier, auf welche seiner Zeichen sie in Berlin zu achten hatten.»Ihr müsst genau hinhören. Nicht nur jetzt, auch in Berlin.«

Er streckte einen Arm aus und zeigte auf die Möbel.

»In Frankfurt noch eine Hilfe, in Berlin schon eine Belastung, denn sobald wir im Anhalter Bahnhof eingefahren sind, werden sie abgeholt werden. Ihr müsst den Zug also noch vor unserer Ankunft verlassen. Ihr müsst abspringen. Ein riskantes Unterfangen. Aber unumgänglich und machbar.«

Die Freunde zogen die Augenbrauen hoch und sahen sich an.

»Das Problem ist weniger unsere Geschwindigkeit – wir werden sehr langsam fahren –, als vielmehr das Gelände, auf dem ihr landet. Aber es gibt Stellen, da würdet ihr es sogar mit verbundenen Augen schaffen. Ich kenne diese Stellen.« Er hob einen Zeigefinger. »Wie immer vor der Einfahrt in einen Bahnhof, wird der Lokführer ein langgezogenes Pfeifsignal abgeben – euer erstes Zeichen. Ihr schnappt euch eure Sachen und öffnet die Schiebetür. Dann wartet ihr so lange, bis ihr meine Stimme rufen hört. Der Lokführer muss nicht wissen, dass ich euch ein Zeichen gebe, weshalb ich mir etwas Unverfängliches überlegt habe.« Der Offizier grinste. »Berlin, Berlin, der Bär tanzt in Berlin.«

Jetzt grinsten auch die Freunde.

»Wenn ihr diese Worte hört, könnt ihr unbedenklich abspringen. Danach schleicht ihr über die Gleise zum Bahnhof. Von dort aus kommt ihr überall hin. Haltet die Augen auf. Viel Glück.« Dann schlug er einem nach dem anderen auf die Schultern und verschwand wieder im Wagen vor ihnen.

Obwohl der Offizier es ihnen angeboten hatte, vermieden sie es während der gesamten Fahrt, ihn mit seinem Namen anzusprechen, und das, obwohl er äußerst freundlich zu ihnen gewesen war. Aus irgendeinem Grund trauten sie sich das nicht.

Askanien

Alles verlief so, wie es der Offizier vorausgesagt hatte. Nur Gregor ängstigte sich vor dem Sprung. Doch Sam hatte ihn an die Hand genommen und einfach mitgerissen. Gregor beschwerte sich mit keinem Wort. Sie waren zwischen zwei Gleisen auf einem von wilden Gräsern überwucherten Grünstreifen weich gelandet. Josef hatte seine Brille verloren. Er tastete nach ihr, bis sie ihm von Sam auf die Nase gesetzt wurde. Neben ihnen ratterte einer nach dem anderen Wagen vorbei. Schon weit entfernt sahen sie, dass ein Arm aus einem Fenster gehalten wurde. Er schien eine Geste zu vollführen – Daumen hoch, vielleicht. Unmöglich das genau zu deuten auf die Entfernung. Gleich darauf verschwand das Bild aus ihrer Sicht.

Am Boden kauernd warteten sie ab, bis der letzte Wagen an ihnen vorbeigefahren war, dann blickten sie sich um und erschraken. Sie hatten von den Zerstörungen Berlins gehört, aber was sie jetzt sahen, übertraf ihre schlimmsten Vorstellungen. Berlin war dem Erdboden gleichgemacht. Ruinen so weit das Auge reichte. Der Gleiskörper lag etwas erhöht auf einem Damm, sodass sie weit in die Stadt hineinblicken konnten. Kopfschüttelnd betrachteten sie das riesige vor ihnen liegende Trümmerfeld. Berlin wie sie es von Fotos kannten, hatte aufgehört zu existieren.

Josef – er wusste nicht warum er das tat, vielleicht um etwas Trost zu erhalten – suchte den Rest, der von der Stadt übriggeblieben war, nach einem intakten Gebäude ab, entdeckte aber kein einziges.

Verstört rappelten sie sich auf und schlichen los. Nach fünfzig Metern befanden sie sich nicht nur *auf* einer Brücke, die über einen Fluss oder Kanal führte, sondern gleichzeitig auch *unter* einer Brücke, die über ihnen hinweg führte. Auf der anderen Seite angelangt sahen sie linker Hand auf das Gelände eines Lokschuppens. Den Blick nach vorn allerdings würden sie nie vergessen. Dort baute sich das riesige Gebäude des Anhalter Bahnhofs vor ihnen auf wie die ägyptische Sphinx, und obwohl sie noch gut zweihundert Meter von ihm entfernt waren, wirkte es zum Anfassen nah. Es war stark beschädigt worden, das war schon von weitem zu sehen und trotzdem empfing es sie mit einer großen Geste des Willkommens, so zumindest empfand es Josef. Der berühmte Anhalter Bahnhof – von hier aus hätte man früher bis nach Kairo fahren können.

Die erste Etappe hatten sie bewältigt. Josef hätte mit Worten nicht beschreiben können, welche Erleichterung ihn in diesem Moment überwältigte.

Dann ging es weiter, von Strauch zu Strauch, von denen es viel zu wenige gab, bis sie die drei gewaltigen Öffnungen erreicht hatten, durch welche die Züge wie von einem dreimäuligen Riesen eingeatmet und wieder ausgespuckt wurden.

Ein paar Schritte noch und sie tauchten auf einem der seitlichen Bahnsteige in die Menschenmasse ein und in deren Anonymität unter. Sie befanden sich inmitten eines Treibens wie sie es in Frankfurt/Oder beobachtet hatten, nur dass hier mehr von allem war – mehr Mensch, mehr Gewühl, mehr Lärm. Frauen, Männer, Kinder, allein, zu zweit oder in Gruppen. Die meisten schlicht bis ärmlich gekleidet, nichts Buntes, viel Grau, viel Blau.

Hier waren sie in Sicherheit, glaubte Josef.

Sie standen inmitten eines gewaltigen Kopfbahnhofs, einem imposanten Gebäude, das einmal sehr schön gewesen sein musste. Doch die von Bomben und Feuer verursachten Zerstörungen waren unübersehbar. Absplitterungen, aus den Mauern herausgelöste Steine, riesige, durch Abfangungen notdürftig gesicherte Löcher in fast allen Wänden. Überall von einem Feuerinferno zeugende Brandspuren. In Öffnungen fehlten die Fenster und dass einmal ein Dach existiert hatte, verrieten nur noch die Reste der stählernen Auflagerkonstruktion.

Über sich blickten sie in den noch blauen, aber durch die Dämmerung bereits getönten Abendhimmel.

Drei Bahnsteige weiter, auf der gegenüberliegenden Seite des Gebäudes, erkannten sie ›ihren‹ Zug, von dem nur ein kleiner Teil innerhalb des Gebäudes Platz gefunden hatte, der Rest stand außen vor. Sobald die Möbel weggeschafft und die Formalitäten erledigt waren, würde er den Bahnhof wieder verlassen und seinem eigentlichen Ziel zusteuern, irgendeiner demontierten und abzutransportierenden Industrieanlage.

Sie beobachteten, wie Wachleute die Wagen durchsuchten und dass ›ihre‹ Möbel bereits auf Kofferkulis und Elektrokarren geladen worden waren und auf die Abholung warteten. Der Offizier war nirgendwo zu sehen.

»Und jetzt?«, sagte Gregor. »Wir brauchen Fahrkarten. Hat jemand von euch Geld?«

Hatten sie nicht, aber Josef hatte eine Idee. »Tante Martha hat mir ein paar alte Silbermünzen mitgegeben. Vielleicht können wir die verwenden.«

»Die helfen uns gar nicht, die sind verboten«, erklärte Gregor spitz. »Wusstest du das nicht?«

Nein, das wusste Josef nicht. »Die sind verboten?«

»Ja, was sagst du jetzt?«

Josef hob die Schultern.

Sam hatte eine Idee. »Verboten oder nicht – sie haben einen Materialwert für den wir sie eintauschen können.«

Gregor schüttelte den Kopf. »Mal abgesehen davon, dass auch Tauschen verboten ist: Wie, wann und wo soll das passieren? Wir brauchen das Geld jetzt.«

Sam nickte und schwieg.

Nicht nur ihr Plan besaß eine Leerstelle, langsam bemerkten sie, dass sich auch ihr Bahnsteig allmählich leerte. Inzwischen waren nur noch so wenige Menschen um sie herum, dass sie jeden Moment aufzufallen fürchteten. Sie befanden sich zwar in Kreuzberg, im amerikanischen Sektor, aber das gesamte Eisenbahnwesen unterstand der Sowjetischen Militäradministration. Noch immer hätte man sie aufgreifen und nach Hause schicken können.

Die Lautsprecher knisterten. Eine Frauenstimme meldete sich. »Verehrte Fahrgäste, bitte beachten Sie die Sperrstunde. Verlassen Sie das Bahnhofsgebäude und sämtliche zum Bahnhof gehörende Bereiche.«

Auch daran hatten sie nicht gedacht. Wie auch: Sie hatten keine Ahnung.

Josef sah hoch. Die Uhr zeigte zwanzig Minuten vor zehn.

»Wie sollen wir in zwanzig Minuten eine Bleibe finden?«, fragte Gregor.

»Wir werden schon was finden«, meinte Sam. »Bei tausenden von Trümmerhäusern.«

Gregor hielt Sam die Hand vor die Stirn. »Spinnst du? Da lauert überall Gefahr. Guck dir die Häuser doch an. Da kann jederzeit was einstürzen.«

»Was bis jetzt nicht eingestürzt ist, wird auch diese Nacht noch halten.«

»Wo auch immer wir landen, Jungs, wir müssen hier weg«, mahnte Josef.

»Und wohin du Schlauberger?« Gregors Ton wurde rau.

»Erst mal auf die Straße.«

»Na, wo wollt ihr denn hin?« Eine Stimme in ihrem Rücken.

Das war's, dachte Josef.

Die drei sahen sich um. Ein freundlich lächelnder Herr. Keine Uniform. Wenigstens das nicht. Es war ein mittelgroßer schlanker Mann von Mitte vierzig. Er hatte dunkle Augen, schwarzes lockiges Haar, trug einen Bart und eine schwarze, leicht angeschmutzte Jacke über einem ergrauten weißen Hemd.

Josef überlegte was er antworten sollte, ob er überhaupt antworten sollte. Dass der Mann keine Uniform trug, bedeutete nicht, dass er kein Offizieller war, keine Gefahr darstellte. Warum stand der so plötzlich hinter ihnen? Warum sprach er sie an? Vielleicht sollten sie wegrennen, so schnell wie möglich und so schnell sie konnten. Wer weiß welche Schwierigkeiten sie sich damit ersparen würden. Bei genauer Betrachtung war Weglaufen jedoch keine brauchbare Option, denn ein solches Unterfangen hätte ein zeitgleiches, synchrones Handeln erfordert. Ohne ein von jedem sofort und eindeutig zu verstehendes Zeichen hätte es nicht funktioniert. Nur die kleinste Verzögerung, und der Mann hätte sich den langsamsten von ihnen geschnappt. Sie würden also stehen bleiben und Josef brauchte eine Antwort. Aber welche? Wie sollte sie lauten? War es ratsamer zu lügen oder ehrlich zu sein? Im zweiten Fall könnte sich die Wahrheit als leichtgläubige Schwester der Naivität entpuppen. Er besann sich seiner Erfahrung und ergriff das Wort.

»Wir wollen so schnell wie möglich in den Harz.«

Der Mann lächelte noch immer. »Da habt ihr ein schönes Ziel gewählt. Aber heute kommt ihr nicht mehr weit. Und ihr wisst ja«, er sah hoch zur Bahnhofsuhr, »in genau achtzehn Minuten solltet ihr euch draußen nicht mehr blicken lassen.«

Ja, das wussten sie. Seit zwei Minuten.

»Wo kommt ihr denn her?«

»Geradewegs aus Thorn«, antwortete Josef.

»Ah, Thorn an der Weichsel. Stadt des Kopernikus. Soll sehr schön sein.«

»Ja, ist sehr schön.«

»Habt ihr Geld, könnt ihr irgendwo übernachten?«

Josef schüttelte den Kopf.

Sam stieß ihn an.

»Doch, haben wir. Wir haben Silbermünzen.«

»Ach ja? Ich könnte euch helfen, wenn ihr wollt. Ihr könnt bei mir übernachten, dann seid ihr von der Straße und in Sicherheit. Und morgen früh versuchen wir Fahrkarten zu besorgen. Was meint ihr?«

Josef war die Sache nicht geheuer. Hätte der Mann seine Hilfe auch ohne ihre Silbermünzen angeboten? Spielte das eine Rolle? Sie waren in eine verzwickte Lage geraten und hatten keine Wahl, oder doch? Wie dachten seine Freunde? Er wartete auf ihre Reaktion.

Sam traute sich als Erster aus der Deckung. »Ja, das wäre sehr großzügig, wenn sie uns helfen würden.«

»Eine Erleichterung«, sagte Gregor.

Glücklicherweise waren sie sich einig, womit sie Josef die Bürde der Entscheidung abnahmen. »Ja, vielen Dank. Wir können jede Hilfe gebrauchen.«

»Schön« sagte der Mann. »Dann kommt mal mit.«

Sie verließen die Bahnsteigebene, stiegen die weitläufige Treppenanlage hinunter und gelangten in die imposante Wartehalle, die, obwohl ebenfalls durch erhebliche Bombenschäden in Mitleidenschaft gezogen, noch immer eine würdevolle, herrschaftliche Atmosphäre ausstrahlte.

Um sie herum war Hektik und Gewusel. Die Sperrstunde war offensichtlich ernst zu nehmen. Niemand wollte in eine Kontrolle geraten, weshalb man sich rechtzeitig in die eigenen Wohnungen oder sonstigen Unterkünfte flüchtete.

Dann traten sie auf den Vorplatz. Auf einem Schild las Josef »Askanischer Platz«. Sie verließen den Platz, hielten sie sich halblinks und folgten der Bernburger Straße.

Wenn Straßen, Plätze und Häuser eine Stadt ausmachen, dann war Berlin keine Stadt mehr. Die Straße zur Wohnung des Mannes war halbwegs freigeräumt worden, aber links und rechts von Ruinen gesäumt. Auch hier sah Josef kein einziges unzerstörtes Haus. Manchmal noch eines ohne Dach oder ein Halbes oder eine einzelne Brandwand oder einen einsam in den Himmel ragenden Schornstein. Sonst nur Ruinen, in denen wild verkeilte Holzbalken wie riesige Stäbe eines Mikadospiels an ehemalige Decken- oder Dachkonstruktionen erinnerten. An einer Straßenecke sah er eine hölzerne Treppenanlage, die beinahe unversehrt über vier Etagen ins Nichts führte. Manchmal beobachtete er Menschen, meist Frauen, wie sie in den sich meterhoch türmenden Trümmern nach etwas Brauchbarem suchten.

Offenbar hatten eine Menge Fahrzeuge die immense Zerstörungskraft des Bombardements überstanden. Immer wieder kam ihnen ein Wagen entgegen oder es überholte sie einer. Und am Straßenrand parkten unterschiedlichste Wagen vor Schutt und Asche. Personen- und Lieferwagen, kleine LKWs, fast alle beschädigt aber funktionstüchtig. Josef fand das seltsam und er fragte sich, wo die Besitzer wohl waren, denn in den Trümmern konnten sie kaum arbeiten oder wohnen.

Die Antwort ließ nicht lange auf sich warten. Vor einem bis zum Keller eingestürzten Haus blieb der Mann stehen. Er deutete mit der Hand auf das Grundstück und bat, dass man ihm folgen solle.

Die Freunde sahen sich mit hochgezogenen Augenbrauen an, folgten aber ohne zu murren. Es war ein schmaler Zugangspfad zum Grundstück freigeräumt worden, den sie nur hintereinander beschreiten konnten. Links und rechts von ihnen türmte sich der Schutt. Im Bereich des ehemaligen Treppenhauses, dessen Konstruktion sich noch an einem Mauerrest abzeichnete, blieb der Mann stehen.

Josef schaute sich um. Nirgendwo war auch nur eine Menschenseele zu entdecken. Es hätte ihn nicht gewundert, wenn er im nächsten Moment in eine Pistolenmündung gesehen hätte und seine Silberlinge nie mehr wieder. Seltsamerweise hatte er keine Angst um sich oder seine Freunde. Schließlich gäbe es für den Mann keinen Grund zu schießen, wenn Josef ihm die Silbermünzen aushändigen würde.

Der Mann drehte sich zu ihnen um und zog keine Pistole aus der Tasche. Stattdessen deutete er mit der Hand hinter sich. »Das war einmal mein ganzer Stolz. Acht Familien haben hier gelebt, jetzt reicht es nur noch für meine Mutter und mich.«

Der Mann ging ein paar Schritte vor, dann stand er am Treppenabgang zum Keller. Wieder drehte er sich zu ihnen um und winkte sie heran. »Kommt, kommt. Habt keine Scheu.«

Im Keller gab es eine niedrige Tür, die er mit einem Schlüssel öffnete. Er bückte sich, ging hindurch und vergewisserte sich, dass man ihm folgte. Nachdem die Freunde dicht gedrängt hinter ihm standen, zwängte er sich an ihnen vorbei und schloss die Tür hinter ihnen wieder ab. Abermals zwängte er sich an ihnen vorbei und öffnete eine zweite Tür.

Sie traten ein. Josef als Erster. Es roch muffig. Und noch bevor er sich einen Eindruck verschaffen konnte, sah er lange graue Haare über der Rückenlehne eines speckigen Ohrensessels hängen. Panik. Er fuhr herum zu seinen Freuden, denen der Schrecken ebenso ins Gesicht geschrieben stand.

Der Mann verschloss jetzt auch die zweite Tür, steckte den Schlüssel in eine Jackentasche und zog aus der anderen eine Pistole hervor, die er den Freunden vor die Nase hielt.

»Seit so viele Menschen so wenig haben, muss man vorsichtig sein«, sagte er, öffnete die Schublade einer Kommode und verstaute die Pistole in ihrer hintersten Ecke.

»Wen hast du jetzt wieder mitgebracht?«, hörten sie eine ältere Frauenstimme.

»Ein paar Jungs, die unsere Hilfe brauchen. Stell dir vor, die kommen aus der Stadt des Kopernikus.«

»Tatsächlich. Dann sollen sie mal zeigen, ob sie der Stadt würdig sind.« Die Haare rutschten nach vorne weg. Einen Moment später stand eine schlanke, in ihrem grauen Kostüm elegant wirkende Frau neben dem Sessel und lächelte herausfordernd.

Der Mann stellte sie vor. »Meine Mutter, Frau Professor emeritiert Dok...«

»Unsinn«, unterbrach die Frau ihren Sohn. »Ihr könnt mich Estha nennen, mit a am Ende. Und wie ich meinen Sohn kenne, hat *er* sich noch *nicht* vorgestellt, habe ich recht?«

Die Freunde nickten.

»Mein Sohn, Maestro …«

»Ich bitte dich, Mutter. Ihr könnt mich Ben nennen.«

Estha begrüßte jeden einzeln der Freunde mit einem kräftigen Handschlag. »Seid also herzlich willkommen in unserer allerorts bekannten und allseits beliebten Beletage.«

Die Freunde bedankten sich.

»Aus Thorn, da habt ihr schon ein kleines Abenteuer hinter euch, stimm's oder habe ich Recht?« Sie kicherte leise.

Die Jungs nickten.

»Ich bin sehr gespannt auf euren Bericht.«

Josef hatte keine Ahnung, was ›emeritiert‹ für ein Fachgebiet sein sollte. Aber man merkte Estha an, dass sie als Professorin den Umgang mit jungen Leuten gewohnt war, jedenfalls bildete er sich das ein. Ihm gefiel ihre direkte Art.

»Und ihr seid wer?«

Die Freunde nannten nacheinander ihre Namen, Sam als letzter.

»Sam?«, wiederholte Estha. »Bist du jüdisch?«

Sam schien sich zu wundern, dass Estha sofort darauf gekommen war. Er nickte zaghaft. »Ja, Sam von Samuel.« Dass er ›nur‹ Halbjude war, erwähnte er nicht. Die Zeit, in der er darauf hingewiesen hatte, war für ihn endgültig vorbei.

»Das dachte ich mir. Niemand heißt nur Sam, in Deutschland. Darf ich dir einen Rat geben, Sam?«

Sam hob die Augenbrauen. »Ja, natürlich.«

»Geh weg aus diesem Land. Bald schon wird es einen neuen Staat geben, einen neuen jüdischen Staat in Palästina. Genau das Richtige für einen jungen Menschen wie dich. Gerade die Jungen werden dann gebraucht.«

»Meinen Sie?«

»Natürlich. Er wird kommen. Wo sonst sollen wir leben?«

Ben mischte sich ein. »Mutter, du mit deinen Idealen, mit deinen Ideen. Du machst den Jungen noch ganz verrückt.«

»Ach was. Du wirst schon sehen …«

»Ich gönne es dir ja, und ich würde auch mit dir gehen. Aber bis es so weit ist, haben wir Gäste zu versorgen. Habt ihr Hunger, Durst? Möchtet ihr Tee, Zwieback? Etwas anderes haben wir leider nicht.«

Die Freunde bedankten sich, erklärten, nichts zu erwarten und dass Tee und Zwieback großartig seien.

Ben verschwand in einem Nebenraum.

Es war die Gelegenheit sich umzusehen. Dafür, dass sie sich in einem Kellergeschoss befanden, war der Raum erstaunlich großzügig dimensioniert. Einladend wirkte er dennoch nicht. Allein schon die knapp zwei Meter hohe Decke und die unverputzten Ziegelwände wirkten eher bedrückend als einladend. An dem Eindruck konnten auch die mondän wirkenden Wohnzimmermöbel nichts ändern. Da gab es eine Vitrine, die mit bernsteinfarbenen Flüssigkeiten gefüllte Karaffen präsentierte; ein bestens bestücktes Bücherregal; einen großen Wohnzimmerschrank mit vielen Türen und Schubladen und eine alte Kommode, auf der gerahmte Fotos aufgestellt waren. In der Mitte des Raumes ein Beistelltischchen, über dem eine Glühbirne für wenig, aber ausreichend Licht sorgte. Um den Tisch herum lagen verschieden große Kissen auf dem Boden verstreut.

Hätte sich der Raum nicht in einem Keller ohne Fenster und Putz an den Wänden befunden, hätte man ihn ohne Zweifel als herrschaftliches Wohnzimmer bezeichnet.

Das Erstaunlichste jedoch war das schwarze Klavier mit den aufgeschlagenen Notenblättern über der Tastatur, dem Hocker davor und einer Violine obendrauf.

Estha war hellwach und schien sichtlich erfreut über ihre unverhofften Gäste. »Gut, dann kommen wir auf Thorn, auf Kopernikus zu sprechen. Was wisst ihr über ihn?«

Die Freunde überlegten.

»Er war ein großer Astronom«, antwortete Sam.

»Ja natürlich, aber warum?« Sie betrachtete Josef und Gregor.

Josef hob die Hand wie in der Schule.

»Ihr braucht nicht um Erlaubnis fragen, wenn ihr sprechen wollt.«

Josef nickte. »Hat er nicht herausgefunden, dass die Erde ein Planet ist und dass er sich um die eigene Achse dreht?«

»Das hört sich schon mal nach einem vielversprechenden Anfang an.«

»Außerdem, dass sich die Erde zusammen mit anderen Planeten um die Sonne dreht?«

»Du weißt es, Josef. Das freut mich. Aber ein Rat für die Zukunft. Formuliere dein Wissen nicht als Frage.«

So seltsam sich die beiden auch gaben – so gut wie bei Estha und Ben fühlte er sich schon lange nicht mehr.

»Damals, das war eine Zäsur in der Wissenschaft«, erklärte Estha. »Der Übergang vom Mittelalter in die Neuzeit.«

In dem Moment als Estha das aussprach, strahlte sie, schien sie glücklich, doch schon im nächsten Moment wandelte sich alles ins Gegenteil und sie wirkte ernst und bekümmert. »Leider mussten wir gerade zwölf Jahre lang Mittelalter in der Neuzeit ertragen. Einschließlich Inquisition und Hexenverbrennung.«

Für einen Augenblick war es still geworden, doch dann trat Ben wieder in den Raum. Er trug ein Tablett in den Händen. »So, dann sucht euch mal ein gemütliches Plätzchen.«

Estha setzte sich in ihren Sessel, die Freunde fanden Kissen. Ben stellte Tee, Zwieback und Tassen auf dem Tischchen ab und bat, dass man sich bedienen möge.

Die Freunde legten ihre Schokolade dazu.

Bens Augen strahlten. »Darf ich?«

»Was für eine Frage«, sagte Josef.

»Dann stärke ich mich mit einem Stückchen.« Er zwinkerte mit dem Auge. »Nein mit zweien und revanchiere mich dafür mit etwas Musik.«

Nachdem er ein Stückchen in den Mund geschoben hatte, ging er zum Klavier, legte das zweite auf dem Rahmen ab, ergriff die Geige und stimmte sie noch im Stehen. Dann setzte er sich auf den Hocker und spielte ein Lied, das Josef mehr als vertraut war: Frederic Chopins Violin Solo Nocturne Nummer 20. Opa Anton spielte es zuhause, wenn er seine Stimmung aufhellen wollte. Aber so wie Ben es spielte, hatte er es von Opa Anton noch nie gehört. Es klang ganz anders, viel weicher, gefühlvoller als bei Opa. Es klang so ergreifend, dass er mit den Tränen kämpfte.

Sam kämpfte nicht. Er ließ seinen Tränen freien Lauf. Gregor hatte die Ellenbogen auf den Knien abgestützt, den Kopf in die Hände gelegt und lauschte regungslos.

Nachdem der letzte Ton verklungen war, herrschte Stille. Erst als Ben die Geige abgesetzt und sich das zweite Stückchen Schokolade einverleibt hatte, bedankte sich sein Publikum mit kräftigem Händeklatschen.

»Ich habe das Lied noch nie so schön gespielt gehört«, sagte Josef.

»Du kennst es?«

»Mein Opa spielt es gelegentlich. Er mag es sehr.«

»Dann ist dein Opa Violinist?«

»Ja, er war im Stadttheater von Thorn beschäftigt.«

»Dann ist es mir eine Ehre mit einem Könner verglichen zu werden.«

»Sie können es doch auch.«

»Nein, ich bin kein Violinist. Ich liebe die Geige, ja, aber beherrsche sie nicht. Ich muss sie austricksen, Töne weglassen, Tempi variieren und hoffen, dass es niemand bemerkt. Nein, ich bin kein Violinist, ich bin Pianist.«

Wenn das so ist, dachte Josef, musste Ben am Piano ein Virtuose sein. Sehnsüchtig betrachtete er das Klavier – ein Bösendorfer. Zu gerne hätte er eine Kostprobe zu hören bekommen. Aber noch stand er unter dem Eindruck des gerade Gehörten und er ahnte, dass es nicht nur die Art war, wie Ben spielte, auch der warme, charaktervolle Klang des Instruments hatte seinen Anteil an der ergreifenden Darbietung.

Josef streckte seinen Arm aus. »Darf ich mal?«

»Verstehst du es, sie zu spielen?«

»Nein, aber ich kann Töne erzeugen.«

»Das sollte an Expertise genügen«, sagte Ben und übergab Josef das Instrument.

Josef setzte sich in Position, legte die Geige an den Hals und strich mit dem Bogen über die Saiten. Die Töne, die er erzeugte, klangen wundervoll. Er konnte sich nicht erinnern, jemals einen solch brillanten Klang gehört zu haben. Er setzte die Geige ab und betrachtete sie. Eigentlich wusste er nichts über Geigen, über Instrumente überhaupt, aber eines sah er sofort: Die Geige war alt, sehr alt. Älter als alle Geigen, die er jemals gesehen hatte, und sie war wunderschön und makellos, wie das Mädchen mit dem Perlenohrring, dass er in Opas Büchern bewundert hatte.

»Ist das eine Guar …« Vor Ehrfurcht vermochte er den Namen kaum auszusprechen.

Ben lächelte.

Josef verschlug es den Atem. Auf seinen Schenkeln lag eine echte Guarneri. Ein Wunder. Es gab Menschen, die würden ihr Leben für sie geben und Ben hatte sie ihm einfach so in die Hand gedrückt. Keinen Millimeter mehr traute er sich zu bewegen. Behutsam, sehr behutsam reichte er sie Ben zurück, der sie wieder oben auf dem Klavier ablegte.

»Und sie liegt hier einfach so rum, im Keller, ohne Sicherung, ohne Koffer?«

»Niemand vermutet in diesem Keller einen Schatz, oder was meinst du?«

»Stimmt eigentlich.«

»Und den Koffer habe ich verkauft. Von irgendetwas müssen wir leben.«

Mit dem letzten Satz hatte Ben seiner Mutter das passende Stichwort gegeben. »Apropos Leben«, sagte sie zwinkernd. »Ohne eure Geschichte kommt ihr mir nicht davon.«

Die Freunde, besser gesagt Josef und Sam, erzählten. Sie erzählten von Thorn, warum sie in den Harz wollten und was sie auf ihrem Weg schon alles erlebt hatten.

Estha war sichtlich gerührt. »Danke für eure Geschichten« sagte sie. »Es ist schön, zu wissen, dass es da draußen noch Menschen gibt. Ihr wisst was ich damit meine. Das macht mir Mut.«

Die Freunde hatten nicht nur Esthas *Neugier* gestillt.

Die Geschichten junger Kerle wie sie es waren, mochten für eine alte Dame höchst interessant sein. Umgekehrt galt das mindestens genauso.

»Das waren unsere Geschichten« sagte Josef, »mögen Sie auch Ihre erzählen?«

»Sie wäre viel zu lang, Josef. Frag mich doch einfach, was du wissen möchtest.«

»Das mache ich«, sagte Josef und kratzte sich am Kopf, bevor er seine erste Frage formulierte. Weniger aus Verlegenheit als vielmehr, weil ihm das Wort, das Ben bei der Vorstellung seiner Mutter benutzt hatte, beim besten Willen nicht mehr einfallen wollte. »Sie sind Professorin?«

Estha nickte. »Wenn du mehr wissen möchtest, musst du genauer fragen.«

»Verraten Sie uns Ihr Fachgebiet?«

»Ich werde es euch natürlich verraten, aber wir könnten eine kleine Raterunde daraus machen. Etwas Unterhaltung kann nicht schaden. Was meinst du?«

»Einverstanden.«

Josef überlegte. Esthas offenes Wesen, wie sie drei vollkommen fremden Jugendlichen begegnete, brachte ihn auf eine naheliegende Idee. »Vielleicht Psychologin?«

»Leider nein.« Estha animierte auch die anderen mitzuraten. »Und ihr, habt ihr auch eine Idee?«

»Philosophin«, sagte Sam mit überzeugter Stimme.

Estha wog den Kopf hin und her. Ihre Haare folgten mit einer winzigen Verzögerung. »Ich gebe euch einen Hinweis: Nommen est O-men.«

Das war kein Hinweis, mit dem die Freunde etwas anzufangen wussten.

Estha bemerkte das und half ihnen. »Eine lateinische Redensart, sie bedeutet: ›Der Name ist ein Zeichen‹.«

Gut, das war zu verstehen, dachte Josef. Doch welches Zeichen mochte sich hinter dem Namen Estha verbergen? Er hatte keinen Schimmer und schüttelte den Kopf. »Ich weiß es nicht.«

Aber Sam hatte eine Ahnung. »Estha mit ›a‹ ist doch eine Variante von Esther mit ›er‹, oder?«

Estha lächelte. »Ja, so ist es.«

»Soviel ich weiß, bedeutet Esther mit ›er‹ ›der Stern‹«, erklärte Sam und schaute mit zusammengekniffenen Augen gegen die Decke. »Sie könnten Physikerin sein, also Astronomin.«

Estha strich Sam über die Haarstoppeln. »Beides stimmt. Gratuliere.«

»Dann sind Sie so etwas wie ein Einstein?«

»›So etwas wie‹ ist eine schöne Beschreibung und sie trifft zu. Trotzdem bin ich sehr weit davon entfernt, ein Einstein zu sein.«

»Lebt er nicht auch in Berlin?«

»Er lebte hier, ja, ist aber schon dreiunddreißig nach Amerika gegangen.«

»Sie wissen das alles so genau. Kannten Sie ihn?«

»Ja natürlich. Albert und ich waren Kollegen.«

Plötzlich war auch Ben wieder im Gespräch. »Übrigens: Er hat sie auch gespielt.«

Josef wusste sofort was Ben meinte, und betrachtete die Violine jetzt noch ehrfürchtiger als ohnehin schon. Er hatte nicht nur einer Guarneri ein paar wundervolle Töne entlockt, er hatte auch eine Gemeinsamkeit mit Albert Einstein. Gleich zwei Unglaublichkeiten, die ihn kaum noch einen klaren Gedanken fassen ließen. Aber das erwartete auch niemand mehr von ihm, denn es wurde Zeit schlafen zu gehen.

Ben zeigte den Freunden die Toilette, die oben im ehemaligen Erdgeschoss als Rest eines verschwundenen Badezimmers noch immer ihre Funktion erfüllte. Sie stand einsam und allein auf der Kellerdecke, wie ein vergessenes Requisit auf der Theaterbühne. Ben hatte lediglich ein mit einer Plane verkleidetes Lattengerüst um sie herumgebaut.

Und während die Freunde noch dabei waren, ihre Kissenlager für die Nacht zu bereiten, hatten sich ihre Gastgeber bereits in einen Nebenraum zurückgezogen.

Ben hatte vorgeschlagen, dass sie sich am nächsten Morgen so früh wie möglich zum Bahnhof aufmachten. Normalerweise sei Fahrkartenkaufen nichts Besonderes, aber in diesen Zeiten wisse man nie, ob alles so funktioniere, wie man es erwarte. Außerdem vermutete er, würden sie sicher noch bei Tageslicht ihr Ziel im Harz erreichen wollen.

Zum Frühstück saßen sie bei Tee und Zwieback noch einmal zusammen. Estha hatte ein paar Abschiedsworte vorbereitet.

»Gregor«, sagte sie.

Gregor riss erschrocken die Augen auf. Offenbar hatte er nicht damit gerechnet, angesprochen zu werden.

»Ich bin mir nicht sicher, Gregor, ob du, außer deinem Namen, bisher überhaupt auch nur ein einziges Wort gesprochen hast. Vielleicht bist du einer von den Verschlossenen, die nicht sprechen, obwohl sie etwas zu sagen haben. Vielleicht aber auch nicht, vielleicht hat es andere Gründe.«

Gregor war sein Unwohlsein deutlich anzumerken. Er knetete seine Hände und starrte auf den Boden.

Estha schüttelte den Kopf. »Nein, nein, sorge dich nicht, ich möchte dir nicht zu nahetreten. Ich möchte dir nur einen Rat geben.

Du bist noch jung. Wenn du es willst, wirst du vieles von dem, was man dir angetan hat, wieder loswerden. Deine Freundschaft mit Josef und Sam zeigt mir, dass du es willst, und ich wünsche dir, dass du es schaffst.«

Gregor starrte und knetete und blieb stumm.

Am Anhalter Bahnhof kaufte ihnen Ben Fahrkarten nach Ellrich im Harz. Ellrich war der letzte Haltepunkt innerhalb der sowjetischen Zone, wie Josef herausgefunden hatte. Bad Sachsa, ihr eigentliches Ziel, lag kurz hinter der Grenze bereits auf britischer Seite. Um die obligatorischen Grenzkontrollen zu vermeiden, würden sie in Ellrich aussteigen und den restlichen Weg bis zur grünen Grenze bei Walkenried und weiter nach Bad Sachsa zu Fuß bewältigen müssen.

Die Freunde waren sich einig. Sie wollten sich bei ihren Gastgebern erkenntlich zeigen, weshalb Josef die Silbermünzen hervorkramte und Ben mit offener Hand entgegenhielt.

Ben wehrte ab.»Nein, ihr seid auf Reisen, ihr werdet sie noch brauchen.«

Aber die Münzen wieder einzupacken, sträubte sich Josef.»Genau dafür hat sie mir meine Tante mitgegeben. Wir möchten uns bedanken.«

»Unsinn. Der Dank liegt auf unserer Seite. Ihr habt meine Mutter und mich mit eurer Anwesenheit erfreut.«

Überraschend ergriff Gregor das Wort.»Gut, das können wir akzeptieren«, sagte er schnippisch.

Josef und Sam sahen sich an.

Es waren nicht nur die ersten Worte Gregors seit ungefähr zehn Stunden, es waren auch hartherzige Worte und Josef fragte sich, was sich sein Freund dabei gedacht hatte. Er hatte Gregor schon widersprechen wollen, als dieser ihm fast sämtliche Münzen aus der Hand klaubte und Ben in die Jackentasche steckte.

»Estha und du, ihr müsst sie ja nicht für euch verwenden«, erklärte er,»aber die Geige braucht einen Koffer.«

Zuerst zeigte Ben keine Reaktion, dann nickte und schließlich lächelte er. »Gut, das können wir akzeptieren.«

Rotte

Jeder schien wegzuwollen aus Berlin. Der Zug war bis auf den letzten Platz gefüllt. Man drängte in Abteile und quetschte sich auf Gängen, so wie die Freunde auch.

Josef war froh, dass sie schon so früh am Morgen am Schalter angestanden hatten. Etwas später hätten sie womöglich keine Fahrkarten mehr ergattert. Es war Bens Weitsicht zu verdanken und auch dafür war Josef ihm dankbar.

Sie mussten mehrmals umsteigen. Auf allen Bahnhöfen wimmelte es von Uniformierten. Ständig liefen sie Gefahr kontrolliert zu werden. Aber Josef und Sam hatten gelernt, sich unauffällig zu verhalten, und Gregor staunte darüber, wie unsichtbar man in der Masse werden konnte.

Erst in Halle/Saale waren sie in einen Zug gestiegen, in dem sie sogar drei freie Plätze in einem Abteil gefunden hatten.

Während der Fahrt sprachen sie kaum miteinander, waren sie vor allem mit ihren eigenen Gedanken beschäftigt. Das Erlebte des vergangenen Tages musste verarbeitet werden und für die kommenden Herausforderungen des heutigen Tages waren die Sinne zu schärfen. Das machte jeder für sich und jeder anders.

Gregor wirkte unruhig. Sein Blick wechselte zwischen ihrem Abteil und dem Gang hin und her. Seine Unruhe war nicht unbegründet. Obwohl sie innerhalb der sowjetischen Zone unterwegs waren und erst am Abend der Grenzübertritt in die britische Zone gefährlich werden würde, waren sie im Zug vor Kontrollen nicht sicher. Innerhalb der russischen Zone zu reisen war zwar kein Problem, aber weder hätten sie einen nachvollziehbaren Grund für ihr Ziel nennen, noch gültige Papiere vorzeigen können.

Sam dagegen hatte die Augen geschlossen. Ihm war keine Anspannung anzumerken. Auch Josef blieb aus für ihn unerfindlichen Gründen erstaunlich gelassen. Nicht ohne dem Treiben auf dem Gang die nötige Aufmerksamkeit zu schenken, ließ er stoisch die Landschaft an sich vorüberziehen.

Außer einem provozierten Tohuwabohu, so ihr Notfallplan, hätten sie einer Personenkontrolle sowieso nichts entgegenzusetzen gehabt. Wenigstens das.

Am späten Nachmittag fuhren sie im Bahnhof von Ellrich ein. Es war ein kleiner Bahnhof am von Bäumen und Sträuchern gesäumten Ortsrand einer kleinen Stadt. Fünf Gleise, zwei Bahnsteige und ein an großbürgerliche Wohnhäuser erinnerndes Bahnhofsgebäude, das den Krieg unbeschadet überstanden hatte. Überall sahen sie sowjetische Militärangehörige, die die vielen Reisenden aufmerksam im Blick behielten.

Die Freunde beschlossen, sich bis zum Eintritt der Dunkelheit versteckt zu halten. Danach wollten sie, abseits der Bahnstrecke, die grüne Grenze bei Walkenried überqueren, sich anschließend wieder den Gleisen zuwenden und, diesen folgend, schließlich nach Bad Sachsa gelangen.

Noch aber waren sie nicht orientiert, weshalb sie sich nach einem in die richtige Richtung weisenden Weg umsahen. Sie hätten die Uniformierten auch direkt nach dem Weg in den Westen fragen können. Drei sich unauffällig gebende junge Männer, die von keiner Masse mehr geschützt waren – nichts war auffälliger.

Und schon stand ein uniformierter Russe neben ihnen. Eindringlich betrachtete er Sam. Nur Sam.

Josef fand es seltsam, dass der Mann allein, ohne einen seiner Kollegen zu ihnen gekommen war. Offenbar war er sich sicher, auch so mit ihnen fertig zu werden. Wirkten sie so harmlos?

Der Mann ergriff Sams Oberarm. Und noch bevor auch nur einer der Freunde zu reagieren wusste, sprach er Sam an: »Izvini. Was euch angetan, es mir leidtun. Ich möchte, du finden Frieden.« Dann ließ er los und deutete, ohne dass es seine Kollegen mitbekommen konnten, auf einen als solchen kaum zu erkennenden, in westliche Richtung abgehenden Trampelpfad. Dann ging er, ohne ein weiteres Wort zu verlieren, wieder zurück auf seinen Posten.

Im Lager hatte Konrad die Zustände in den Konzentrationslagern beschrieben, von endlosem Leid und von bis auf die Knochen abgemagerten Menschen. Sam. Sein kurzgeschorenes Haar, seine magere, in den abgewetzten Kleidern verloren wirkende Gestalt ... Josef weigerte sich, den Gedanken weiterzuführen.

Sam wirkte von einem Moment auf den anderen verändert, geradezu gehemmt. Nicht nur, dass er kaum in der Lage war, ein dankendes Wort für den Mann zu finden, auch zog er den Kopf schützend zwischen die Schultern und beäugte argwöhnisch jede fremde Person, die sich ihm näherte. Es war ihm anzusehen, wie unwohl er sich fühlte. Beinahe verängstigt flüsterte er: »Wir sind in Ellrich. Hier gab es ein Außenlager vom KZ-Mittelbau-Dora, das Lager in dem mein Vater ... Ich will hier weg. Sofort.«

Nichts hätte Josef lieber getan, als Sam diesen Wunsch zu erfüllen. Aber es war noch zu früh, zu hell, um den Weg über die Grenze zu wagen. Die allgegenwärtigen Milizen nahmen ihre Aufgabe ernst und schossen ohne zu zögern. Immer wieder hatten die Freunde von tödlich endenden Grenzübertritten gehört. Wenn überhaupt, dann hatten sie nur eine Chance, wenn sie weiterhin ihren Plan verfolgten. Sams Panikattacke hatte dessen Umsetzung in Gefahr gebracht. Trotzdem zeigten Josef und Gregor Verständnis für Sams Reaktion und nachdem er sich wieder beruhigt hatte, wogen sie gemeinsam die Vor- und Nachteile einer Planänderung gegeneinander ab. Der Nachteil, im Hellen entdeckt zu werden, wog schwer. Sam sah das ein.

Sie versteckten sich noch auf dem Bahnhofsgelände hinter einem verfallenen, von wildem Bewuchs gesäumten Schuppen. Sobald die Dämmerung eingesetzt hatte und es ihnen dunkel genug erschien, machten sie sich auf den Weg. Der fast volle Mond schien auf sie herab. Das hatte einen Vor- und einen Nachteil. Besser zu sehen bedeutete auch besser gesehen zu werden. Doch zum Jammern waren sie nicht hier.

Zuerst folgten sie der groben Weisung des Russen, die sie auf einen unbefestigten Weg am Waldrand führte, der den Gleisen etwas abseits Richtung Walkenried folgte. Auf diesem Weg blieben sie, bis sich nach ungefähr achthundert Metern die Gleise von ihnen entfernten. Da die Bahnstrecke von Ellrich über *Walkenried* nach Bad Sachsa führte und ihnen die einzige Orientierung bot, verließen sie den Weg, bis sie auf die durch einen Wald führenden Gleise trafen und ihnen Schwelle für Schwelle folgten.

Sam war der Erste, der es bemerkte: »Von Ellrich bis zur Grenze sind es nur ein paar hundert Meter. Die haben wir längst geschafft. Wir sind im britischen Sektor.«

Sam hatte recht, aber das war noch kein Grund, sich ausgelassenen Feierlichkeiten hinzugeben. Grenzmilizen waren keine Bürokraten, die sich um den genauen Grenzverlauf scherten – ihre Kugeln schon gar nicht. Noch nie war eine Patrone wegen irgendeiner Grenze vor Ehrfurcht zu Boden gefallen. Nein, sie mussten wachsam bleiben.

Sie waren erst ein paar Minuten auf den Gleisen unterwegs, als sie ein Knacken im Unterholz hörten. Wie auf ein Kommando warfen sie sich in das Gleisbett, nur noch geschützt durch die stählernen, aber viel zu niedrigen Schienen.

Es knackte noch ein paar Mal und dann stand ihnen, keine zehn Meter entfernt, ein Wildschwein gegenüber. Es betrachtete die Freunde genauso überrascht und regungslos wie die Freunde das Schwein. Nach ein paar Sekunden grunzte es kurz und mit einem Mal überquerte ein Tier nach dem anderen die Gleise. Eine Bache mit ihren Frischlingen. Dann kamen auch größere aber noch nicht ausgewachsene Tiere. Und wieder eine Bache mit noch mehr Frischlingen. Eine komplette Rotte querte ihren Weg. Das Ganze dauerte keine Minute und hatte den Freunden ein Grinsen ins Gesicht gezaubert.

Zwanzig Minuten später, als sich die ersten Häuser Walkenrieds vor ihnen zeigten, lagen sie sich endlich in den Armen, lachend und im Überschwang gegenseitig neckend. Im selben Moment hörten sie Schüsse in der Ferne. Sie ließen voneinander ab und zogen schweigend weiter.

Schließlich erreichten sie die Bahnhofstraße von Bad Sachsa. Bis zum Bahnhof wären es nur noch ein paar hundert Meter gewesen, doch der Bahnhof war nicht ihr Ziel. Den Anweisungen Gregors Mutter folgend, bogen sie auf die Bahnhofstraße ab und schlichen in den Ort hinein, weil sogar auf diesem Weg noch Vorsicht geboten war. Sie waren bei Einbruch der Dunkelheit in Ellrich losgegangen und ungefähr zwei Stunden gelaufen. Es musste schon gegen elf Uhr gewesen sein und auch in Bad Sachsa, in der britischen Zone, galt die Sperrzeit. Ständig sahen sie sich um, jederzeit bereit hinter ein Gebüsch zu springen.

Sie schafften es. Um halb zwölf klingelten sie den Hauseigentümer aus dem Bett, was ihm anstatt Verärgerung ein freundliches Lächeln ins Gesicht zauberte. Er wusste Bescheid.

Eine Minute später lagen sich nicht nur Gregor und seine Mutter in den Armen, auch ihr Neffe Josef, und Sam, der Freund wurden herzlich willkommen geheißen. Als man sich endlich Schlafen legte, war die Nacht schon zum Tag geworden.

Tante Hertha war bei einem Konzertveranstalter untergekommen, der in Bad Sachsa wohnte, dessen geschäftliche Unternehmungen aber weit über den Harz hinausreichten. Er war ein gleichsam vermögender, wie bescheidener Mann, der sein großes Haus mit zwei Flüchtlingsfamilien und Gregors Mutter teilte. Und von da an auch mit dem Sohn und seinen Freunden, für die bereits ein Zimmer hergerichtet worden war. Eigentlich nur für Gregor, aber bis Josef und Sam eine eigene Unterkunft gefunden hatten, konnten sie bleiben, solange es nötig war.

Doch bevor sich die beiden eine Wohnung oder zumindest ein Zimmer leisten konnten, mussten sie sich um ihre Existenz kümmern. Keiner der Freunde hatte einen Schulabschluss, keiner konnte einen haben. Auch das hatte ihnen der ›Führer‹ eingebrockt. Jetzt hatten sie die Wahl: Entweder sofort, als Ungelernte, irgendeine schlecht bezahlte Arbeit annehmen, oder sich durch eine Ausbildung einen zwar späten, dafür aber soliden Berufsstart verschaffen.

Josef hatte keine Vorstellung von, keine Sehnsucht nach einem bestimmten Beruf, weshalb er sich zunächst sämtliche Geschäfte und Handwerksbetriebe in Bad Sachsa ansah. Doch als er das gestaltete Schaufenster des einzigen Fotografen im Ort bewunderte, wusste er sofort, was er wollte.

Der Fotograf war sehr freundlich und weil so viele junge Männer »im Krieg geblieben waren«, wie er es formulierte, hatte er sogar Bedarf an einer Hilfe, die er auch gerne ausbilden wollte. Diese Hilfe hätte auch Josef sein können, wäre er nicht mit diesen, für einen Fotografen »vollkommen ungeeignet« schlechten Augen gestraft gewesen.

Wenn schon nicht für ihn, dann vielleicht für seine Freunde, dachte Josef und erzählte ihnen von der Chance. Sam war seltsam zu dieser Zeit und winkte aus unerfindlichen Gründen ab. Gregor griff zu.

Ein paar Tage später wurde klar, warum sich Sam so zurückhaltend, geradezu geheimnisvoll gab. Zum ersten Mal seit ihrer Ankunft blieben sie bei einem gemeinsamen Abendessen unter sich. Tante Hertha war für einen Konzertabend von britischen Militärangehörigen nach Osterode eingeladen worden.

»Ich werde weggehen«, sagte Sam tonlos.

Die Freunde hoben die Brauen und sahen sich an.

»Es gibt hier keine Zukunft für mich.« Sam klang bestimmt. Er hatte eine überlegte, endgültige Entscheidung getroffenen. Eine Weile standen seine Worte im Raum. Sie schienen keinen Platz zu lassen für irgendeine Reaktion.

Gregor fing sich als erster. »Du willst uns zurücklassen? Aber wir sind doch Freunde, wir brauchen uns, wir brauchen dich.«

Sam schüttelte den Kopf. »Es ist schön, dass du es so siehst Gregor, aber die Wahrheit ist: Niemand von uns braucht den anderen. Nicht mehr.«

Es waren harte Worte, die Gregor unerwartet trafen, wie seine Reaktion zeigte. Sprachlos stierte er Sam an.

Sam bemerkte welches Entsetzen, welche Enttäuschung seine Formulierung ausgelöst hatte und versuchte, seine Worte abzumildern, die Freunde zu beschwichtigen. »Versteht es nicht gegen euch persönlich gerichtet.«

»Wie sollen wir es denn sonst verstehen?«, sagte Gregor.

»Wir sind erwachsen, wir müssen unseren eigenen Weg gehen und meiner führt mich in die Welt.«

Auch Josef hatte ein Problem mit Sams Plänen. Aber er hatte auch genau zugehört. Natürlich bedauerte er Sams Entscheidung, doch wollte er sich keine Kritik anmaßen, bevor er ein Detail, vielleicht das entscheidende geklärt hatte. »Du hast gesagt: ›es gibt hier keine Zukunft für mich‹. Was meinst du mit ›hier‹? Doch nicht Bad Sachsa, oder?«

Sam lächelte sein Samlächeln. »Nein, du weißt es. Ob Bad Sachsa, Göttingen, Köln, Berlin – es gibt *keinen* Ort für mich, *hier*, in Deutschland.«

Gregor legte seine Hand auf Sams. »Ja, vielleicht ist es besser, wenn du dein Glück woanders suchst.« Sarkastisch betont hätten Gregors

Worte wie eine Ohrfeige klingen können, aber sie kamen von Herzen und anstatt böse klangen sie traurig.

Josef war neugierig. Hatte Sam seine Pläne schon so weit vorangetrieben, dass er von bestimmten Orten träumte?»Und, weißt du schon, wohin es gehen soll?«

Sam wog den Kopf hin und her.»Noch nicht genau. Ich muss mich zwischen zwei Zielen entscheiden. Vielleicht probiere ich auch beide erst aus, bevor ich mich entscheide, zwischen Palästina und New York.«

In der kommenden Zeit war Sam hauptsächlich mit seinen Reisevorbereitungen beschäftigt. Gregor hatte die Lehrstelle bei dem freundlichen Fotografen begonnen, und Josef einen Schuhmacher gefunden, der ihn ausbilden wollte.

Zwar sah auch der Schuhmacher ein Problem in Josefs Sehvermögen, beließ die Entscheidung für oder gegen den Beruf aber bei Josef. Schuhe herstellen mit seinen eigenen Händen, das gefiel Josef sehr. Der Umgang mit Leder und Leisten, Nadel und Faden fiel ihm leicht. Auch die Kundengespräche lagen ihm, wenngleich er seinen Meister immer dazu holte, sobald sich die Beratung auf das Auswählen von Farben erweiterte. Schnell wurde ihm bewusst, dass nicht nur wegen seiner Farbenblindheit, Schuhmacher kein Beruf fürs Leben sein würde. Seine Augen machten ihm schon in der Lehre zu schaffen, weshalb er beschloss, die Ausbildung zwar zu beenden, danach aber etwas Neues zu wagen.

Ein paar Wochen nach Sams Ankündigung standen die Freunde auf dem Bahnhof von Bad Sachsa zusammen und warteten auf den Zug, der Sam über Göttingen in die weite Welt bringen würde. Sam hatte eine kleine finanzielle Starthilfe vom Konzertmanager erhalten und seinen Plan ausgearbeitet: Wer auf Reisen ging, meinte er, müsse zwischendurch nicht nur Geld verdienen, er hätte auch die einmalige Gelegenheit fremde Länder und berühmte Orte kennenzulernen. Dafür bräuchte man eigentlich nur Zeit und davon hätte er genug. Sein Weg würde ihn über Österreich, die Schweiz und Italien nach Frankreich, nach Marseille führen. Er könne noch nicht sagen, wann er sich entscheiden würde, aber spätestens auf dem Schiff wisse er ja, ob er Gibraltar sehen würde oder nicht.

Den letzten Satz hatten dir Freunde zwar nicht verstanden, aber das war egal. Hauptsache Sam wusste, wovon er sprach.

Josef und Gregor hatten Abschiedsgeschenke dabei. Gregor ein Foto von den dreien, das sein Meister freundlicherweise in seinem Atelier von ihnen gemacht hatte. Josef hatte von einer dicken Rinderhaut einen schmalen Streifen wie für einen Schnürsenkel, nur länger, abgeschnitten, ein Ende geschlitzt und an das andere einen Knebelknopf angenäht. Er war ein wenig stolz auf sein Geschenk für Sam – sein erstes selbstgemachtes Lederarmband.

Auch Sam hatte Geschenke mitgebracht. Für Gregor den Stadtplan von New York, für Josef den von Jerusalem. Sie hielten sie aufgeschlagen in ihren Händen.

»Ihr werdet mich finden«, sagte er und zeigte abwechselnd auf die Pläne. »Entweder hier oder dort, in irgendeiner dieser Straßen, in irgendeinem dieser Häuser.«

Dann war es so weit. Sie umarmten sich und Sam bestieg den Zug nach irgendwo.

Die beiden Zurückgebliebenen sahen ihm noch nach, bis er, kleiner und kleiner werdend, aus ihrem Blick verschwunden war.

Josef schlug Gregor auf die Schulter. »Komm, wir gehen nach Hause.«

»Warte noch einen Augenblick.«

Josef betrachtete Gregor, der Tränen in den Augen hatte und noch immer dem längst aus dem Blick geratenen Zug nachsah.

»Wir werden ihn wiedertreffen«, sagte Josef.

»Nein, das ist es nicht.«

»Was meinst du?«

Gregor wischte sich die Tränen aus dem Gesicht. »Sam dachte immer, ich sei ein Nazi. Zu Beginn, ja, da hatte er recht. Trotzdem hat er mich als seinen Freund betrachtet. Aber ich bin kein Nazi, nicht mehr. Ich habe nie etwas Schlimmes getan, zumindest nichts, das Sam hätte schlimm finden können.«

»Sam hat das bestimmt gewusst, so wie er fast alles gewusst hat, sonst wärst du nicht sein Freund gewesen.«

»Nein, er konnte das nicht wissen. Bei Estha und Ben zum Beispiel, habe ich mich so unwohl gefühlt, dass ich die ganze Zeit stumm geblieben bin. Sam musste vermuten, dass mein distanziertes Verhalten auf Esthas und Bens Glauben zurückzuführen war. Das stimmte sogar, nur anders, als es ausgesehen haben musste. In Wahrheit habe ich die beiden sofort ins Herz geschlossen. Aber mein schlechtes Gewissen ihnen gegenüber hat mich verstummen lassen. Am liebsten wäre ich in der Erde versunken.«

»Ja, das war schon etwas seltsam mit dir. Aber vielleicht hat Sam dein schlechtes Gewissen gesehen und dich ganz anders wahrgenommen, als du es befürchtest.«

»Ich weiß nicht. Wie hätte er mich sonst wahrnehmen sollen?«

Ganz unrecht hatte Gregor nicht, das wusste Josef. Genauso wie er wusste, dass er Gregor mit seinen gut gemeinten Interpretationen keine Hilfe war, weshalb er dem Thema eine andere, bestenfalls positive Richtung verleihen wollte.

»Was meinst du eigentlich damit: ›Ich habe nichts Schlimmes getan, zumindest nichts, das Sam hätte schlimm finden können‹?«

Gregor tat sich schwer mit einer Antwort. Er druckste herum, verlagerte sein Gewicht von einem Bein auf das andere und räusperte sich mehrfach.

»Also gut«, sagte er schließlich. »Wer Andeutungen macht, muss auch erzählen: Du weißt ja, wie es lief. Irgendwann hatte man mich zum Flakhelfer eingesetzt. Eines Abends, es war schon fast dunkel, hörten wir eine Maschine aus östlicher Richtung kommen. Die Suchscheinwerfer hatten sie erst spät ins Visier genommen, weshalb wir schnell reagieren mussten. Ich war mit einem Feldstecher ausgerüstet worden und hatte die Aufgabe, in den Blick geratene Maschinen zu identifizieren. Ich versuchte, auch nur irgendein gesichertes Merkmal über ihre Herkunft zu entdecken, aber es gelang mir nicht. Aus Sorge, eine feindliche Maschine könnte uns entkommen, feuerte der Schütze ohne Unterlass, bis er sie endlich erwischt hatte. Sie trudelte im Scheinwerferlicht zu Boden und explodierte auf einem Feld vor unseren Augen. Ein Kamerad schrie: ›Das ist, das ist ...‹.« Gregor musste schlucken, bevor er weitersprach. »Er schrie: ›das ist, scheiße, einer von uns‹.«

»Verdammt. War es einer von uns?«

»Er war solo unterwegs, hatte keine Meldung abgesetzt und die Kokarden waren übermalt worden, vermutlich, um über russischem Gebiet nicht so schnell erkannt zu werden. Die Russen haben ihn nicht erkannt, wir ..., ich aber auch nicht.«

Von dieser Geschichte hatte Josef schon einmal gehört. Niemals hätte er geglaubt, dass Gregor etwas damit zu tun gehabt haben könnte. Er konnte nur erahnen, welch traumatisches Erlebnis das für ihn gewesen sein musste und noch immer war.

»Tut mir leid, dass es so gelaufen ist.«

»Schon gut.«

»Dein Stottern ...«

Gregor nickte. »In dem Moment als der Kerl ›scheiße‹ schrie und die Maschine auf den Boden krachte, verfiel ich in eine Art Schockstarre. Ich hatte in dem ganzen Scheißkrieg einen einzigen Abschuss miterlebt, und der betraf einen Kameraden. Und ich selbst war zumindest mitverantwortlich. Zuerst brachte ich tagelang kein Wort heraus und nachdem ich mich wieder gefangen hatte, war das Stottern weg.«

»Du hättest das Sam erzählen sollen.«

»Was, das mit dem Stottern?«

»Ja, auch. Vor allem, das mit dem Abschuss.«

Gregor schüttelte energisch den Kopf. »Ich habe einen Kameraden getötet. Das war keine Tat eines Widerstandskämpfers. Es war ein Unglück, nichts womit ich Sam ein anderes Bild von mir hätte vermitteln können. Es ist doch so: Sam hatte die Nazis von Anfang an durchschaut. Und ich habe *ihm* misstraut anstatt *ihnen*. Das ist unverzeihlich.«

Josef zog Gregor an sich heran. »Sam hat dich nach New York eingeladen. Er hat dir längst verziehen.«

Gregor rieb sich mit den Händen über das Gesicht. Dann legte er einen Arm um Josef und lächelte leise. »Lass uns nach Hause gehen.«

Agfa Box

Ein Schuhmacher betrieb sein Handwerk überwiegend in sitzender Position, weshalb Josef am Ende eines Arbeitstages noch immer voller Energie steckte, die er vor allem in sportliche Aktivitäten investierte. Er hatte seine Leidenschaft für den Mittelstreckenlauf entdeckt und sich im örtlichen Leichtathletikverein angemeldet. Jeden Abend drehte er zum Warmmachen eine ordentliche Runde im nahegelegenen Forst, bevor er auf der vereinseigenen Aschenbahn seine Trainingseinheiten absolvierte.

An heißen, arbeitsfreien Sonntagen, manchmal auch noch nach der Arbeit in der Woche, schwang er sich auf sein Fahrrad, das ihm der Konzertmanager überlassen hatte. Dann fuhr er die Viertelstunde bis zum Priorteich, einem idyllisch gelegenen Waldsee kurz vor Walkenried. Dort gab es ein wiesengesäumtes, zum Liegen geeignetes Ufer und einen Bootsverleih, wo auch Getränke und kleine Snacks verkauft wurden. Meist schwamm Josef eine Stunde intensiv und blieb danach noch ein wenig am Ufer liegen, bevor er sich wieder auf den Heimweg machte.

Mittlerweile war es Spätsommer geworden und Josef genoss einen der letzten Badetage des Jahres. Wie üblich hatte er erst seine Bahnen gezogen und es sich danach mit einem Buch in der Hand bequem gemacht, als ihm ungewohnte Geräusche aufmerksam werden ließen. Eine Mischung aus gurgeln, rufen, klatschen. Er sprang auf, sah eine Bewegung fünfzig Meter entfernt, merkte sich die Richtung, warf die Brille ab und stürzte sich ins Wasser.

Niemals zuvor war er so schnell geschwommen und trotzdem musste er tauchen, um den Körper noch zu erreichen, einen männlichen, nicht mehr jungen Körper. Mit Mühe schaffte er den Mann an die Oberfläche, wo er, nach Luft ringend, verzweifelt versuchte, sich und den Mann über Wasser zu halten. Er war zwar ein guter Schwimmer, hatte aber keine Ahnung, wie er mit einem leblosen Körper umzugehen hatte. Wie musste er den Körper packen, ohne dass er ihn wieder verlor oder selbst mit nach unten gezogen wurde? Es gemeinsam bis zum Ufer zu schaffen, erschien ihm gar unmöglich. Er wusste zwar, dass es Techniken gab, aber die kannte er nicht. Ohne sie war er vollauf damit beschäftigt gleich zwei Männer vor dem Ertrinken zu bewahren. Er sah zum Ufer und begriff, dass er es allein nicht schaffen würde. Laut um Hilfe rufend machte er auf sich aufmerksam. Sofort sprangen Menschen ins Wasser, aber noch lange, bevor einer von ihnen bei ihm angekommen war, hörte er hinter sich eine Stimme: »Augenblick noch, ich versuche, ihn zu halten.«

Josef drehte sich um. Ein Ruderboot des Bootsverleihes. Schon beugte sich der Mann über die Bordwand und ergriff den schlaffen Körper. Josef war befreit.

»Du musst mir helfen, ihn hineinzukriegen. Ich ziehe, du drückst.«

Das war leichter gesagt als getan. Sobald Josef Druck nach oben ausübte, glitt er selbst unter Wasser, da konnte er mit den Füßen strampeln wie er wollte.

Sekunden später bekamen sie Unterstützung von den herbeigerufenen Helfern. Gemeinsam schafften sie es, den leblosen Körper ins Boot zu hieven.

»Wir brauchen einen Arzt«, rief Josef.

»Im Bootsverleih gibt's ein Telefon«, rief der Ruderer.

Josef schätzte die Strecken ab. Tatsächlich wäre er schneller am Ufer gewesen als das Ruderboot am Steg. »Okay«, rief er und schwamm um sein Leben.

Von da aus, wo Josef wieder festen Boden unter den Füßen hatte, waren es noch hundert Meter bis zum Bootshaus, die er im Sprint bewältigte. Er stürmte hinein und erklärte die Lage. Der Verleiher wählte den Notruf.

Zurück rannte er nicht mehr. Das war auch nicht nötig, weil er schon von Weitem sah, dass das Boot gerade erst das Ufer erreicht hatte und sofort zahlreiche Helfer mit der Übernahme des Mannes beschäftigt waren.

Als Josef dazustieß, saß der Gerettete bereits auf einem Handtuch und stierte auf das Wasser. Das Wichtigste war geschafft. Bereits im Boot hatte der Ruderer Erste-Hilfe-Maßnahmen durchgeführt, wie man Josef erzählte. Mund-zu-Mund-Beatmung und Herz-Druck-Massage hätten dem Mann wahrscheinlich das Leben gerettet, hieß es. Bis der alarmierte Arzt eingetroffen war und den Verunglückten stabilisiert hatte, blieben alle Helfer an seiner Seite. Auch Josef und der Ruderer, der Josef ansprach.

»Wir können nichts mehr tun. Es sind genügend Leute hier, die auf ihn aufpassen. Aber wir könnten eine Stärkung gebrauchen. Was meinst du?«

»Auf jeden Fall.«

»Auf zum Bootshaus.«

Der Ruderer sprang ins Boot.

Josef schnappte sich seine Sachen. Dann stieß er das Boot ab, sprang hinterher und setzte sich dem Ruderer gegenüber, der nun ruhig und gemächlich die Blätter durch das Wasser zog.

Im Hintergrund näherte sich das Bootshaus, vor ihm saß der Ruderer, der leise vor sich hin grinste und schwieg. Es war ein junger Kerl, schlank, muskulös. Vielleicht in seinem eigenen Alter, schätzte Josef.

»Danke, ohne dich hätte ich es nicht geschafft.«

»Ich war zufällig da.«

»Trotzdem.«

Ungerührt zog der Ruderer die Blätter durch das Wasser, grinsend, schweigend.

Irgendetwas stimmte nicht, das spürte Josef. »Alles in Ordnung?«

»Könnte nicht besser sein.«

Josef wollte nicht neugierig erscheinen und beschloss abzuwarten. Außerdem stand er noch unter dem Eindruck einer nicht gerade alltäglich zu bewältigenden Situation, in der sich Leben und Tod die Hände reichten. Er fühlte sich müde und geschafft, gleichzeitig glücklich, ein wenig euphorisch sogar. Vielleicht war er selbst der Grund, weshalb ihm die Situation etwas seltsam erschien. Und wer weiß, wie sich solche Ereignisse auf andere auswirkten. Da reagiert bestimmt jeder anders. Und seinem Gegenüber wollte er jede Reaktion zugestehen, so seltsam sie auch war. Die Stärkung würde ihnen guttun, sie wieder ins Gleichgewicht bringen.

Dann waren sie dem Bootshaus so nah, dass er die aufgemalte Schrift lesen konnte. Er hatte vorher nie auf sie geachtet. ›Bootsverleih Schiffer‹

Es traf ihn wie ein Schlag. Konnte das wahr sein? Den Blick wieder auf sein Gegenüber gerichtet, studierte er das Gesicht, die schmalen Augen, den Körper, erinnerte die Worte, wie sie gesagt wurden. Nichts passte richtig zusammen, aber es waren Jahre vergangen und nicht nur die Welt hatte sich verändert.

»Könnte es sein … Ich meine … Bist du …?«

»Genau. Hast ein bisschen gebraucht, was Josef?«

Der konnte es kaum glauben, sprang auf und wäre der schwankenden Balken wegen fast über Bord gegangen. Aber er rettete sich mit einem Satz in des Ruderers Arme und drückte ihn wie einen alten Freund.

»Ady, wann hast du mich erkannt?«

»Du warst noch im Wasser.«

»Und du sagst nichts, grinst nur vor dich hin. Alter Schlawiner.«

»Früher Rabauke, jetzt Schlawiner – wäre ein Fortschritt, oder?«

Josef kniff ein Auge zu. »Wird sich zeigen.«

Wenige Ruderzüge später waren sie am Steg angelangt, blieben aber noch im Boot sitzen und betrachteten sich – noch immer überrascht und etwas ungläubig.

»Josef, Josef, dass wir uns noch einmal wiedersehen, ausgerechnet hier, klar, die nahe Grenze, trotzdem. Erzähl mal. Und ach, wie geht's deinen Freunden, Sam und ...«

»Gregor. Ist auch in Bad Sachsa gelandet. Und was meine Geschichte angeht: Die ist lang, sehr lang, aber ich erzähle sie gerne. Und du? Ich meine wie ist es dir ergangen?«

»Eine kurze Geschichte. Eine kurze, langweilige Geschichte.«

Erfreut einen Freund seines Sohnes im Bootshaus begrüßen zu dürfen, dazu noch einen aus Thorn, seiner Heimatstadt, spendierte Adys Vater Limonade und selbstgebackenen Rührkuchen.

Zuerst berichtete Josef. Und da das Ende seiner eigenen Geschichte stark mit der seiner Freunde verwoben war, erzählte er, so weit wie ihm möglich, auch deren.

Ady war sichtlich gerührt. »Ich weiß gar nicht, was ich sagen soll.«

»Du musst nichts sagen, Ady. Wir haben es überlebt und heute geht es uns gut.«

Dann erzählte Ady, und was Josef zuerst nicht glauben wollte, stimmte. Adys Geschichte war kurz – aber nicht langweilig.

»Bald nachdem wir uns damals begegnet waren, haben sich Vater und Mutter getrennt, also mein Vater von meiner Mutter. Eine Affäre, vielleicht auch zwei, hätte er wohl verschmerzen können, aber meine Mutter ist nymphoman, verstehst du?«

Obwohl er das Wort zum ersten Mal hörte, nickte Josef. In Erinnerung an seine einzige Begegnung mit ihr war die Bedeutung nicht schwer zu erraten.

»Mein Vater ist darüber zum Alkoholiker geworden, aber nicht, dass er seinen Frust jemals an mir ausgelassen hätte. Tagsüber, wenn er als Kapitän auf der Weichsel unterwegs war, hat er nie getrunken, immer nur abends – zumindest so weit ich das weiß. Aber einmal hatte er die Kontrolle über sich verloren und bis in die Nacht hinein getrunken. Am nächsten Morgen verlor er beim Ablegen auch die

Kontrolle über das Schiff und zerlegte den Anleger in seine Einzelteile. Die Behörden schickten Leute, die Reederei auch und das Erste, das ihnen auffiel, war Vaters Alkoholatem. Ihm wurde fristlos gekündigt. Nach diesem Vorfall hatte er in Thorn keine Chance auf eine neue Anstellung, weshalb er auch überregionale Stellenanzeigen studierte. Über eine, die keine Stellenanzeige war, stolperte er eigentlich nur wegen der kuriosen Überschrift: ›Bootsverleih zu verkaufen‹. Den Rest kannst du dir denken.«

»Das war bestimmt nicht leicht für dich.«

»Doch, eigentlich schon. Ich kam endlich von meiner Mutter weg. Außerdem hatte ich keine Freunde in Thorn. Du weißt ja, wie ich war. Und hier hat's mir von Anfang an gefallen.«

»Ja, ich weiß, wie du warst: ein echter Kotzbrocken. Aber irgendwie haben wir dich auch gemocht.«

»Nett, dass du das sagst. Musst du aber nicht. Ich hätte mit mir selbst auch nichts zu tun haben wollen.«

Josef dachte an seine eigene Flucht. »Und ihr konntet einfach so umziehen, ich meine vom Osten in den Westen?«

»Es ist ja schon eine Weile her, Josef. An die Alliierten war damals noch gar nicht zu denken, und an ein in Zonen aufgeteiltes Land schon gar nicht.«

»Stimmt, daran habe ich nicht gedacht. Und jetzt, ich meine, was machst du jetzt, außer Bootfahren?«

»Ausbildung zum Versicherungskaufmann. Gab nichts anderes.«

»Ist doch ein ehrenwerter Beruf.«

»Automechaniker wäre mir lieber.«

Schon bald nachdem Josef seine erste Ausbildungsvergütung in den Händen hielt, suchte er nach einer eigenen, kleinen Wohnung. Im Haus des Konzertmanagers herrschte zwar eine freundliche Atmosphäre und er war auch dankbar für die ihm großzügig überlassene Schlafstelle, doch fühlte er sich in der Nähe von Gregor und Hertha, also von Cousin und Tante, wie das dritte Rad am Wagen und das, obwohl die beiden zur Familie gehörten und ihm zumindest absichtlich niemals einen Grund für ein solches Gefühl gegeben hatten. Aber es war offensichtlich, dass Mutter und Sohn mehr Raum und Zeit für sich benötigten.

Als er den beiden von seiner Absicht erzählte, bedauerten sie das baldige Ende ihrer Wohngemeinschaft, Gregor zeigte sich aber auch erleichtert. Dass er seiner Freude über die Aussicht auf ein ungeteiltes, ihm selbst gehörendes Zimmer offen zum Ausdruck brachte, war mehr als verständlich und bestätigte Josef in seiner Einschätzung.

Mit dem kargen Gehalt eines Schuhmacherlehrlings war es ihm jedoch unmöglich, ein eigenes Zimmer, geschweige denn eine eigene Wohnung anzumieten, wie ihm nach erfolgloser Suche bald bewusst wurde. Doch hatte er Glück. Sein Meister hatte genau für solche Zwecke ein kleines möbliertes Zimmer mit Kochnische, eigenem WC und separatem Eingang über der Werkstatt vorgehalten. Josefs erstes eigenes Reich. Gregor half beim Umzug, den die beiden, jeweils eine Tasche geschultert, in einem zehnminütigen Fußmarsch bewältigten. Als sich Gregor verabschiedete, überraschte er Josef mit einem Geschenk, das er nicht nur mit guten Wünschen zum Einzug, sondern auch mit Dank für die Vermittlung der Fotografenlehrstelle überreichte.

»Ich habe sie vom Meister,« sagte er.

Josef ertastete sofort, was sich unter dem Geschenkpapier versteckte. Entgeistert sah er Gregor an. »Bist du verrückt geworden?«

»Es ist eine gebrauchte.«

Josef riss das Papier herunter und hielt eine Kamera in der Hand. Eine Agfa Box, ausgerechnet eine Agfa Box.

»Nein Gregor, nicht ich, *du* bist der Fotograf, *du* brauchst eine Kamera.«

»Ich mag den Beruf des Fotografen, aber ich glaube nicht, dass ich ihn jemals lieben werde. Bei dir wäre das anders und trotzdem bleibt dir der Beruf verwehrt, aber nicht das Fotografieren. Ich finde, du solltest wenigstens die Möglichkeit haben, verstehst du?«

Josef war gerührt. Sprachlos betrachtete er die Kamera. Es überraschte ihn, dass Gregor offenbar ebenso mit seinem Beruf haderte wie er selbst. Bisher hatten sie nicht darüber gesprochen. Aber auch wenn er sich noch so sehr über eine eigene Kamera gefreut hätte, er konnte sie nicht annehmen.

»Du machst mich glücklich Gregor, aber du musst sie behalten.«

Gregor guckte ungläubig. »Warum das denn?«

»Dein Meister, er würde es nicht verstehen.«

»Er muss nichts verstehen. Ich habe sie ihm für dich abgekauft.«

Josef schämte sich für seine krummen Gedanken und umarmte Gregor fest. »Oh, entschuldige«, sagte er. »Ich habe nichts erwartet und bekomme das schönste Geschenk meines Lebens. Danke.«

Gregor lächelte. »Ich danke *dir*.«

Von nun an waren die Tage beinahe zu kurz für Josef. Arbeiten, Laufen, Fotografieren – alles erforderte seine Zeit. Insbesondere das Fotografieren beanspruchte ihn mehr, als er sich das vorgestellt hatte. Die Funktionsweise der Agfa Box hatte er im russischen Lager bereits erfahren dürfen. Doch war er damals ehrfürchtig, fast schüchtern, mit ihr umgegangen. Jetzt probierte er wie besessen alle möglichen und unmöglichen Einstellungen aus. Er wollte genau wissen, welche Effekte er unabhängig von irgendwelchen Motiven wie erzielen würde. Er fotografierte alles was ihn umgab. Möbel, sein Zimmer, das Haus, in dem er wohnte, die Straße, in der er lebte. Aber was auch immer er fotografierte: Noch interessierten ihn nur die technischen Möglichkeiten, nicht die Motive.

Als Gedankenstütze beschriftete er jeden einzelnen Abzug mit den entsprechend vorgenommenen Kameraeinstellungen. Und erst nachdem er sein gesamtes Geld für die Abzüge ausgegeben hatte, fühlte er sich für das Ablichten ausgesuchter Motive handwerklich gebührend gerüstet.

Seine ersten Motive bestanden aus den Sehenswürdigkeiten Bad Sachsas, wie der Jugendstilvilla »Nora«, in der das Rathaus untergebracht war, der St.-Nikolai-Kirche, dem ältesten Bauwerk der Stadt, oder dem Märchengrund, dem ältesten Märchenpark Deutschlands.

Josef brauchte kaum drei Dutzend Abzüge, da stellte er seine Motivauswahl bereits in Frage. Es waren bloße Abbildungen von Gegebenheiten geworden, emotionslos, nichtssagend, einfach nur fotografiert. Etwas, das er eigentlich erwartet hatte, das über die bloße Abbildung hinausreichte, fehlte. Etwas, von dem er glaubte, dass es den Fotos eingeschrieben sein müsste. Es wäre ihm kaum möglich gewesen zu beschreiben, was genau ihm fehlte, aber ein Begriff schwebte über allem und brachte es auf den Punkt: Magie.

Er war sich sicher: Jedes Foto, das ihn diese Magie nicht spüren ließe, wäre ein vergebliches gewesen.

Er schnappte sich die Kamera und zog erneut los. Dieses Mal hatte er sich keine Motive zurechtgelegt, sich keine Ziele auferlegt. Er wollte sich der Spontaneität ergeben, sich vom Moment inspirieren lassen, auch wenn er damit Gefahr liefe, unverrichteter Dinge nach Hause zu kehren.

Mitten auf dem Marktplatz drehte er sich um die eigene Achse, immer wieder, blieb dann stehen, schloss die Augen und ließ das Gesehene gedanklich an sich vorüberziehen. Er suchte nicht nach Schönem, auch nicht nach Hässlichem, weder nach Prunk noch nach Armut. Er suchte nach allem und nichts. Er hatte keine Ahnung, wonach er suchte, wusste aber, dass er es erkennen würde, sobald er es gefunden hatte.

Er sah Menschen, er sah Schaufenster, er sah Menschen vor Schaufenstern. Er sah Menschen in ein Geschäft gehen und wieder herauskommen. Er sah Menschen flanieren, sich zuwinken, sich unterhalten, sich Flusen vom Ärmel zupfen, sich nach was auch immer umschauen. Er sah Menschen. Er fotografierte Menschen.

Obwohl er noch immer nicht hätte erklären können, was seine Fotos ausmachen sollten, entsprachen die neuen Ergebnisse schon eher seinen Vorstellungen. Menschen im Alltag, ganz bei sich, ungekünstelt. Bei jedem neuen Betrachten zeigten sich zuvor verborgene Details in Gesichtern, Gesten, auch von Randfiguren und in den Hintergründen: Spiegelungen, Schattenspiele, wie von Geisterhand verwischte Bewegungen. Obwohl er eigentlich mit seinen Ergebnissen zufrieden war, ärgerte ihn, dass er magische Momente vergeblich in ihnen suchte. Indem er die Ergebnisse der vergangenen Wochen auf ein unbekanntes Phänomen hin untersuchte, hoffte er auf irgendwelche Erkenntnisse. Wenn das, wonach er suchte, ein Zuviel oder auch Zuwenig von etwas wäre, überlegte er, würde er es vielleicht herausfinden.

Zumeist fiel ihm nichts Außergewöhnliches auf, aber einige wenige Fotos ließen ihn Seltsames entdecken, Seltsames, das nicht dem abgelichteten Motiv, sondern seiner eigenen Wahrnehmung entsprang. Er fand heraus, dass diese Fotos auf eine imaginäre Weise in einer Art Verwandtschaftsverhältnis zueinanderstanden. Ihnen gemeinsam waren besondere Hintergründe, die seine Wahrnehmungsverschiebung ausgelöst haben mussten.

Ein Zaun verlor seine Bedeutung und wurde zu bloßer Struktur, Herbstlaub zu einer abstrakten Farbkomposition, eine Mauer aus gesinterten Ziegeln zu einer Mischung aus beidem – einer strukturierten Farbkomposition.

Fotos mit solchen Hintergründen hatten ein Eigenleben entwickelt. Sie bildeten die Wirklichkeit nicht nur ab, sie hatten auf unerklärliche Weise ihre eigene Wirklichkeit erlangt.

Ohne zu wissen, wonach er suchte, hatte er es gefunden und seinen eigenen Anspruch daraus abgeleitet. Seine Fotos sollten genau das sein: ihre eigene Wirklichkeit.

Das zu erreichen, gelang ihm nicht immer, bei Weitem nicht immer, eigentlich sogar nur selten. Aber mit der Zeit, mit den Jahren näherte er sich seiner Definition eines idealen Fotos immer mehr an.

Zu Beginn seiner fotografischen Tätigkeit hatte er Gregor und Ady Abzüge gezeigt und regelmäßig erheiterte Kommentare ertragen müssen, denn auf kaum einem Foto war das eigentliche Motiv in Gänze zu sehen gewesen. Josefs Augen spielten ihm immer wieder Streiche.

Doch nachdem er sich seiner fotografischen Herausforderung bewusst geworden war und anderen nur noch, aus seiner Sicht, gelungene Fotos präsentierte, fielen abgeschnittene Motive und absonderliche Bildausschnitte kaum mehr auf. Im Gegenteil wurden sie als gewollt inszenierte Absicht wahrgenommen.

Was am Weichselufer Jahre zuvor noch undenkbar gewesen wäre, entwickelte sich jetzt wie im Sturm: Josefs und Adys Freundschaft. Anfänglich war auch Gregor mit im Bunde. Doch je mehr Josef und Ady miteinander unternahmen, umso mehr zog er sich von ihnen zurück, umso weniger gehörte er dazu.

Besonders bedauerlich empfand Josef, dass sich Gregors Rückzug nicht nur auf die Freunde als Gruppe beschränkte, sondern auch Josef persönlich miteinbezog. Bald wurde es schwierig, sich mit Gregor zu verabredeten und irgendwann bestanden ihre einzigen Treffen aus zufälligen Begegnungen auf der Straße.

Letztendlich hatte Josef nie herausgefunden, weshalb sich Gregor von den beiden abgewendet hatte. Vielleicht, weil Ady nicht Sam war und, falls Gregor das erwartet haben sollte, Sam auch niemals hätte ersetzten können. Vielleicht auch, weil Gregor Ady nicht mochte, eine Variante, die Josef aber ausschloss, da die beiden eigentlich gut miteinander auskamen. Vielleicht aber auch, weil Gregor eifersüchtig auf Ady war. Schließlich hatte sich Gregor nur wenige Monate zuvor mit zwei Freunden auf eine abenteuerliche Flucht in eine fremde Stadt begeben, in der man sich gegenseitig hätte unterstützen sollen. Stattdessen hatte sich einer von ihnen in die weite Welt verabschiedet und der andere einen neuen, womöglich besten Freund gefunden.

Josef hätte Gregor versichert, dass er immer noch sein bester Freund war und es immer bleiben würde, sofern ihm Gregor die Gelegenheit für eine solche Versicherung gegeben hätte. Er hatte es versucht, hatte Brücken zwischen ihnen gebaut, die Gregor aber nicht beschreiten wollte. Womöglich waren sie nicht tragfähig genug, da musste sich Josef an die eigene Nase fassen.

Im Nachhinein fragte sich Josef, ob er Gregor gegenüber zu vorsichtig agiert hatte, ob er ihn stattdessen hätte einmal kräftig durchschütteln sollen, um mehr aus ihm herauszubekommen. Es war eine müßige Frage, auf die er keine Antwort erwartete. Aber eines war ihm bewusst: Ohne dass Gregor sein Schneckenhaus verlassen, oder wenigstens seine Fühler ausgestreckt hätte, wäre jeder Versuch gescheitert – ob er ihn nun sanft oder unsanft behandelt hätte.

Drei Jahre nach dem Beginn der Schuhmacherlehre beendete Josef die Ausbildung mit seinem Gesellenstück: rahmengenähte Herrenhalbschuhe. Nach der bestandenen Prüfung blieb er als Geselle in seinem Ausbildungsbetrieb. Aufgrund seiner Kurzsichtigkeit war er nicht in der Lage anspruchsvolle Aufträge auszuführen, weshalb sein Meister für ihn einspringen musste. Das war weder für Josef noch den Meister eine befriedigende Situation. Josef wusste zwar, dass der Meister niemals einen Vorwurf daraus formulieren würde, unangenehm war es ihm trotzdem. Aber nicht nur seine Augen waren der Grund, warum er sich nach einem Jahr als Geselle eingestehen musste, dass ihm der Beruf des Schuhmachers keine Perspektive bot. Selbst wenn er mit Adleraugen gesegnet gewesen wäre, hätte er sich ein lebenslanges Arbeiten als Schuhmacher kaum vorstellen können, schon gar nicht im provinziellen Harz, so schön er auch war. Außerdem sehnte er sich nach einer Partnerin. Bis auf eine kurze Eskapade mit einer jungen Kriegerwitwe hatte er auf diesem Gebiet nicht viel erlebt. Wenn sich daran etwas ändern sollte, würde er, musste er sich verändern.

Obwohl sich Josef zu einem der besten Mittelstreckenläufer im Harz entwickelt und gesellschaftliche Anerkennung erlaufen hatte, beschloss er, vier Jahre nachdem er in Bad Sachsa angekommen war, einen Neuanfang zu wagen. Er spürte, dass dieser Neuanfang, nicht nur der Damen wegen, einen Ortswechsel voraussetzte. Wie schon einmal würde er sein Glück woanders suchen, in einer fremden Stadt mit einer anderen Arbeit und wie schon einmal würde er dafür einen vertrauten Ort und ihm nahestehende Menschen verlassen müssen.

Doch wohin sollte er gehen? Für die Beantwortung der Frage musste Josef zwei miteinander konkurrierende Argumente abwägen: ein vernunftsbasiertes und ein schwärmerisches. Das vernunftsbasierte schickte ihn dahin, wo er Arbeit finden würde: ins Ruhrgebiet. Das schwärmerische zog ihn nach Hamburg oder München, vielleicht auch nach Köln. Warum nicht einfach dem schwärmerischen folgen, fragte er sich. Der Krieg war erst fünf Jahre vorüber und auch seine Sehnsuchtsorte benötigten jede Hand für den Wiederaufbau. Zwei Tage bevor er loswollte, war er sich noch immer unschlüssig. Das Wohin herauszufinden glich einer ständigen Achterbahnfahrt. Immer wenn er genügend Argumente für eine Stadt gesammelt hatte und von ihr überzeugt war, ließen ihn andere Argumente wieder zweifeln. München: Lage unübertroffen, aber zu provinziell. Hamburg: Weltstadt, aber zu abgelegen. Köln: Dom und Rhein, aber mehr fiel ihm nicht ein. Irgendetwas war immer.

Vielleicht sollte er es so angehen wie Sam, dachte er, und sich selbst überraschen lassen. Doch das Buchen der ersten Fahrkarte benötigte die Angabe eines Zieles. Norden, Westen, Süden – er musste sich entscheiden.

Für den Abend vor seiner Abreise hatte er Gregor, Tante Hertha, Ady, dessen Vater und den Konzertmanager zu einem Abschiedsessen eingeladen. Er hatte Brot, Käse und drei Flaschen Rotwein besorgt, außerdem Kartoffeln und verschiedene Gemüse, aus denen er eine sämige Suppe kochte.

Wegen Gregors Verhalten der letzten Zeit befürchtete er, dass der Abend zwar wehmütig, jedoch weniger fröhlich werden würde als er ihn sich für seinen Abschied wünschte. Doch Gregor war guter Dinge und zum Schluss lagen sich alle in den Armen.

Es war der perfekte Abschied, weshalb er darum bat, am nächsten Morgen allein, ohne Begleitung in den Zug steigen zu dürfen. So erschien es ihm emotional weniger belastend. Da ahnte er noch nicht, wie einsam er sich auf dem Bahnsteig fühlen würde, wie gern er jemanden an seiner Seite gehabt hätte.

Am Morgen war der Koffer bereits fertig gepackt, als er noch den alten Stadtplan von Thorn in ein flaches Seitenfach schieben wollte und plötzlich den Umschlag in den Händen hielt. Josef erinnerte sich sofort und schämte sich wie selten zuvor in seinem Leben. Alexander, der russische Offizier, hatte ihm vertraut. Wie konnte er ihn nur derart enttäuschen. Josef war zu spät, nicht nur um ein paar Tage, auch nicht um Wochen oder Monate, nein, um vier Jahre. Er hatte eine Aufgabe zu erfüllen und auch wenn er bis zu diesem Morgen versagt hatte – er würde sie erfüllen. Er war es Alexander schuldig.

Sein Reiseziel bedurfte keiner abwägenden Überlegungen mehr. Am Schalter kaufte er eine einfache Fahrt ins Ruhrgebiet, nach Essen.

Aufgesetzter

Im Frühherbst 1950 betrat Josef den Fernbahnsteig des Essener Hauptbahnhofs. Er hatte keine Augen für die Innenstadt. Direkt nach seiner Ankunft erkundigte er sich nach der auf dem Umschlag angegebenen Adresse. Um den in der Nähe vom Baldeneysee gelegenen Hof zu erreichen, musste er die Buslinie Richtung Velbert nehmen, im Stadtteil Heidhausen aussteigen und den Rest, für den er eine halbe Stunde benötigen würde, zu Fuß gehen.

Der Weg von der Haltestelle führte ihn durch idyllisch bäuerlich geprägtes Kulturland. Es war eine bewegte bis hügelige Landschaft und er wandelte auf einer Art Höhenweg. Unter ihm lag der Baldeneysee und auf dessen gegenüberliegender Uferseite die von einem Park umgebene ›Villa Hügel‹, das berühmte Domizil der Industriellenfamilie Krupp.

Alexander hatte keinen Unsinn erzählt. Die Gegend hatte etwas Bezauberndes. Hier konnte man sein.

Schließlich stand er vor dem schmiedeeisernen Zufahrtstor und blickte auf eine herrschaftliche, u-förmige Hofanlage. Den schmalen hinteren Abschluss bildete das repräsentative, beige gestrichene Wohnhaus. Seitlich schlossen zwei langgezogene, aus Ziegelsteinen gemauerte Scheunen das U. In deren dem Hof zugewandten Wänden waren unregelmäßig Fenster und Türen verteilt, während die schmalen Giebelseiten riesige Scheunentore aufnahmen. Er hörte Pferdegewieher in der Nähe und Kuhglocken in der Ferne. Darüber hinaus war es still und kein Mensch zu sehen.

Er schob das Tor zur Seite. Auf dem Weg zum Wohnhaus suchte er in den offenstehenden Fenstern und Türen der Scheunen nach jemandem, den er hätte ansprechen können. Aber außer den in ihren Boxen stehenden und neugierig ihn musternden Pferden sah er niemanden.

Es gab keine Klingel, aber ein an einem Scharnier befestigtes Hufeisen, das er dreimal kräftig auf die schwere Eichentür schlug und dabei über seine unangemessen lautstarke Ankündigung erschrak. Er wartete eine ganze Weile, aber es tat sich nichts. Gerade als er wieder nach dem Hufeisen greifen wollte, öffnete sich die Tür und er stand einer jungen Frau gegenüber, die ihn freundlich anlächelte. Ihm stockte der Atem. Wer auch immer den Begriff Anmut erfunden hatte, musste ihn für eine Frau wie diese erfunden haben. Ein zartes, frisches Gesicht, leicht gerötete Wangen, schulterlanges braunes Haar und blaue Augen, die ihn vergnügt musterten. Sie trug ein dunkelblaues Kleid, darüber eine angeschmutzte weiße Schürze, an deren Saum sich ein kleiner Junge festhielt und mit großen Augen zu ihm hochsah.

»Kann ich dir irgendwie helfen?«

»Nein, äh, doch. Ich habe eine Nachricht von Alexander.«

Die Frau hob die Augenbrauen und legte ihre Hand auf den Kopf des Jungen. »Von Alexander?«

Josef nickte. »Er hat mir einen Brief mitgegeben.«

»Alexander?«

Josef nickte. »Ja.«

»Dann komm mal rein, Bote von Alexander.«

»Josef, ich heiße Josef.«

»Freut mich, dich kennenzulernen Josef. Ich bin Annegret, also Gretchen.«

Noch an der Tür stehend bat sie den Jungen, nach Oma und Opa zu suchen. Danach geleitete sie Josef durch eine großzügige Diele in eine geräumige Wohnküche. Eckbank mit Esstisch und Stühlen neben einem Kachelofen, mehrflammiger Herd, Weichholzküchenschränke.

»Möchtest du etwas trinken, frische Milch, Apfelsaft, Wasser?«

Frische Milch klang verlockend. »Ja, gerne Milch.«

Gretchen zeigte auf die Eckbank. »Setz dich ruhig.«

Josef setzte sich und beobachtete, wie Gretchen ein Glas aus dem Schrank holte und mit Milch aus einer Metallkanne füllte. Jede ihrer Bewegungen wirkte leicht und sinnlich, jeder Handgriff mit Hingabe ausgeführt, als gäbe es nichts anderes, als wäre dieser Moment der wichtigste überhaupt.

Josef bekam nicht genug von diesem Anblick.

Kurz bevor sie fertig eingeschenkt hatte, sah Josef schnell zur Seite. Er hatte Gretchen gerade erst kennengelernt, gerade erst ihren Namen erfahren, da hätte sein Blick leicht als ungehörig verstanden werden können.

Er schaute aus dem Fenster und sah auf scheinbar endlos weite Felder, die erst hinter einer sanft geschwungenen Hügelkette am Horizont verschwanden. Wieder dachte er an die Worte Alexanders, die er damals für zu schönfärberisch gehalten hatte, die es aber nicht waren.

Gretchen stellte das Glas auf den Tisch. »Lass es dir schmecken.«

»Danke«, sagte Josef und neigte das Kinn zum Fenster. »Das ist ein schöner Blick.«

Gretchen streckte einen Arm aus »Da, hinter den Hügeln, liegt Langenberg und weiter rechts ist Velbert.«

»Velbert«, wiederholte Josef leise, als hätte ihm Gretchen ein Geheimnis verraten.

Plötzlich stand der Junge am Tisch. »Sie kommen.«

»Gut gemacht, mein Schatz.« Gretchen fuhr dem Jungen durch die blonden Haare. »Das ist Josef, möchtest du ihm deinen Namen verraten.«

»Na klar. Peter.«

»Peter, das ist ein schöner Name«, sagte Josef und reichte seine Hand.

Peter zögerte erst, griff dann aber zu.

»Und möchtest du mir auch verraten, wie alt du bist?«

»Na klar.« Peter hob eine Hand in die Höhe und spreizte alle Finger ab.

»Fünf Jahre alt bist du schon?«

Peter nickte wild.

»Ah, da hat unser Gast ja schon den wichtigsten Mann unserer kleinen Farm kennengelernt, nicht wahr, mein kleiner großer Peter.«

Peter lief Oma lachend in die Arme.

Josef war kurz irritiert. Gretchens Mutter ähnelte in keiner Weise einer Oma seiner Erwartung, eher einer Opernsängerin, wie er sie aus den Konzertbesuchen seiner Kindheit erinnerte. Sie war sicher noch keine fünfzig, schätzte er, nein, darin war er sich sogar sicher.

Gretchen brachte ihre Mutter auf den Stand. »Das ist Josef, Mama, er hat Nachrichten von Alexander mitgebracht.«

»Alexander. Oh, da bin ich sehr gespannt, was er uns mitzuteilen hat.« Sie hielt Josef die Hand hin. »Ich bin Katharina, aber alle rufen mich Käthe.«

Josef stand auf und gab Käthe die Hand. »Es freut mich, Sie kennenzulernen.«

»Ach bitte, lass die Höflichkeiten. Auf dem Hof sind wir alle gleich.«

Und dann stand auch schon Gretchens Vater in der Tür, der, noch bevor er etwas sagen konnte, von seiner Frau eingeweiht wurde. »Karl, Josef hat Nachrichten von Alexander.«

Karl erschien Josef ein paar wenige Jahre älter zu sein als Käthe, aber auch er hatte nichts Großväterliches an sich und strahlte die Energie eines tatkräftigen Mannes aus.

Karl reichte seine Hand. Ein fester Griff. »Willkommen Josef. Nachrichten von Alexander? Hätte nicht gedacht, dass wir noch einmal von ihm hören, nach so langer Zeit, treuloser Husar.«

»Papa, es gibt bestimmt eine Erklärung«, beschwichtigte Gretchen ihren Vater.

»Ja, ja, schon gut, mein Schatz.«

Josef wurde es schwindelig. Eine fremde Familie hieß ihn freundlich willkommen und außer Peter, schien jedes einzelne Familienmitglied Alexander in besonderer Erinnerung behalten zu haben. Und dann kam er, Josef, mit erhofften oder vielleicht sogar erwarteten Nachrichten und er kam vier Jahre zu spät. Man würde ihn hochkantig vom Hof jagen. Er hatte es nicht anders verdient.

Und dann saßen sie bei Saft, Milch und Mürbeplätzchen um den Tisch herum und alle Augen waren erwartungsvoll auf Josef gerichtet. Vater Karl bat die Familie um etwas Geduld. Dem Gast, erklärte er, gebühre die Ehre, zunächst seine eigene Geschichte erzählen zu dürfen. Von Alexander hätte man so lange nichts gehört, da käme es auf ein, zwei Stunden oder sogar Tage nicht mehr an.

Josef tat, worum er gebeten wurde, und erzählte von seinen Erlebnissen, die ab einem bestimmten Punkt auch Alexander miteinbezogen.

Als er von Alexanders großzügiger Hilfe am Haltesignal berichtete, hörte er Vater Karl sagen: »So kennen wir ihn.«

»Nicht wahr?«, ergänzte Mutter Käthe, »typisch Alexander.«

Gretchen wirkte abwesend und nickte nur.

Peter hatte sich bereits ins Reich der Träume verabschiedet und schlief tief und fest auf Gretchens Schoß, eng umschlungen von ihren Armen.

Jedem aufmerksamen Zuhörer musste die zeitliche Diskrepanz aufgefallen sein, die sich zwischen dem Kennenlernen Alexanders und Josefs Ankunft auf dem Hof ergeben hatte. Doch wollte er der Familie den Umstand eines unangenehmen Nachfragens ersparen, weshalb er seinen Mut zusammennahm und in die Offensive ging. Er zog Alexanders Brief aus der Tasche und legte ihn auf den Tisch.

»Ich komme vier Jahre zu spät und habe keine andere Entschuldigung dafür, außer dass ich ihn vergessen habe. Ihr könnt euch nicht vorstellen, wie leid mir das tut, wie sehr ich mich schäme.«

Karl stand auf und legte seine Hand auf Josefs Schulter.

»Nun Josef, etwas zu vergessen, das ist menschlich, kein großes Drama. Deine Geschichte entschuldigt dich sowieso. Du hattest genug mit dir selbst zu tun. Außerdem, solltest du wissen, haben wir keine Nachricht von Alexander erwartet. Darauf gehofft schon, weil er zur Familie gehörte und wir eine außergewöhnliche Zeit miteinander verbracht haben. Es wäre einfach schön zu wissen gewesen, dass er an uns denkt. Nun hören wir später von ihm, als es möglich gewesen wäre, und weißt du was, Josef? Lieber später als nie.«

So viel Verständnis hatte Josef nicht erwartet. Er wusste nicht, was er sagen sollte.

Karl ging zum Küchenschrank, holte Gläser und eine Flasche hervor und stellte alles zusammen auf den Tisch.

Grund genug für Gretchen, Peter endlich schlafen zu legen. »Bin gleich wieder da«, verkündete sie.

Karl goss ein. »Aufgesetzter Wacholderschnaps, natürlich selbstgemacht.«

»Ich glaube, so etwas habe ich noch nie getrunken«, überlegte Josef laut.

Karl öffnete die Flasche und hielt sie Josef vor die Nase.

Josef sog kräftig ein. Es roch viel intensiver und beeriger als frischer Wacholder, das wunderte ihn.

Dann saß auch Gretchen wieder mit am Tisch und sie stießen miteinander an.

»Auf das Leben!«, rief Karl.

»Auf das Leben!«, wiederholten alle zusammen.

Karl nahm den Umschlag vom Tisch und betrachtete ihn nachdenklich.

»Bevor du ihn öffnest, Karl, darf ich euch eine Frage stellen?«

»Nur zu.«

»Wenn Alexander zur Familie gehörte, warum ist er nach dem Krieg nicht einfach hiergeblieben?« Er hatte seine Worte noch nicht ausgesprochen, da wusste er bereits, dass er zu neugierig geworden war. Schließlich handelte es sich um eine fremde Familienangelegenheit, die ihn nichts anging.

Aber Karl wirkte überhaupt nicht irritiert oder verärgert.

»Stimmt, Josef, du kannst es nicht verstehen.« Er sah Gretchen an, die zustimmend nickte.

»Unser Hof war nicht seine Heimat. Trotzdem wäre Alexander gerne geblieben, aber wir wollten, dass er geht.«

Alles hätte Josef verstanden, aber keine solche Erklärung. Sie passte nicht in das Bild, das man ihm bisher vermittelt hatte. Aber er scheute sich, ein weiteres Mal nachzufragen.

Das musste er auch nicht, denn Karl war sich des Widerspruchs bewusst und fuhr mit seiner Erklärung fort.

»Du darfst nicht vergessen: Alexander war ein russischer Kriegsgefangener, der uns als Arbeitskraft zugewiesen worden war. Zeitgleich mit Alexanders Ankunft auf dem Hof geriet Helmut, Gretchens Mann, kurz nach seinem Heimaturlaub in russische Kriegsgefangenschaft. Seit Kriegsende erwarten wir ihn jeden Tag zurück.«

Jetzt hatte es Josef verstanden, glaubte er, aber selbst wenn nicht: Ein weiteres Nachfragen verbot sich, wenn er Karls Offenheit nicht überstrapazieren wollte.

Karl öffnete den Briefumschlag und zog drei Blätter weißes, mit Tinte beschriebenes Briefpapier hervor, von denen er, nachdem er sich eine Übersicht verschafft hatte, eines an Gretchen und eines an Käthe weiterreichte.

Es wurde still und Josef fragte sich, was Alexander den dreien, außer Worten des Dankes, wohl geschrieben hatte.

Karl und Käthe lächelten, als sie den Brief wieder auf dem Tisch ablegten.

Auch Gretchen lächelte – mit Tränen in den Augen.

Karl nahm die Flasche und goss nach. Alle erhoben ihre Gläser.

»Auf Alexander!«, rief Karl.

»Und auf Josef!«, rief Gretchen, während sie ihm in die Augen sah.

Josef wurde rot.

Sie stießen an und leerten die Gläser in einem Zug.

Es war schon gegen Mitternacht, als man, nicht nur vom Beerenschnaps beseelt, schlafen gehen wollte und Käthe das Problem zuerst erkannte. »Wo wohnst du eigentlich?«

Josef hob die Schultern. »Ich bin heute Morgen in Bad Sachsa los und direkt hierhergekommen.«

»Nun, selbst wenn du ein Zimmer irgendwo in der Stadt hättest – es wäre sowieso unmöglich, dort hinzukommen um diese Uhrzeit. Bleib halt einfach hier die Nacht. Das Zimmer von Alexander ist gerade wieder frei geworden.«

Und auch Karl hatte noch etwas zu besprechen. »Wovon wirst du leben, Josef? Ich meine, weißt du, wie du Geld verdienen möchtest, hast du schon eine Arbeit?«

Josef schüttelte erst den Kopf und tippte dann auf seine Brille. »Als Schuhmacher würde ich Arbeit finden, aber lieber wäre mir etwas anderes.«

»Mh,« machte Karl und schien einen Gedanken abzuwägen. »Schade Josef, wir könnten einen Schumacher gut gebrauchen.«

Josef hatte nicht nur wegen der alkoholgesättigten Beeren Fragezeichen im Gesicht stehen. »Schuhmacher? Auf einem Bauernhof?«

Karl lachte laut auf. »Aber selbstverständlich: für Pferde.«

Josef grinste. Karl hatte ihn veräppelt, verpferdeäppelt.

»Im Ernst, Josef. Vielleicht ist es dir zu nah am Beruf des Schuhmachers, aber ein Hufschmied wäre uns eine große Hilfe.«

Josef wunderte sich schon sehr über das Angebot. »Muss man dafür nicht schmieden können«, warf er ein.

Karl schüttelte den Kopf. »Wir kaufen Rohlinge, die nur noch angepasst werden müssen. Die Hauptarbeit besteht aus der Vorbereitung des Hufes für den Beschlag: Ausschneiden, Wirken, Raspeln.«

Josef guckte wenig begeistert.

»Mach dir keine Sorgen, Josef. Das sind Arbeiten, die nur hin und wieder anfallen. Für eine tagesfüllende Tätigkeit als Hufschmied haben wir zu wenig Pferde. Deine Hauptaufgabe bestünde in der Pflege und Versorgung: Also füttern, Geschirre umlegen, bewegen, striegeln, Boxen säubern. Solche Dinge. Wenn du magst, können wir dich zum Bereiter ausbilden.«

Während Josefs Zeit im polnischen Lager gehörte die Arbeit mit Pferden zu seinen liebsten Aufgaben. Er wusste, dass er seine Erfahrungen mit Pferden nicht auf die gesamte Spezies übertragen durfte, aber diejenigen Exemplare, die er kennengelernt hatte, waren allesamt gutmütige, friedliche Wesen, wie kleine, arglose Kinder: neugierig, trotzdem meist bei sich oder zumindest mit sich selbst beschäftigt. Zudem schienen sie über einen ausgeglichenen Charakter zu verfügen, der sich in beharrlich freundlichem Verhalten äußerte, vorausgesetzt, dass man sie ebenso behandelte. Vor dem Hintergrund seiner Erinnerungen hielt er das Angebot Karls durchaus für verlockend.

Vor allem aber die Aussicht Gretchen in der Nähe zu wissen war ein kaum zu übertreffendes Argument für seinen Verbleib auf dem Hof. Er hatte Gretchen erst vor wenigen Stunden kennengelernt, aber missen mochte er sie schon jetzt nicht mehr. Bereits in dem Moment, als sie die Tür geöffnet hatte und sich ihre Blicke trafen, war es um ihn geschehen.

Rational betrachtet hatte er keine Chance bei ihr, das war ihm bewusst. Er war 21 Jahre alt, Gretchen, wie er vermutete, ungefähr vier, fünf Jahre älter, was allerdings das geringste Problem gewesen wäre. Schwerer wogen andere Dinge, war sie doch die Tochter eines Gutsherrn und er nur Schuhmachergeselle. Außerdem war sie verheiratet und hatte einen Sohn. Doch all die gegen ihn sprechenden Argumente ließ er nicht gelten. Schließlich war es nicht verboten, sich Hoffnungen zu machen, und selbst nur ihre Nähe zu spüren, wäre ein Geschenk gewesen, das er sich kaum schöner hätte vorstellen können.

Nach außen zeigte Josef ein zaghaftes Lächeln, innen strahlte er vor Freude. »Vielen Dank, Karl. Ich denke, wir könnten es mit mir versuchen.«

»Schön« rief Gretchen.

Josef sah sie an. Ohne Zweifel, sie hatte ein Leuchten in den Augen.

Rote Zora

Die Wochen vergingen so, wie es sich Josef vorgestellt hatte. Pferde waren seine Freunde und die Arbeit mit ihnen, ihre Versorgung, ihre Pflege, war ihm ein Vergnügen. Wenn es die Zeit zuließ, wies ihn Karl in die Kunst des Hufschmiedens ein. Dabei konzentrierte er seine Hinweise auf die handwerklichen Fähigkeiten, die für die Bearbeitung des Hufhorns benötigt wurden, da sie die Basis für die Hufbeschlagarbeiten bildeten. Zunächst erfolgten Karls Hinweise rein theoretisch. Deren praktische Umsetzung, schlug Karl vor, würden sie wegen der damit verbundenen Gefahren erst in Angriff nehmen, wenn Josef ein sicheres Gefühl für das Verhalten der Pferde entwickelt hatte und kein einziges Pferd Einsprüche gegen ihn erheben würde.

Karl war nicht nur ein besessener Pferdenarr, er hatte auch den Beruf des Hufschmieds selbst erlernt, wie er einmal zugab, nachdem Josef dessen Wissen und Können bewundert hatte.

Ein paar Mal noch hatte Karl die Ausbildung zum Bereiter zum Thema gemacht, doch Josef hatte es nicht eilig und nachdem er sich eine Bedenkzeit erbeten hatte, ließ Karl das Thema ruhen.

Irgendwann einmal erklärte Karl Josef seine Vorstellungen von einem weitsichtig betriebenen Bauernhof, zu dessen Merkmalen neben dem Ackerbau auch immer eine kleine Nutztierhaltung gehörte, welche auf seinem eigenen Hof aus unterschiedlichem Federvieh, ein paar Schweinen, einem Dutzend Milchkühen und ebenso vielen Pferden bestand und nicht nur die existentiellen Risiken bei wetter- oder schädlingsbedingten Ernteausfällen minimierte, sondern auch eine weitgehend unabhängige Selbstversorgung garantiere.

Vor allem die Pferde beflügelten Karls Zukunftsvisionen. Drei von ihnen, die Kaltblüter, wurden für Arbeiten in topografisch schwieri-

gem Gelände, wenn Maschinen und Geräte chancenlos waren, eingesetzt. Die restlichen neun standen jedem zur Verfügung, der reiten
und sich die stolze Leih- oder Mietgebühr leisten konnte. Regelmäßig
fuhren schnittige Sportwagen und noble Limousinen auf den Hof und
entließen selbstbewusste, meist gutgelaunte Freizeitjockeys, die auf
dem Rücken der Pferde ihre von Papieren bedeckten Schreibtische zu
vergessen suchten.

»Das ist unsere Zukunft«, erklärte Karl einmal. »Je mehr Maschinen
unserer Hände Arbeit übernehmen, umso mehr Menschen werden
ihre Köpfe in Papiere stecken. Irgendwann werden sie sich übellaunig
und ermattet fühlen und sich nach einem anderen Leben sehnen oder
zumindest nach einem Ausgleich, nach Bewegung, nach der Natur.
Nach Bewegung in der Natur.« Karl schaute Josef in die Augen. »Und
Josef, wo finden solche Leute und damit auch wir, das Glück der Erde?«

Das waren neue, für Josef überraschende Gedanken. Ob Karls Vi-
sionen eintreffen würden, war er sich nicht sicher. Über die Antwort
auf Karls Frage schon, hatte sie doch bereits einen naheliegenden
Reim impliziert. »Auf dem Rücken der Pferde.«

Wegen der an Menge und Vielfalt unmöglich von einer Familie allein
zu bewältigenden Aufgaben, waren neben Josef weitere Mitarbeiter
auf dem Hof beschäftigt. Karl stellte sie Josef nach und nach vor: Nils
war ein schweigsamer Maschinist, dessen schwarze Augenklappe Josef
an einen missmutig gelaunten Piraten erinnerte. Aber Nils entpuppte
sich als freundlicher, hilfsbereiter Kollege. Obwohl früher tatsächlich
zur See gefahren, erzählte er irgendwann einmal, habe er sein Auge
natürlich nicht beim Entern eines Schiffes verloren, sondern vor Sta-
lingrad, bei dem Versuch einen verletzten Kameraden zurück in den
Schützengraben zu ziehen.

Außerdem hatte die Familie zwei junge Knechte aus der Nachbar-
schaft für die anstrengende Feldarbeit eingestellt. Der eine war ein
verhuschter, zurückhaltender Kerl, der andere eine immer zu Späßen

aufgelegte Frohnatur. Josef hatte kaum Kontakt zu den beiden, da sie tagsüber meist auf den Feldern arbeiteten und nach Feierabend auf die Höfe ihrer Familien zurückkehrten.

Außerdem kümmerten sich zwei Mägde um Haushalt, Federvieh und Vorratshaltung, also der Herstellung von Wurst, Säften, Marmeladen und dergleichen. Nach Josefs Einschätzung hätte die Ältere schon lange nicht mehr arbeiten sollen und auch die Jüngere war nicht mehr weit vom Ende ihres Arbeitslebens entfernt.

Die vielen neuen Aufgaben, die Josef nach seiner Ankunft zu bewältigen hatte, nahmen seine gesamte Aufmerksamkeit in Anspruch, weshalb ihm das geliebte Fotografieren aus dem Bewusstsein geraten war. Das änderte sich erst eines frühen Morgens Ende November. Schon beim Aufwachen bemerkter er, dass etwas anders war, dass sich eine ungewöhnliche Stille über den Hof gelegt hatte. Die im Haus üblichen Geräusche der nach und nach aufwachenden Familie klangen gedämpfter als üblich und die Ställe erschienen ihm sogar wie ausgestorben. Kein einziger der gewohnten Laute wehte herüber, kein Grunzen, kein Wiehern, kein Muhen, nichts. Er spürte die feierliche Ruhe, die die Menschen und offenbar auch die Tiere ergriff, wenn der erste Schnee des Winters gefallen war. Er brauchte nicht aus dem Fenster zu schauen, um zu wissen, dass es geschneit hatte, aber natürlich schaute er und obwohl es noch dunkel war, sah er den Hof hell und glitzernd vor sich liegen.

Er schlüpfte in seine Sachen, warf den dicken, ihm von Karl überlassenen Wollpullover über, schritt hinaus und drückte die ersten Spuren in den Pulverschnee, der unter seinen Sohlen knirschte. Zuerst stapfte er zum Pferdestall, über dessen Eingang die einzige Laterne des Hofes einen orangefarbenen Lichtkegel auf den weißen Boden unter ihr warf. Er öffnete die Tür und sah nach den Pferden, die friedlich in ihren Boxen standen und seinen Blick gelassen erwiderten.

Danach stellte er sich in die Mitte des Hofes, streckte die Arme hoch, sah in den dunklen Himmel und drehte sich im Kreis, bis ihm schwindelig wurde und er sich rücklings in den Schnee fallen ließ. Er schloss die Augen und genoss das Sein, vor allem die ungewohnte Stille, die, wie es schien, das gesamte Land überzogen hatte. Es war der Moment, der ihm, wie kein anderer seit dem Krieg, Frieden und Freiheit symbolisierte. Stille. Paradoxerweise hätte er schreien wollen vor Glück. Er tat es nicht. Aber etwas anderes wollte er unbedingt: den Moment für immer im Gedächtnis behalten. Er schärfte seine Sinne. Mit einem Mal robbte er nackt im Schnee. Im Lager hatte er noch geglaubt, dass er diese und andere Bilder niemals aus dem Kopf bekommen würde. Aber das stimmte nicht. Immer seltener dachte er daran und immer blasser wurden die Bilder seiner Erinnerungen. Auch wenn er sie immer im Kopf behalten würde – mit dem Verblassen verloren sie auch einen Teil ihres Schreckens. Aber, überlegte Josef, wenn der Schrecken schlimmer Bilder mit der Zeit verschwand, würde es dem Wunderbaren schöner Bilder wohl ebenso ergehen. Eine Erkenntnis, die ihn erschrak. Er sprang auf, rannte zurück in sein Zimmer und schnappte sich die Kamera.

Im Harz hatte er haufenweise Fotos beeindruckender Winterszenen angefertigt, aber immer vor dem Hintergrund seines damals selbst gewählten Themas: dem Hell-Dunkel-Kontrast. Jetzt aber ging es Josef um etwas anderes, jetzt hatte er sich ein Thema gesetzt, von dem er nicht wusste, ob er ihm gewachsen war. Der Darstellung eines unsichtbaren Zustandes: der Stille.

Nicht selten zeigten auch die Winterszenen aus dem Harz Momente der Stille, aber einer anderen Stille, einer, die mehr der frostigen Erstarrung der Motive entsprang, als dem fast schon metaphysischen Unsichtbaren, dem Josef ab jetzt auf den Grund gehen würde.

Von nun an suchte er wieder nach in den Motiven Verborgenem. Nicht nur Stille, auch Krach, Gerüche und Gefühle wollte er sichtbar werden lassen. Die größte Herausforderung lag darin, sie zu entdecken, nicht weil sie so selten waren, sondern weil er sie oft nicht erkannte. Er hatte sich selbst herausgefordert, würde seinen Blick erweitern, ihn weiter schärfen müssen. Die Vorstellung gefiel ihm.

Fortan fotografierte Josef wieder, sobald sich die Zeit dafür ergab.

Für ein paar Tage nur hatte der graue Alltag einen weißen Anstrich erhalten, dann arbeiteten wärmere Temperaturen alles Graue wieder hervor. Erst Mitte Dezember meldete sich der Winter zurück und bescherte Essen weiße Weihnachten.

Am Morgen des Heiligen Abend war Josef mit der Versorgung der Pferde beschäftigt, als er eine aufkeimende Unruhe im Stall ausmachte. Sicher nicht das Christuskind, aber irgendwer oder irgendetwas hatte der Tiere Aufmerksamkeit erregt. Eine Maus, ein Fuchs, ein Besucher, es hätte alles Mögliche sein können. Normalerweise blieb Josef verborgen worauf die Tiere reagierten – bis zu diesem Morgen. Als er die Boxen verlassen und wieder auf den Hof treten wollte, sah er durch die Tür die dunkle Gestalt eines Mannes über den Hof Richtung Wohnhaus schlurfen. Er trug einen dunkelgrauen, abgetragenen Mantel, der eigentlich für jemand anderes geschneidert worden sein musste, verloren, wie der hagere Körper unter dem mächtigen Tuch wirkte.

Helmut war zurückgekehrt und Josef wusste: Es war Zeit für ihn zu gehen.

Gretchen und Helmut wieder vereint zu *wissen* würde er ertragen, glaubte er. Sie zusammen als Paar zu *sehen* war ihm eine unerträgliche Vorstellung. Nicht dass er es den beiden, genauer gesagt Gretchen nicht gegönnt hätte, nein, er freute sich sogar für sie. Darum ging es nicht. Es ging um ihn, es ging um ihn selbst. Natürlich hatte er sich keine wirklichen Hoffnungen gemacht. Er war zwar noch jung, erst 21 Jahre alt, aber nicht naiv, jedenfalls nicht so naiv.

Josef wohnte in Alexanders Zimmer, er führte Alexanders Arbeit fort, er saß wie Alexander mit der Familie an einem Tisch, nur Alexanders vermeintliche Rolle, die er Gretchen gegenüber eingenommen hatte (auch, wenn niemand darüber sprach – diese Rolle Alexanders musste es gegeben haben), hatte er nicht übernommen, würde er niemals übernehmen, das war ihm bewusst. Er hegte keinen Groll, machte niemandem einen Vorwurf, aber er beneidete Alexander für dessen früheres Glück. Trotz allem: So wie es war, war es perfekt für ihn. Bisher. Auch er spürte das Glück, war schon beseelt, wenn er Gretchen nur sah. Und er sah sie oft und nicht nur das – bestand doch zwischen ihnen die unausgesprochene Übereinkunft, sich der gegenseitigen Zuneigung in zärtlichen Gesten zu bestätigen. Ein durch die Haare Fahren hier, ein über die Wange Streichen dort, ein Küsschen auf die Wange und ja, auch mal eine Umarmung und einen harmlosen Kuss auf den Mund. Immerhin. Das war wenig für einen leidenschaftlich Verliebten und doch viel, sehr viel, ein ganzes Universum sogar, für einen, der keine Chance hatte, der nichts erwarten durfte. Ohne Zweifel, Helmuts Rückkehr besiegelte den Verlust all dessen.

Er traute sich nicht ins Haus. Auf keinen Fall wollte er Helmut über den Weg laufen. Schon kurz nachdem Gretchen die Tür geöffnet hatte und ihrem Mann um den Hals gefallen war, hörte er Karl seinen Namen rufen. Er möge bitte ins Haus kommen, es gäbe etwas zu feiern. Aber Josef versteckte sich in den Scheunen und überlegte nicht ob, sondern wann er den Hof verlassen würde. Nachdem die Dämmerung eingesetzt und Karl noch ein paarmal nach ihm gerufen hatte, vermutete er die Familie bei der Bescherung. Peter war erst fünf. Für ihn war es die passende Zeit.

Josef schlich sich ins Haus, packte seine Sachen zusammen, und verstaute sie in dem Koffer, mit dem er im Herbst angekommen war. Danach arrangierte er seine Geschenke auf der Bettdecke. Außer für Peter hatte er jedem ein Foto aus seiner kleinen Sammlung, die er in den letzten Wochen auf dem Hof oder in der Nähe angefertigt hatte, zugeordnet.

Für Peter, der Josefs Fotostreifzüge oft neugierig begleitete, hatte er eine Kastenkamera aus Sperrholz gebaut. Nachdem sie fertiggestellt war, überlegte er etwas zu spät, ob eine Kamera das passende Weihnachtsgeschenk für einen Fünfjährigen sein mochte. Das Ergebnis seiner Überlegungen führte zum Befüllen des Kastens mit allerlei Süßigkeiten.

Auf Gretchens Foto war auf den ersten Blick nichts weiter zu sehen als eine monochrome Fläche weißen Schnees. Es hätte genauso gut ein weißes, unbelichtetes Blatt Papier sein können. Doch wenn er seine Brille absetzte und das Foto genau vor seine Augen hielt, erkannte er die feinen, kristallinen Strukturen und auch einen kaum wahrzunehmenden Schatten, der sich nur in Nuancen vom Weiß des Schnees absetzte und wahrscheinlich einer schwach durchscheinenden Struktur eines Blattes entsprang. Ein Herz. Es war Josefs letzte Botschaft, von der er insgeheim hoffte, dass sie Gretchen auf immer verborgen bleiben würde.

Er verließ sein Zimmer und schlich durch den Flur zur Haustür. Einen Moment noch lauschte er der feierlichen Stimmung aus dem Wohnraum, dann öffnete er die Tür und verließ den Hof. Aber er nahm nicht den Weg, über den er vor Wochen gekommen war. Dieser Weg hätte ihm nichts gebracht, denn kein Bus hätte ihn am Heiligen Abend irgendwo hingefahren. Stattdessen lief er durch die schneebedeckten Felder hinunter zum dunkel vor ihm liegenden Baldeneysee, weiter am Uferweg entlang zum Beginn des Stadtteils Werden, wo er das Stauwehr überquerte. Auf der anderen Seeseite ging er in entgegengesetzter Richtung wieder am Ufer entlang, bis er auf einen Weg abbog, der nach oben auf die Ruhrhöhen mit den noblen Ausflugslokalen führte. Josef kannte sich aus. An seinen freien Tagen war er hier schon oft herüberspaziert. Nach hundert Metern hatte er sein erstes Ziel erreicht: den Aussichtspunkt ›Hermannsblick‹. Von hier aus sah er geradewegs über den See hinweg auf Gretchens von einem einzigen Licht beleuchteten und sich vor dem weißen Hintergrund des Landes abzeichnenden Hof. Peter war sicherlich schon ins Bett gebracht worden. Noch zwei, drei Stunden, dann würden ihm die Erwachsenen folgen. Er verdrängte den Gedanken, löste seinen Blick und stapfte weiter den Hang hinauf. Zehn Minuten später hatte er sein Ziel erreicht: Eine kleine, beschauliche Schrebergartenanlage, deren Parzellen lediglich durch Hecken und zusammengezimmerte Gartentore vor unbefugten Eindringlingen geschützt waren. Josef probierte es an den Zugangstoren – ohne Erfolg. Alle waren verschlossen, doch fand er in den Hecken ausreichend lichte Stellen zum Durchschlüpfen. Die ersten vier Gartenhäuschen waren abgeschlossen. Es wäre Josef ein Leichtes gewesen, sie aufzubrechen, aber das war ihm keine Option. Auch im fünften Garten stand er vor verschlossener Tür, doch sah er aus dem Augenwinkel, dass das Vorhängeschloss zum angrenzenden Geräteschuppen nicht zugedrückt war. Er nahm das Schloss ab, zog den Bügel zur Seite, öffnete die Tür und trat ein. Ohne den Schnee, der ein wenig Licht in den Raum hinein reflektierte, hätte er nichts erkennen können. So aber sah er an den Wänden die üblichen Gartengeräte, Arbeitskleidung und alle möglichen Lappen und Handtücher hängen. Es gab einen Giftschrank, eine Petroleumlampe und eine Schubkarre, die mitten im Raum stand. Ohne die Karre bot ihm der Schuppen ausreichend Platz für eine Nacht. Am nächsten Tag würde er weitersehen. Er zündete die Lampe an und schob die Karre hinaus.

Zurück im Schuppen zog er die Tür hinter sich zu und fixierte sie mit einem Spaltkeil, der neben einer wuchtigen Axt auf dem Boden lag. Dann baute er sich aus den Lappen und Handtüchern ein Lager, legte die Arbeitskleidung als Kopfkissen zurecht, legte sich hin und drapierte den textilen Inhalt seines Koffers als Zudecke über sich selbst. Die Lampe ließ er brennen. Sie war nicht nur Licht-, sondern auch einzige Wärmequelle in dem zugigen, eiskalten Bretterverschlag.

Lange, sehr lange dachte er an Gretchen. Sam und Ady kamen ihm in den Sinn, auch Gregor und Tante Hertha; Alexander, Lisa und das Mädchen Marie; seine Mutter, sein Vater, Tante Martha, der er so viel zu verdanken hatte. So musste es sein, dachte er, wenn man kurz vor dem Tod das Wesentliche des eigenen Lebens an sich vorüberziehen sah - die für immer ins Herz geschlossenen Menschen. Und dann überwältigten ihn die Erinnerungen an die vielen Heiligen Abende mit

Oma und Opa, die wie Eltern zu ihm und wie Eltern für ihn waren. Ihm wurde eisig kalt. Selbst im Lager fühlte er sich nicht so verloren, nicht so einsam. Tränen liefen ihm über das Gesicht. Irgendwann hörte er ein Käuzchen rufen. Dann schlief er ein.

Am Morgen weckte ihn ein krachendes Geräusch. Er schlug die Augen auf. Der Raum war hell erleuchtet und in der Tür stand eine dunkle Gestalt im Gegenlicht. »Nicht erschrecken«, rief er und sprang auf die Beine.

»Warum sollte ich?«, sagte eine ältere Frauenstimme. »Die Karre wird sich nicht von selbst hinausgeschoben haben.«

Einen Moment lang standen sie sich Auge in Auge gegenüber.

»Mach mal Platz«, forderte die Frau energisch.

Josef wich zurück.

Die Frau drängte an ihm vorbei, ergriff ein im Regal liegendes Küchenmesser und zeigte mit der Spitze auf Josefs Kinn. »Du wirst verstehen, dass manche Dinge keinen Aufschub dulden.«

Josef wollte raus, aber das Messer hielt ihn zurück.

Und nicht nur das Messer, auch der Frau unerschrockenen Augen fixierten Josef an seinem Platz. Ohne ihren Blick abzuwenden, tastete sie mit der freien Hand ein Regalfach ab und zog eine Papiertüte heraus, die sie Josef vor die Nase hielt.

Josef stierte auf einen Totenkopf.

Die Frau lachte schrill auf.

Es konnte nicht anders sein, fürchtete Josef: Er war in die Hände einer Irren geraten.

Die Frau drängte wieder an ihm vorbei in den Schnee.

Josef machte einen Schritt vor die Tür. Hier erschien es ihm sicherer als drinnen, wo er schnell in der Falle gesessen hätte.

Die Frau entfernte sich für ein paar Meter.

Jetzt hätte Josef ohne Probleme verschwinden können, aber ohne seine Sachen, ohne die Fotos, ohne die Kamera war das keine Option. Außerdem machte ihn die Frau neugierig und nachdem sie in die Knie gegangen war, mit dem Messer Reste von Vogelfutter von einer Steinplatte zur Seite geschabt und frisches Futter nachgeschüttet hatte, verloren sich auch seine anfänglichen Sorgen.

Die Frau erhob sich und stapfte zum nächsten Futterplatz, einem von zahlreichen, die im gesamten Garten verteilt waren. Bevor sie wieder in die Knie ging, blickte sie zu Josef zurück. Jetzt sah er sie zum ersten Mal richtig. Sie hatte kastanienrot gefärbte Haare, das entschlossene Gesicht einer strengen Lehrerin und eine üppige, wenngleich wohl proportionierte Statur. Und sie war weniger alt, als sie im ersten Moment auf ihn gewirkt hatte. Wenn sie tatsächlich eine Lehrerin war, überlegte er, würde sie wohl noch unterrichten.

»Mein Mann ist im Krieg geblieben«, sagte die Frau.

Wenn das eine Gesprächseröffnung sein sollte, dachte Josef, war sie zumindest ungewöhnlich, aber auch ernst zu nehmen. »Das tut mir leid«, sagte er.

»Schon gut. Dabei hatte er eigentlich noch Glück gehabt. Als Sozialdemokrat hätte er auch in einem Lager enden können.«

Darauf wusste Josef nichts zu entgegnen.

»Ach, was rede ich nur daher.«

Ein Rotkehlchen flatterte heran und pickte hektisch im frisch servierten Frühstücksmahl herum, die Menschen dabei immer im Blick.

Die Frau lächelte, als sie den kleinen Vogel sah. »Für meinen Mann kann ich nichts mehr tun, für ihn hier und all die anderen schon.«

»Ich könnte Ihnen helfen.«

»Nein danke, solange ich das kann, mache ich es selbst«, sagte die Frau und ging in die Knie. »Überhaupt, ein Einbrecher, der helfen möchte? Was bist *du* für ein seltsamer Vogel?«

»Auf keinen Fall ein Einbrecher«, widersprach Josef. Er wusste, dass das nicht stimmte, aber er fühlte sich nicht wie einer und wollte es erklären. »Ich habe nur ...«

»Schon gut, ich weiß«, unterbrach ihn die Frau.

Nachdem sie die zweite Platte aufgefrischt hatte, streckte sie ihren Arm nach Josef aus. »Wenn du schon mal da bist ...«

Josef stellte sich neben sie und bot ihr die gewünschte Aufstehhilfe.

»Danke.«

»Gern geschehen.«

»Dein Akzent. Du bist aus dem Osten, habe ich recht?«

Josef nickte »Aus Thorn.«

»Ah, das schöne Thorn an der Weichsel, Stadt des Kopernikus.« Josef nickte erfreut. »Waren Sie mal dort?«

»Nein, ein Leben ist zu kurz, um alle Orte zu besuchen, die man gerne sehen möchte.«

»Sind es denn so viele?«

»Unendlich viele. Unmöglich sie alle aufzuzählen.«

Josef überlegte, welche Orte er bisher kennengelernt hatte. Er hätte sie an einer, maximal zwei Händen abzählen können.

»Wie ist dein Name?«

»Josef.«

»Josef«, wiederholte die Frau. Alter biblischer Name. Bist du gläubig?«

»Ja und nein. Ich glaube an etwas Höheres, folge aber keiner Kirche.«

»Ach, wer hätte das gedacht? Da haben ein Streuner und ich tatsächlich etwas Gemeinsames.«

»Ich bin auch kein Streuner.«

»Das wirst du mir erst noch beweisen müssen. Zu diesem Zweck wäre es keine schlechte Idee, dein Angebot anzunehmen.« Sie drückte ihm das Messer und die Totenkopftüte mit dem Futter in die Hände.

Josef schritt zur nächsten Futterstelle, ging in die Hocke und vollführte die bekannte Zeremonie. Die Frau stellte sich dazu. Er spürte ihren auf seine Hände gerichteten Blick.

»Rosa«, sagte sie, nachdem er wieder aufgestanden war.

Josef kniff fragend die Augen zusammen.

»Mein Name. Rosa Zülke. Und nur damit du es weißt: Man ruft mich auch die Rote Zora. Das ist abfällig gemeint, nicht nur meiner Haare wegen. Die Leute haben keine Ahnung, wissen nichts über die Romanfigur. Ich nehme es als Kompliment, das ärgert sie.«

Josef fragte sich nur kurz, was sie mit ›nicht nur meiner Haare wegen‹ meinte. Aber dann fiel ihm die politische Ausrichtung ihres Mannes ein, die womöglich auch ihre war.

»Ich nenne Sie natürlich Rosa und es freut mich, Sie kennenzulernen.«

»Ich bin mir nicht sicher, Josef, ob deine Freude auf Gegenseitigkeit beruht«, sagte Rosa schmunzelnd. »Zumindest habe ich erfreut zur Kenntnis genommen, dass dir Hände Arbeit nicht zuwider ist, habe ich recht?«

In der kurzen Zeit ihres Kennenlernens hatte Rosa ihre Sätze zwei Mal mit der derselben Frage beendet: ›Habe ich recht?‹. Vielleicht, dachte Josef, war Rosa ein Mensch, der immer recht haben wollte und wahrscheinlich auch immer recht hatte. In diesem Fall aber tat er sich schwer, ihr recht zu geben, befürchtete er doch, dass sie einen nicht unbegründeten Hintergedanken hegte.

»Das hängt von der Arbeit ab.«

»Kluge Antwort. Warum auch frage ich so dumm?«

Diese Frage bedurfte keiner Antwort.

»Selbst wenn ich dir den Schuppen überlassen würde – für ein kleines Entgelt natürlich –, wirst du vermutlich keine weitere Nacht in ihm verbringen wollen. Also Josef, wie soll es mit uns weitergehen, wie lautet unser Plan?«

Josef ignorierte Rosas verwendeten Plural. »Mein Plan lautet: Zuerst einen warmen Unterschlupf finden, dann Arbeit suchen.«

»Wo glaubst du denn, einen Unterschlupf zu finden? Es ist Weihnachten.«

Josef hob die Schultern. »Bahnhofsmission, Kolpinghaus, so etwas.«

»Weihnachten in der Bahnhofsmission, nein, da kannst du genauso gut einer alten Schrulle Gesellschaft leisten, meinst du nicht auch?«

Rosas Angebot rührte Josef, weshalb er ihr zeigen wollte, dass der Grund für eine mögliche Zusage nicht in seiner Not, sondern in ihrem Wesen begründet lag. Doch bereitete es ihm Vergnügen, nicht allzu direkt zu werden.

»Ich weiß nicht«, sagte er und erntete, wie erwartet, den strengen Blick Rosas zusammengekniffener Augen. Sie hatte gewiss nicht damit gerechnet, dass er seine Antwort mit skeptisch klingenden Worten beginnen würde.

»Ich weiß nicht«, fuhr Josef fort, »wen sie mit der ›alten Schrulle‹ meinen, aber *Ihnen* würde ich gerne Gesellschaft leisten.«

Diese Antwort entsprach sicher Rosas Erwartung, aber auch sie mochte das Spiel und verstand es glänzend, ihre Freude zu verbergen. Nur ein kaum merkliches Lächeln huschte über ihr Gesicht. »Dann solltest du deinen Koffer packen, das Chaos im Schuppen bereinigen und die Schubkarre wieder auf ihren Platz stellen«, bestimmte sie streng.

Rosa hatte ihre Worte kaum ausgesprochen, schon war das Chaos bereinigt, stand die Karre auf ihrem Platz und Josef mit gepacktem Koffer in der Tür.

Seine Emsigkeit hätte Rosa als ein Eingeständnis seiner Bedürftigkeit interpretieren können. Er hätte es gerne vermieden, einen solchen Eindruck zu hinterlassen, aber es stimmte, er benötigte Hilfe. Falsch verstandener Stolz war in einer solchen Situation fehl am Platz.

Rosa tat sich schwer mit dem Schnee. Jeder ihrer Schritte glich einer Willenserklärung. Aber sie klagte nicht und das betuliche Fortkommen hatte sogar etwas Gutes – so behielt Josef den Weg im Gedächtnis. Die Vogelfütterung des nächsten Morgens hätte er ohne Orientierungsprobleme allein übernehmen können.

Er hatte das Bedürfnis, den Einbruch erklären zu müssen und erzählte Rosa von seiner Flucht aus Thorn bis hin zur Übernachtung im Schuppen.

Rosa war hauptsächlich damit beschäftigt, sich durch den Schnee zu kämpfen und sprach kaum ein Wort. Nur hin und wieder kommentierte sie erwähnenswerte Wegmarken oder Ereignisse, die Josefs Flucht betrafen.

Auf der ersten Hälfte ihres Weges durchliefen sie den winterlichen, vorwiegend aus Laubbäumen bestehenden Stadtwald. Sie passierten eine kleine mittelalterliche Kapelle unweit des kruppschen Familiendomizils ›Villa Hügel‹, kamen an einer am Rand des Stadtwaldes gelegenen Sportanlage, der ›Schillerwiese‹ vorbei – Jahre später Ausgangspunkt für Josefs tägliches Marathontraining –, durchquerten am Ende des Waldes die kruppsche Altenhofsiedlung, dann den Stadtteil Rüttenscheid, dessen kriegsbedingte Baulücken an ruinöse Gebisse erinnerten und standen schließlich vor einem gründerzeitlichen, vollkommen intakten Stadthaus am Isenbergplatz in Essen-Süd.

Kaum hatten sie die Wohnung betreten, hieß sie der wohlige Duft von Weihnachtsbäckerei willkommen. Rosa führte Josef durch ihr ›Refugium‹, wie sie es nannte, eine große jedoch weniger riesige Wohnung, als er sie von seiner Tante Martha in Thorn kannte. Von einer geräumigen Diele aus betraten sie nacheinander Schlafzimmer, Bad, Küche und das Wohnzimmer, das weihnachtlich dekoriert war – ein Adventskranz auf dem Wohnzimmertischchen, ein winziger, nur mit bunten Kugeln und fünf roten Kerzen geschmückter Tannenbaum. In der Wand zur Küche gab es eine Durchreiche, davor einen runden Esstisch mit vier Stühlen und auf der gegenüberliegenden Seite des Raumes, stand inmitten von etlichen Stapeln Papier, eine wunderschöne Schreibmaschine. Eine OLYMPIA, wie der goldene Aufdruck verriet.

Josef deutete auf die Maschine. »Sind Sie Schriftstellerin?«

Rosa sah an sich herunter und grinste. »Nein, auch wenn man mir das nicht mehr ansieht – ich bin …, ich war Tänzerin.

Josef grinste schelmisch. »Was für eine Tänzerin waren Sie: Nachtclub oder Varieté?«

Rosas Augen blitzten entrüstet.»Nachtclub! Dass du mir so etwas zutraust.«

»Entschuldigung, so war es …«

»Nein, nein, Josef, du hast ja recht. Eine solche Einschätzung ist mir sogar eine Ehre. Wer in derartigen Etablissements tanzt, benötigt eine Menge Mut und ja, auch Können. Mein Mut und mein Können reichten nur für das klassische Ballett.« Gott sei Dank hatte Rosa Humor. Manch andere Dame hätte ihm die Tür gewiesen.»Darf ich fragen, was Sie heute machen.«

»Natürlich darfst du fragen.«

Anfangs noch von Rosas Art irritiert, hatte Josef inzwischen Gefallen daran gefunden.»Was machen Sie heute, Rosa?«

»So ist es recht. Frage nie, ob du fragen darfst. Aber auf eine geradeheraus gestellte Frage antworte ich gerne.« Sie vollführte eine übertrieben theatralische Bewegung mit den Armen.»Ich bin der Bühne treu geblieben, aber nicht mehr auf, sondern hinter ihr. Erledige vom Soufflieren über kleinere Choreografien bis hin zur Inspizienz so ziemlich alles, was anfällt.«

»Vermissen Sie das Tanzen nicht?«

»Das habe ich nicht gesagt, aber ja, natürlich vermisse ich es. Doch das Ende einer Tanzkarriere kommt ja nicht überraschend, man weiß von Beginn an, dass man es nur eine begrenzte Zeit machen kann.«

»Würde man sich früh anders entscheiden, müsste man es später nicht vermissen.«

»Du hast keine Ahnung. Wenn es dich packt, hast du keine andere Chance.«

»Ich glaube, ich weiß, was Sie meinen.«

»Ach ja?«

»Es ist wie mit der Liebe.«

Rosa nickte.»Eine leidenschaftliche, ja.«

»Ist das nicht jede Liebe?«

»Was weißt du schon davon?«

Rosas Entgegnung traf Josef ins Herz. Er dachte an Lisa, an Gretchen, war wütend und von Rosa enttäuscht. Er wich ihrem Blick aus, suchte Halt, und fand ihn mit der Aussicht aus dem Fenster.

Rosa räusperte sich und stellte sich dicht neben Josef. Er spürte ihre Wärme.

»Ich bin so eine Eselin. Es tut mir leid, Josef, das war überhaupt nicht so gemeint.«

»Es klang aber so.«

Rosa breitete die Arme aus. »Nein, wirklich.«

Irgendwie spürte Josef, dass Rosa es ernst meinte, und ließ sich umarmen. Lange standen sie so beieinander, ohne dass er die Umarmung erwiderte.

Nachdem sich Rosa von ihm gelöst hatte, verfing sich Josefs Blick bei der Schreibmaschine, und jetzt sah er auch das Fotoporträt eines bärtigen Mannes.

»Ist das ihr Mann?«

Rosa nickte. »Max.«

»War *er* Schriftsteller?«

»Max war Bergmann und ja, er hat auch geschrieben.«

»Bergmann und Schriftsteller?«, fragte Josef ungläubig. Für ihn waren Schriftsteller um Worte ringende Stubenhocker, aber doch keine dem Berg die Kohle abringenden Kraftprotze, was nicht heißen sollte, dass die Arbeit unter Tage nicht hätte auch kreativ sein können.

»Ja, er war Bergmann mit einem hellen Kopf, wenn du das meinst.«

Josef fühlte sich ertappt. »Was bin ich für ein Esel. Entschuldigung.«

»Dann wären wir quitt, oder?«

Josef wog abwägend den Kopf hin und her. »Ja, wenn Sie mir verraten, worüber er geschrieben hat.«

»Natürlich. Er schrieb über die Menschen: Liebe, Leid, Ungerechtigkeit, Solidarität.«

»Das klingt engagiert.«

»Aber ja.«

Es folgte das letzte Zimmer. Ein Tisch, zwei Stühle, eine Couch, ein kleiner Schreibtisch, ein schmaler Kleiderschrank, ein volles Bücherregal. Charles Dickens »Oliver Twist«, auch Erich Kästner und Wilhelm Busch erkannte Josef auf den ersten Blick. An der Wand ein frivoler Mädchenakt Egon Schieles – Opa Antons Bücher hatten nicht nur Eindruck, sondern auch nachhaltiges Wissen hinterlassen.

Rosa bemerkte Josefs auf die Zeichnung gerichteten Blick.

»Keine Sorge, das ist kein Original, nur eine geschickt gemachte Kopie.«

Josef ging so nahe heran, bis er die Signatur entziffern konnte: Robert.

Rosa ignorierte Josefs Interesse. »Unser Gästezimmer«, erklärte sie im offensichtlich immer noch gewohnten Plural und deutete auf die Couch. »Die kann man zu einem Bett ausziehen. Wenn dir das Zimmer gefällt, kannst du bleiben.«

Josef sah sich mit großen Augen um. »Ja, es gefällt mir und *gerne* würde ich bleiben. Aber ich habe kein Geld, ich meine für die Miete.«

»Solange, bis du Arbeit gefunden hast, machst du dich in der Wohnung nützlich. Aber bis zum neuen Jahr verschwende auch daran keinen Gedanken. Komm erst mal an und richte dich ein.«

Das war ein ebenso großzügiges wie auch unverhofftes Angebot. Josef fragte sich, womit er so viel Wohlwollen verdient hatte, vor allem, wie er sich angemessen erkenntlich zeigen konnte. Am liebsten hätte er Rosa umarmt, aber das traute er sich nicht.

»Das ist sehr liebenswürdig von Ihnen«, sagte er schließlich und ergänzte: »Ich werde Ihnen nicht zur Last fallen, Rosa.«

»Ganz bestimmt nicht, Josef. Das weiß ich zu verhindern.«

Obwohl Rosas großzügiges Angebot sicher einen gewissen Eigennutz in sich barg, war sich Josef sicher, dass sie es ehrlich meinte und keine Hintergedanken irgendwelcher Art hegte. Eine kleine Unstimmigkeit wollte er jedoch noch geklärt wissen. Nach dem Krieg herrschte akute Wohnungsnot. Alle, die eine Wohnung hatten, mussten Zimmer für

Wohnungssuchende zur Verfügung stellen, sofern die örtlichen Bedingungen dafür geeignet waren. Deshalb waren sämtliche Wohnungen mit Ausgebombten und Flüchtlingen wie ihm heillos überfüllt. Gerade hier in Essen – der mitten in der Stadt gelegenen Rüstungsindustrie Krupps wegen –, einer der am stärksten zerstörten Orte Deutschlands.

»Das ist ein schönes Zimmer, Rosa. Aber warum ist es nicht längst mit Bedürftigen belegt worden?«

Rosas Gesichtszüge versteinerten. Sonst nicht um Worte verlegen, schien sie jetzt um sie zu ringen. Hätte Josef um die Wirkung seiner Frage gewusst, hätte er sie nicht gestellt. Dafür war es jetzt zu spät. Er konnte nichts weiter tun, als sich zu entschuldigen und abzuwarten, bis sich Rosa wieder gefangen hatte.

»Ich wollte Sie nicht in …«

»Schon gut, du hast nichts falsch gemacht«, sagte Rosa und ließ ihren Blick durch das Zimmer schweifen. »Du weißt, dass mein Mann im Krieg geblieben ist. Du weißt nicht, dass unser Sohn Robert in Russland vermisst wird. Wir warten auf seine Rückkehr.«

»Das tut mir leid.« Gretchens Mann kam ihm in den Sinn. »Ich wünsche Ihnen, dass er eines Tages in der Tür stehen wird.«

»Vielen Dank für deine Worte, Josef. Auch die Leute vom Amt scheinen mitfühlende Menschen zu sein. Jedenfalls haben sie uns bisher niemanden zugewiesen.«

»Dabei wird es ab jetzt auch bleiben.«

Rosa nickte. »Als ich dich heute Morgen im Schuppen liegen sah, dachte ich sofort an Robert, an Roberts Zimmer. Und von diesem Moment an wusste ich auch, dass ich weder meine Hoffnung noch meinen Sohn verraten würde, wenn ich dir sein Zimmer überließe.«

Jetzt hielt es Josef nicht mehr zurück. Er umarmte Rosa. Und Rosa umarmte Josef.

Das letzte Polaroid

Die Tage zwischen Weihnachten und Neujahr bescherten Josef eine von existentiellen Nöten befreite Zeit. Nach dem Frühstück begleitete er Rosa zum Füttern der Vögel in den Schrebergarten, mittags half er ihr beim Kochen und am Nachmittag saßen sie zusammen bei Tee und selbstgebackenen Plätzchen. Sie erzählten sich von besonderen Ereignissen, die sie bisher erlebt hatten, aber auch von denen, die sie noch zu erleben erwarteten. Auch wenn Josef mit einigen Anekdoten aufzuwarten wusste – gegen Rosas mit Verve vorgetragene Darstellung ihrer lebensprallen Zeit als Tänzerin, aber auch der späten, schicksalhaften Jahre, erschien ihm seine eigene Geschichte fast unbedeutend. Umgekehrt verhielt es sich mit ihrer beider Wünsche, was ihr zukünftiges Leben betraf – während es aus Josef nur so heraussprudelte, merkte Rosa einzig die Rückkehr ihres Sohnes an.

Abends zog sich Josef in sein Zimmer zurück und las in einem von Roberts Büchern. Moby Dick. Die Geschichte des Walfängers Ahab, der nach dem Verlust eines Unterschenkels nach Rache sinnt und den Verursacher – einen weißen Wal – bis zu seinem und der seiner Mannschaft Untergang verfolgt, erinnerte Josef an ein Land, das vor nicht allzu langer Zeit einen ähnlich irrationalen Weg eingeschlagen hatte.

Am zweiten Tag des Jahres 1951 machte sich Josef auf die Suche nach einer Arbeit. Schon mit seiner ersten Anfrage auf einer in Wohnungsnähe gelegenen Großbaustelle erhielt er eine Anstellung als Hilfsarbeiter. Seine Aufgabe bestand darin, die im Akkord arbeitenden Maurer mit frischem Mauermörtel zu versorgen. Dazu musste er die mit Mörtel gefüllten Blechkästen – ihrer Schnabelform wegen auch Störche genannt – schultern und über Leitern und Gerüste bis hin zu den überall im Rohbau verteilten Arbeitsplätzen schleppen. Und das über zwölf Stunden am Tag, an sechs Tagen die Woche, bei Regen, Hitze, Kälte, Schnee. Knochenarbeit. Maloche, wie manche Kollegen sagten.

Drei Jahre lang zog er von Baustelle zu Baustelle. Am Ende war er trainiert wie ein Zehnkämpfer, nur mit dem Unterschied, dass er deswegen weder hätte ein Sportgerät weiter werfen, einen Sprint schneller absolvieren oder eine Latte höher überqueren können. Irgendwann reichte es ihm und er suchte sich eine andere Arbeit, die er bald im Lager eines Großhändlers für Haushaltswaren gefunden hatte. Ob Teller, Tassen, Topf und Sieb, ob Messer, Gabel, Löffel, Quirl – Lieferungen waren in Regale zu räumen, Bestellungen für den Versand vorzubereiten. Im Gegensatz zu der Zeit auf den Baustellen fühlte er sich nach Feierabend nicht ausgelaugt und müde, sondern energiegeladen und wach, weshalb er wieder mit dem Laufen begann und dem Fotografieren, das er ebenso vernachlässigt hatte. Auf der Suche nach Motiven entdeckte er den »GRUGA-Park«, der fortan zu einem seiner Lieblingsorte wurde. Jahre später war er sogar bei der feierlichen Eröffnung des den Park ergänzenden Freibades anwesend. Auch das Freibad gehörte bald zu seinen Lieblingsorten. Viele heiße Sommer lang bot ihm das Bad Erholung und Abkühlung.

Mit dem Übergang von der Baustellen- zur Lagerarbeit war auch die Zeit gekommen, sich von Rosa zu verabschieden. Nicht, dass sie sich nicht mehr verstanden hätten, im Gegenteil, aber Josef sehnte sich nach einer anderen Art von Beziehung, eine, für die ihm die wenig Intimität bietende Wohnsituation mit Rosa kaum förderlich erschien.

Als er seine Pläne zur Sprache bringen wollte, druckste er um das Thema herum, wie Teenager vor der ersten Liebeserklärung.

»Entschuldigen Sie Rosa, ich möchte Ihnen sagen, ... Ich habe beschlossen, ... Also, ich möchte mich nach einer ...«

Aber Rosa war nicht von gestern und verstand sofort, dass die Zukunft eines inzwischen 25 Jahre jungen Mannes weder bei ihr selbst, noch in ihrer Wohnung zu finden war.

»Du musst dich nicht entschuldigen, Josef. Ich habe den Zeitpunkt schon viel früher erwartet. Mach dir um mich keine Sorgen und wenn du Hilfe benötigst, sagst du es einfach.«

Josef bezog eine kleine Zwei-Zimmer-Wohnung im selben Viertel. Ein Theaterkollege Rosas hatte es ihm überlassen, nachdem er zu einem Berliner Ensemble gewechselt war. Rosa kochte zum Abschied ein fünfgängiges Menü, zu dem Josef zwei Flaschen Rotwein beisteuerte, die am Ende des Abends bis auf den letzten Tropfen ausgetrunken waren. Da sie sich jederzeit wiedersehen konnten, war es kein schmerzlicher Abschied geworden, ein melancholischer schon.

Um das Alleinsein erträglicher zu machen, kaufte sich Josef ein kleines Röhrenradio. Wenn er am Abend vom Laufen oder Fotografieren zurückgekehrt war, lauschte er entweder Kriminalhörspielen oder der neusten, meist amerikanischen Musik: Swing, Folk, Blues. Und dann, eines Tages, er traute seinen Ohren kaum, überwältigte ihn eine neue Musik, ein neuer Stil, der sich vor allem Elementen des Folk und Blues bediente, diese aber in einen eigenen, vor Energie nur so strotzenden Klang – Sound, wie es die Radiomoderatoren nannten – überführte, den Rock and Roll. Rock'n'Roll stand nicht nur für einen mitreißenden Sound, sondern auch für ein neues Lebensgefühl. Der Krieg, die entbehrungsreichen Jahre danach wollten vergessen werden. Rock'n'Roll wies nicht nur den Aufbruch in eine neue, optimistische Zeit, sondern verkörperte auch ein neues Selbstbewusstsein, zumindest der Jugend, die sich von dem bedrückenden Trauma, das der Krieg nicht nur bei den Eltern und Großeltern hinterlassen hatte, befreien wollte.

Bis zu diesem Zeitpunkt war Josef alles, nur kein Tänzer. Aber als er zum ersten Mal Bill Haleys »Rock Around the Clock« hörte, sprang er

257

auf und wirbelte wie aufgezogen im Zimmer umher. Von da an gab es kein Halten mehr. An den Wochenenden zog es ihn zu den Tanzveranstaltungen, die in Gemeindesälen, Clubs und Cafés angeboten und meist von professionellen Quar-, Quin- oder Sextetts begleitet wurden, die jedes Genre auf Zuruf bedienen konnten.

Schnell hatte Josef herausgefunden, wie man sich bewegen musste. Wenn er eine ebenbürtige Tanzpartnerin gefunden hatte, bekam diese kaum noch ein Bein auf den Boden – Josef schleuderte sie über sich, um sich und unter sich herum. Er bot eine Show, für die er nicht selten von Pfiffen begleiteten Applaus erhielt, für den er sich wiederum mit einem Sprung in den Spagat bedankte.

Er blieb kaum mehr allein. Eine Affäre folgte der nächsten. Aber die Frau fürs Leben hatte er noch nicht gefunden. Das änderte sich erst Ende 1957, auf der betrieblichen Weihnachtsfeier. Plötzlich sah er sie. Eine anmutige Brünette, deren grüne Augen wie selbstvergessen in die Ferne blickten. Josef folgte ihrem Blick, aber da war nichts. Sie stand inmitten der Feiernden und wirkte doch, als sei sie irgendwie losgelöst von ihnen. Im Gegensatz zu den anderen Feiernden, die ausgelassen tranken und lachten, wirkte sie ernster, kontrollierter, dabei aber weder bedrückt noch abweisend. Auch sie lächelte freundlich, hielt ein Glas Wein in der Hand und bewegte sich sanft zu der stimmungsvollen Partymusik. Es war eine Frau, die sich eher still zu vergnügen schien, eher auf kein schnelles Abenteuer aus war, wie viele der anderen Kolleginnen. Und es war ihm schon in diesem Augenblick bewusst gewesen: Das war eine Frau, mit der man eine Familie gründen wollte, mit der Josef eine Familie gründen wollte. Vorausgesetzt, dass sie nicht bereits an einen anderen Mann vergeben war. Er musste es herausfinden.

Die vielen Tanzabende hatten Josef zu einem selbstbewussten Mann werden lassen, der sich auch und gerade in weiblicher Gesellschaft unaufdringlich und charmant zu bewegen wusste. Er hätte die Frau einfach ansprechen, zum Tanz auffordern können. Aber die

Kapelle spielte einen zu langsamen Blues, und den hielt er für ein erstes Kennenlernen für ebenso ungeeignet wie einen zu schnellen Rock'n'Roll. Doch dem Blues folgte Dean Martins »Memories Are Made of This«, etwas schmalzig vielleicht, dafür weder zu langsam noch zu schnell.

Josef bat um den Tanz.

Zwei Wochen später feierten Josef und Hanne, die Sekretärin aus der Buchhaltung, Flüchtling wie er, nur aus Schlesien, den Heiligen Abend in ihrer Zwei-Zimmer-Wohnung, die seiner eigenen erstaunlich ähnelte. Weder Hanne noch Josef hatten sich einen Herd leisten können, weshalb sie Hannes Vermieterin baten, ihnen Kartoffeln zu kochen, aus denen Hanne einen köstlichen Kartoffelsalat zauberte. Das Wasserbad für die zwölf metzgerfrischen Bockwürstchen, erhitzten sie mit einem Tauchsieder. Hanne aß zwei, trotzdem blieb kein einziges Würstchen übrig.

Von da an sollte dieses erste gemeinsame Festmahl zur Tradition an Heiligabend werden – nur dass kein Vermieter Kartoffeln kochen und kein Tauchsieder die Würstchen mehr aufwärmen würde.

Ein Jahr später heirateten die beiden. Zwei Jahre danach kam ihr ältester Sohn zur Welt und nach vier weiteren Jahren ihr jüngster.

Auch beruflich tat sich etwas. Josef ließ sich zum Wohnungsverwalter ausbilden, und nachdem er Jahre in diesem Beruf gearbeitet hatte, absolvierte er zusätzlich ein Fernstudium, das er mit der Berufsbezeichnung »Kaufmann der Immobilien- und Wohnungswirtschaft« abschloss. Es folgte die Anstellung bei einem großen Immobilienkonzern. Von da an entspannte sich die bis dahin schwierige finanzielle Lage der Familie und nach Jahren des eisernen Sparens konnte man sogar ein kleines Häuschen am Waldrand im Essener Süden kaufen.

Das Familienleben wurde zu einer glücklichen, aber auch anstrengenden Zeit für Josef. Die psychischen Belastungen, die mit den anfänglich existentiellen Herausforderungen einhergingen, kompensierte er durch das Laufen, genauer gesagt durch das Marathontraining. Es half, auch weil er neue Freundschaften schloss und gesellschaftliche Anerkennung erhielt, was daran lag, dass er sein Training nicht aus Selbstzweck betrieb. Regelmäßig stellte er sich an die Startlinien und maß sich mit anderen Läufern im Wettkampf, was ihm 1962 einen Eintrag in die Bestenliste der zeitschnellsten 100 Marathonläufer Deutschlands bescherte.

Seine Leidenschaft für das Fotografieren hatte er auch in dieser Lebensphase nicht verloren. Die Geburt seines Erstgeborenen veranlasste ihn, sich von der Agfa Box zu verabschieden. Wie sich selbst vor 30 Jahren, wollte er auch seinen Sohn abgelichtet wissen. Nicht unbedingt nackt auf einem Nachttopf sitzend, aber vielleicht so ähnlich. Ein solches Vorhaben hielt er für einen angemessenen Grund, seine Technik auf den neuesten Stand zu bringen, weshalb er sich für die bezahlbare und von Experten empfohlene Kodak Retina-IIIs entschied.

Zwölf Jahre lang fotografierte Josef ausschließlich mit ihr, bis die Firma Polaroid 1972 die SX-70, eine raffiniert konstruierte Sofortbildkamera, herausbrachte.

Seine Augen spielten ihm immer wieder einen Streich. Meistens waren die Motive unscharf eingefangen, dann wirkten sie wie eine im Flimmern heißer Luft eingefangene Fata Morgana und nicht selten schienen sie sich im Vagen zu verlieren.

An der SX-70 schätze er, dass sie, bis auf Fokus- und Belichtungseinstellungen, alles andere selbst übernahm, weshalb sie ihm weniger enttäuschende Ergebnisse bescherte als er es gewohnt war. Außerdem mochte er den Moment, wenn sich bereits kurz nach dem Fotografieren das Motiv auf dem Papier abzeichnete. Vor allem liebte er die verträumten Farben und Strukturen, welche die Wirklichkeit leicht verfremdet wiedergaben.

Weil das Geld aber knapp war, wog er wochenlang die Vor- und Nachteile eines Kaufes gegeneinander ab, ohne eine Entscheidung zu treffen.

Eines Tages erreichte ihn die traurige Nachricht, dass Rosa gestorben war. Ihre Gesundheit befand sich schon seit längerer Zeit in einem besorgniserregenden Zustand, weshalb ihn ihr Tod nicht unvorbereitet traf. Er wäre gerne bei ihr gewesen, doch starb sie sogar für die Ärzte so unerwartet plötzlich, dass sie keine Chance hatten, ihn rechtzeitig zu informieren.

Er konnte es sich selbst nicht erklären, aber wie hypnotisiert lief er in die Stadt, erleichterte sein Konto und kaufte die SX-70.

Während Rosa bereits im Krankenhaus behandelt wurde, hatte sie Zeit, Josef ihre Wünsche für die Beerdigung mitzuteilen. Josef organisierte alles Nötige. Er beauftragte den Bestatter, erstellte eine Adressliste aller Personen, die benachrichtigt werden sollten und engagierte Musiker, die am Grab und bei der anschließenden Gedenkfeier Rosas Lieblingsmusik spielen sollten. Theaterleute verarbeiteten Rosas Macken und Talente zu kleinen, rührseligen Stücken. Um Essen und Getränke kümmerte sich ein dem Theater verbundener Partyservice. Trotz des bedrückenden Anlasses sorgten hundert Trauergäste für eine feucht-fröhliche Stimmung - ganz so, wie es sich Rosa vorgestellt hatte.

Josef war nicht nach Feiern zumute, aber er hatte die SX-70 mitgebracht, versteckte seine Trauer hinter dem Sucher und machte die ersten Polaroids seines Lebens.

Wenige Tage später saß er fassungslos vor dem Fernseher und verfolgte die Berichte über den missglückten Versuch, die von palästinensischen Terroristen als Geiseln genommene israelische Olympiamannschaft auf dem Münchener Flughafen Fürstenfeldbruck zu befreien. Am Ende mehrerer Beiträge gab es eine Schaltung in ein Auslandsstudio und plötzlich blickte er Sam in die Augen. Er hätte ihn wahrscheinlich nicht erkannt, wenn ihn der Moderator nicht mit seinem Namen vorgestellt hätte. ›Samuel‹, hörte er zuerst, dann den passenden Nachnamen. Elektrisiert sah er genauer hin. Mit dem Wissen, dass mit Samuel ›sein‹ Sam gemeint war, erkannte er ihn sofort. Die Haare nicht mehr raspelkurz, wie nach dem Krieg, sondern wieder lang, so wie er sie als 14-jähriger getragen hatte. Der Körper, so weit das zu erkennen war, asketisch wie früher, aber nicht ausgemergelt, wie noch im Harz. Ein streng blickender Mann, dem die jugendliche Leichtigkeit endgültig verlorengegangen war. Sam war aufgrund seiner Expertise als Professor für Geschichte des Nahen Ostens aus einem Studio in New York zugeschaltet worden und beantwortete mit ernstem Gesichtsausdruck Fragen, die sich mit Details zum israelisch-palästinensischen Konflikt beschäftigten. Er antwortete selbstbewusst und mahnte zum Schluss nachdrücklich, dass dieser Konflikt das weltpolitische Geschehen auf Jahrzehnte beschäftigen würde, sofern keine für beide Parteien zufriedenstellende Lösungen gefunden werden würden.

Josef war zu sehr mit der Unglaublichkeit der Situation beschäftigt, als dass er Sams Antworten, die Mahnung ausgenommen, auch nur im Ansatz hätte folgen können. Lediglich ein paar Schlagworte blieben ihm hängen: Holocaust, Jerusalem, Heimat.

Josef nahm die SX-70 zur Hand und fotografierte Sam, wie er ihn aus dem Fernsehgerät heraus ansah. Auf dem ausgeworfenen Foto, entdeckte er ein Lederarmband an Sams Handgelenk. Es konnte unmöglich sein Geschenk sein, nach so langer Zeit.

Später sollten vom Bildschirm abfotografierte Gesichter eine Porträtserie Josefs werden.

Das Fotografieren mit der SX-70 war ein kostspieliges Vergnügen, das Josefs Budget überforderte. Da er auf dieses Vergnügen nicht verzichten wollte, suchte er nach einer Lösung und fand sie in der Reduktion. Fortan folgte das Fotografieren nicht mehr seinen spontanen Impulsen, sondern dem Budget. Ein Foto pro Woche war finanziell vertretbar.

52 Fotos im Jahr, 30 Jahre lang. Zwischen 1972 und 2002 hatte Josef 1.560 Polaroids angefertigt.

Anfertigen: Es war der Begriff, der seine Arbeit mit der SX-70 passend beschrieb, den er fortan bevorzugte. Er passte vor allem deshalb, weil er sich jedem Foto annäherte wie ein Maler der leeren Leinwand oder ein Schriftsteller dem weißen Blatt Papier. Und diese Annäherung - von der Wahl des Motivs, bis hin zum fertigen Foto - dauerte nun eine ganze Woche. Eine Zeitspanne, die, wegen des in ihr eingeschriebenen prozesshaften Charakters, bald einen ebenso wichtigen Stellenwert einnahm, wie das Fotografieren selbst.

Im Jahr 2002 änderte sich alles. Ab dem Jahr 2002 hätte er sich so viele Polaroids leisten können, wie er wollte. Trotzdem behielt er seinen einwöchigen Fotorhythmus bei. Josef war inzwischen dreiundsiebzig Jahre alt und lief immer noch lange Strecken, keine ganzen Marathondistanzen mehr, doch für halbe reichte es noch immer.

Ein Sportkamerad, ehemaliger Marathonläufer wie Josef, engagierte sich ehrenamtlich in der Verwaltung einer Kultureinrichtung, die in einer ehemaligen Grundschule untergebracht war. Das »Kunsthaus« stellte nicht nur Ateliers zur Verfügung, sondern organisierte auch Konzerte und Ausstellungen.

Der Sportkamerad wusste von Josefs Leidenschaft für das Fotografieren. Während eines gemeinsamen Trainingslaufs um den Baldeneysee erzählte er von einer Fotoausstellung, die er und seine Mitstreiter vorbereiten würden. Bei dieser Ausstellung ginge es ihnen darum, das Haus stärker in das Bewusstsein der Bewohner des Stadtteils zu rücken, Schwellenängste abzubauen. Selbstkritisch fügte er an, dass ihr bisheriges Tun auf den einen oder anderen etwas zu selbstbezogen gewirkt haben mochte. Einer solchen Wahrnehmung entgegenzuwirken, sei die Absicht der angesprochenen Ausstellung, weshalb explizit keine Profis, sondern Hobbyfotografen des Stadtteils eingeladen seien, ihre Arbeiten zu präsentieren. Es würden den Teilnehmern keinerlei Vorgaben gemacht werden, außer, dass sie sich, den endlichen Wandflächen geschuldet, auf drei Dutzend Fotos beschränken sollten. Natürlich sagte Josef seine Teilnahme zu. Nicht wegen der Möglichkeit seine Fotos öffentlich zeigen zu dürfen, sondern weil er seinem Sportkameraden gegenüber nicht undankbar erscheinen wollte.

Er beteiligte sich mit einer Auswahl von Polaroids, die in irgendeiner Weise in Bezug zum Stadtteil entstanden waren. Schon während der Vernissage lösten die Fotos überraschend kontroverse Reaktionen aus. Entweder weil man der Intensität der Fotos restlos erlegen war oder weil man sie wegen ihres seltsam wirkenden Improvisationscharakters restlos ablehnte. Manche lobten, wie selbstverständlich der Fotograf bekannte Sehgewohnheiten aufzubrechen verstand. Andere lehnten die Fotos aus demselben Grund ab. Anerkennung und Ablehnung, das waren die Positionen, denen sich Josef von da an ausgesetzt sah. Weder die eine, noch die andere konnte er nachvollziehen.

Diejenigen, die sich für Josefs Arbeit begeisterten, waren neben kunstinteressierten Ausstellungsbesuchern vor allem Galeristen und Kuratoren, die bereits während der laufenden Ausstellung Kontakt zu ihm suchten. Sie versprachen Ruhm und Ehre und buhlten mit lukrativen Verträgen um exklusive Rechte.

Nicht, dass Josef jemals eine Künstlerkarriere angestrebt oder auch nur in Erwägung gezogen hätte. Im Gegenteil fühlte er sich kaum weniger weit entfernt vom Künstlersein, als ein mit Spitzhacke und Schweiß die Kohle aus dem Fels herausbrechender Bergmann vom Bildhauersein. Und selbst dieser Vergleich widersprach noch seinem Selbstverständnis, weil er die bergmännische Arbeit, anstatt sie zu würdigen, nur unangemessen abwertete.

Er entschied sich für eine zurückhaltend agierende, noch junge Galeristin, die nach ihrem Kunstgeschichtsstudium zunächst als Verlagslektorin, dann als Museumskuratorin gearbeitet hatte und noch am

Anfang ihres Wirkens stand. Sie verursachte weniger Wirbel als manche Kollegen und hatte bereits Kontakt zu ihrem ehemaligen Arbeitgeber, einem international agierenden Kunstbuchverlag aufgenommen. Die Absichtserklärung, eine umfassende, in Deutsch und Englisch verfasste Monografie seines Werkes zu veröffentlichen, schmeichelte Josef. Eigentlich fühlte er sich frei von Eitelkeit, weshalb er von derartigen Avancen bislang unbeeindruckt geblieben war. Doch mittlerweile war er dreiundsiebzig Jahre alt, dachte immer häufiger an sein Ende und was von ihm wohl bleiben würde. Seine Söhne – sicher. Und ja, vielleicht auch ein Buch über sein kreatives Schaffen, selbst wenn es an seinem augenblicklichen Leben nichts oder kaum etwas ändern würde. Der Gedanke, dass seine in einem Buch versammelten Lichtbilder auch dann noch Menschen betrachten könnten, wenn sein eigenes Licht schon längst erloschen sein würde, gefiel ihm, barg etwas Tröstendes in sich.

›Josef und das Flirren der Zeit‹ betitelte der Verlag den opulenten Katalog, der ein halbes Jahr später, pünktlich zu Josefs erster Ausstellung erschien.

Sämtliche Tageszeitungen und Magazine berichteten in ihren Feuilletons über die späte Entdeckung dieses ›einmaligen Fotokünstlers‹ und seines ›beeindruckend modernen Werkes‹. Man zog Vergleiche, sah in der Motivwahl eine Nähe zu Franco Fontana, im Herausarbeiten von Details Verwandtschaft zu Bruno Bourel und die Bildkomposition erinnerte nicht wenige an das Schaffen Wim Wenders. Auch Steven Shore wurde bemüht. Aber kein Vergleich erfasste den Kern, die Quintessenz, die Josefs Ausdruck so einmalig machte: dessen sowohl poetische Kraft, wie auch unerklärliche Leichtigkeit.

Nach Abschluss der Ausstellung ging die Schau auf Reisen. Während einer Vernissage in der Sammlung »R(h)einkunst« in Köln, trat ein komplett in Leder gekleideter Motorradfahrer auf ihn zu. Der Mann trug die Clubweste einer Gang namens »Wheels of 66« über der Lederjacke, einen kurzen Vollbart und die grau melierten Haare schulterlang. Stolz erklärte er, dass er auf den Spuren des Films »Easy Rider« und seines Idols Dennis Hopper, soeben von einer langen Tour durch die USA zurückgekehrt sei und gerade an Hoppers Fotografien erinnert werden würde.

Dennis Hopper. Ja, mit diesem Vergleich konnte Josef leben. Alle anderen Assoziationen ehrten ihn, passten aber nicht richtig, mussten nicht passen, sollten sie auch nicht. Er war Josef. Punkt. Bei Hopper war das anders. Er hatte zwar noch nie ein Foto von Hopper gesehen, wusste nicht einmal, dass er fotografierte, aber hinter diesem Namen stand ein Ausrufezeichen. So wie bei Robert Mitchum, Paul Newman oder Marlon Brando. Das waren Schauspieler, die er früher im Kino gesehen hatte, Künstler, die er verehrte. Und wenn Hoppers Fotografien auch nur im Ansatz die Tiefe seines mimischen Spiels besaßen, hätte ihm der Biker ein kaum zu übertreffendes Kompliment gemacht.

Zurück in Essen durchstöberte er einen Hopper-Bildband, den er sich in der Stadtbibliothek ausgeliehen hatte. Danach war er beseelt wie selten zuvor. Hoppers Polaroids waren mit seinen, gottlob, nicht zu vergleichen, aber sie durchströmte derselbe Geist. Insbesondere das Foto »Los Angeles, Back Alley, 1987« galt ihm dafür als Sinnbild.

Die Ausstellung zog von Museum zu Museum und der Katalog verkaufte sich glänzend. Es war der Weg vom Tellerwäscher zum Millionär, natürlich nicht vom Tellerwäscher und auch nicht zum Millionär, aber von einem unbekannten Hobbyfotografen zu einem der anerkanntesten Fotokünstler seiner Generation, auch wenn er sich selbst niemals so sah. Candida Höfer, Andreas Gursky oder Boris Becker – das waren andere Kaliber. Sie repräsentierten das, wofür man ihn hielt, was er aber nicht war.

Josef war bereits 83 Jahre alt, als die große Euphorie um seine Arbeit langsam abgeflaut war. Eine Ausstellung zum 10-jährigen Bestehen der Galerie war in Vorbereitung und die Galeristin suchte nach einer Möglichkeit, Josefs Werk wieder aufleben zu lassen. Ohne die Folgen seiner Äußerung zu erahnen, erwähnte er seine mit der Agfa-Box und später mit der Kodak-Retina erstellten Fotos, womit er der Galeristin *die* Idee lieferte: Eine Retrospektive, welche die noch unbekannten Facetten seines Werkes in Beziehung zu den bereits bekannten setzen sollte.

Zunächst wehrte sich Josef gegen den Wunsch der Galeristin, die alten Fotos sehen zu wollen. Sie erschienen ihm einfach zu schlicht, waren sie doch bloß das Ergebnis emotionaler Reaktionen. Aber nachdem sie ihn geduldig und charmant umgarnt hatte, verlor sich seine abwehrende Haltung allmählich. Vor allem deshalb, weil er neugierig auf die Reaktionen war, die solch spontan erstellte Fotos auslösen würden.

Die Galeristin sichtete die Massen an Abzügen, die Josef bis zum Kauf der SX-70 angefertigt hatte, war begeistert und organisierte, neben der Jubiläumsschau ihrer Galerie außerdem eine eigenständige, Josefs ›Frühwerk‹ gewidmete Ausstellung.

Die unscharfen Fotos, auf denen nur vage Motive zu erkennen waren, bescherten Josef ein fulminantes Comeback. Sie fügten seinem Werk nicht nur eine neue Facette hinzu, sie festigten auch seinen Ruf als einen der ungewöhnlichsten noch lebenden Fotokünstler. Josefs Fotos, hieß es in den Feuilletons, fesselten den Betrachter nicht nur über das unerwartet Dargestellte, sondern auch über ihre interpretatorische Vieldeutigkeit. Nur selten verfüge ein Werk über diese beinahe endlosen Möglichkeiten der Rezeption. Josef gehöre zweifellos zu jenen seltenen Fotokünstlern, die jedem noch so profanen Motiv einen poetischen Zauber abzuringen verstünden.

Der Erfolg der Ausstellung rückte auch Josefs Polaroids wieder in den Fokus der interessierten Öffentlichkeit. Private Sammler ergänzten ihre Sammlungen und Museen konzipierten Ausstellungen, in denen Josefs Früh- und Spätwerk vereint, nach kontextuellen Zusammenhängen politischer, gesellschaftlicher und privater Art untersucht wurden.

Mit Ende achtzig nutze Josef seine anhaltende Popularität, um sich für ein ihm am Herzen liegendes Projekt zu engagieren. Die Berliner Politik suchte einen Standort für das neu zu schaffende Deutsche Fotoinstitut und Josef kämpfte mit zahlreichen Gleichgesinnten für ein Grundstück auf dem Areal des Welterbes Zollverein in Essen, seiner längst liebgewonnenen Heimatstadt. Die Freude war riesig, nachdem auch ein von der Berliner Politik in Auftrag gegebenes Gutachten den Essener Standort favorisierte.

Mit einundneunzig Jahren saß er in seinem Campingstuhl auf dem Sprungturm im Grugabad und amüsierte sich köstlich. In ähnlicher Position befand er sich vor ungefähr 90 Jahren schon einmal – damals nackt auf einem Nachttopf, mit zwei Brocken Fleischwurst in den Fäusten. Außerdem hatte er soeben ein Foto von der Elefantenrutsche angefertigt und es war wieder nur ein herrlich missglückter Versuch geworden. Josef hatte seinen Standpunkt viel zu weit entfernt gewählt, sodass sich die Rutsche – das eigentliche Motiv – hinter dem großen Schwimmbecken verlor und unbedeutend wirkte. Andererseits war es ein perfektes Joseffoto geworden. Außerdem waren Hochglanzablichtungen von Profis, eingefangen mit Zehntausend-Euro-Kameras schon zu Genüge erstellt worden – da konnte und wollte er sich nicht auch noch einreihen.

Mit dem Foto der Rutsche machte Josef sein letztes Polaroid. Ab sofort wollte er digital fotografieren. Seine Söhne hatten ihm zu Weihnachten Rechner und Kamera geschenkt. Josef hatte das nicht gewollt, aber nun, nachdem er technisch ausgerüstet war, musste er es wenigstens probieren.

Und das erste digitale Foto sollte etwas einfangen, wozu die SX-70 nicht in der Lage war: die Zeit. Dafür würde er die Blende des Apparates so lange geöffnet halten, wie das Silvesterfeuerwerk andauerte. Ein minutenlanges Lichtspektakel, gebannt auf einem einzigen Foto.

Damit würde er die Fotografie nicht revolutionieren, darüber war er sich bewusst, aber ein solcher Anspruch war nie die Grundlage seines Tuns, würde er auch nie sein. Nein, er war einundneunzig Jahre alt und einfach nur neugierig auf die Möglichkeiten, welche ihm die digitale Technik bereiten würde.

∞

Epilog

Die Enttäuschung über die Berliner Politik, die ihr demokratisches Selbstverständnis aufgeben und das von ihnen selbst in Auftrag gegebene Gutachten, das den zukünftigen Standort für das Deutsche Fotoinstitut auf dem Areal des Welterbes Zeche Zollverein in Essen favorisierte, ohne Angabe von Gründen ignorierte und stattdessen Düsseldorf den Zuschlag erteilen würde, war Josef, gottlob, erspart geblieben.

Kurz vor dieser willkürlichen, nach Gutsherrenart getroffenen Entscheidung, war er nach einem tragischen Unfall gestorben.

Nachwort

Josef gehörte zu den Menschen, die stets im Augenblick lebten. Natürlich blickte er auch zurück oder schaute nach vorn, aber das geschah nur selten. Er sprach nur ungern über seine Vergangenheit und überhaupt nur selten von sich. Lieber sinnierte er über das Sein und die Politik, die ihm oft Sorgenfalten ins Gesicht trieb, insbesondere seitdem der rechte Rand kein Rand mehr zu bleiben drohte. Seinen Humor hat er trotzdem nicht verloren. Einen Witz hätte er niemals für sich behalten, ganz gleich wie albern dieser gewesen wäre.

Dass er einmal etwas hinterlassen würde, das andere interessieren könnte, lag außerhalb seiner Vorstellungskraft. Deshalb vernichtete er vor seinem Tod die meisten seiner persönlichen Dinge. Er wollte sich von unnötigem Ballast befreien und seiner Nachwelt so wenig wie möglich von sich aufdrängen.

Von den Fotos aus der Zeit seiner Kindheit haben nur wenige den Befreiungsschlag überstanden. Neben den Aufnahmen engster Familienangehöriger hielt er auch die allererste, die ihn nackt auf einem Nachttopf sitzend zeigt, für aufbewahrungswert.

Vor diesem Hintergrund erscheint es umso erstaunlicher, dass er einen Lebenslauf hinterlassen hat, eine Art Protokoll, in tabellarischer Form per Hand auf sechzehn Seiten niedergeschrieben. Dort skizziert er vor allem seine Kindheits- und Jugenderinnerungen aber auch die ungewöhnlichen Familienverhältnisse, in denen er aufgewachsen war. Die Aufzeichnungen enden wenige Jahre nach seiner Hochzeit und der Geburt seiner Söhne.

271

Nur sehr selten und widerwillig teilte Josef seine Erinnerungen auch im persönlichen Gespräch. Dann bedurfte es ein beständiges Nachfragen, um mehr als nur Bruchstückhaftes zu erfahren. Zusammen mit seinem Lebensprotokoll bilden diese Gespräche die Grundlage für den Roman.

Oma, Opa, Mutter, Vater; Ady, Gregor und Sam; Tante Martha: Sie alle verlassen die Geschichte und scheinen in Josefs späterem Leben keine Rolle mehr gespielt zu haben. So war es. Sie alle hat Josef hinter sich gelassen. Zu einem kleinen Teil, weil es sich so ergab, zu einem großen, weil er es so wollte. Allerdings gab es zwei Ausnahmen.

Zum einen Ady, den er in hohem Alter einmal überraschend besuchte und den Kontakt danach nicht mehr abreißen ließ. Zum anderen Tante Martha, mit der er in Briefkontakt geblieben war, weshalb ihn die Lebensgeschichte der väterlichen Familie noch lange begleitete. Mit Tante Marthas Tod starb nicht nur die Verbindung zu seiner früheren Familie, sondern versiegte auch jede Information über deren weiteres Schicksal.

Die Geschichte beruht zu einem erheblichen Teil auf wahren Begebenheiten, die im Roman ebenso fiktionalisiert werden, wie die auftretenden Personen. Jede Ähnlichkeit mit lebenden Personen ist unbeabsichtigt.

Besonderer Dank gilt den liebenswürdigen Menschen, die den Weg vom Manuskript bis zum Buch mit Rat und Tat begleitet haben: Pedro Goncalves Crescenti, Christa Heck, Christa Kotlenga, Christian Mai (plakatkiosk.de) und Peter Marx.

Klaus Ulaszewski im Hummelshain Verlag

Übertage

Sommerferien 1976. Im Umfeld der Zeche Zollverein träumt der 16-jährige Mic von Mädchen. Logisch. Und er schwärmt für Gitarren. Na klar. Für eine akustische hat er einfach gespart. Fertig. Aber mit diesen wundervollen Geschöpfen, nein, mit denen ist es gar nicht einfach. Dann kollidiert er mit einer strahlenden Göttin, die gar nicht erst vorgibt, ein Engel zu sein. Viele Jahre später wird er mit Ereignissen konfrontiert, die auf diese erste Begegnung mit Luzi zurückzuführen sind und sein Leben auf kunterbunte Weise durcheinanderwirbeln.

212 Seiten, Preis: 13,80 €,
ISBN 978-3-943322-491

www.hummelshain.eu